EL PROBLEMA ES PENSAR QUE TIENES TIEMPO

FRAN LÓPEZ CASTILLO

EL PROBLEMA ES PENSAR QUE TIENES TIEMPO

MOLINO

Penguin
Random House
Grupo Editorial

Primera edición: enero de 2024

El calendario *Memento mori. Recuerda que vas a morir*
ha sido creado por Grafime, S. L.

Printed in Spain — Impreso en España

ISBN: 978-84-272-4044-5
Depósito legal: B-19.418-2023

Compuesto en Grafime Digital, S. L.
Impreso en Black Print CPI Ibérica
Sant Andreu de la Barca (Barcelona)

MO 40445

A Cruz, mi padre.

Por haberme hecho trabajar de albañil
durante tantos veranos. Gracias a ese trabajo duro
encontré las razones y la inspiración para convertirme
en el hombre que soy hoy.

MEMENTO MORI

Recuerda que vas a morir

1

El tiempo parece no querer transcurrir a través de las manecillas del reloj que preside la sala de espera del hospital. Cada segundo se siente como un minuto y cada minuto como una hora. Decido dejar de mirarlo para desenfocar la mirada en el suelo, mientras reflexiono sobre lo relativo que es el tiempo como unidad de medida. Es increíble lo rápido que transcurren diez minutos cuando estás disfrutando con algo que te hace feliz y lo largos que se hacen esos mismos diez minutos cuando estás esperando a que se termine tu turno de trabajo, haciendo algo que te desagrada o, como yo, esperando a que te confirmen que, muy a tu pesar, te vas a morir.

No quiero aburrirte con los detalles. No me siento cómoda hablando sobre ello, la verdad. Además, no merece la pena y tampoco me gusta darla. Solo te diré que me llamo Perséfone, que tengo treinta años y que, de un día para otro, dejé de preocuparme por lo que los otros puedan pensar de mí, de planes de futuro o del eterno dilema de si quiero o no ser madre, para comenzar a preocuparme por si llegaré a ver las campanadas a final del año.

Sé que contártelo de este modo me puede hacer parecer una persona fría y fuerte, pero te aseguro que no soy ni una cosa ni la otra. Estoy aterrada, sufro constantes escalofríos por todo el cuerpo, tengo las manos heladas y me acompaña un temblor en las piernas que soy incapaz de disimular cada vez que me pongo de pie. Tampoco he pegado ojo en las últimas tres noches. Pero, piénsalo, ¿tú podrías dormir esperando a los resultados de una prueba que determinará lo que te queda de vida?

Hay otra cuestión que no para de torturarme: «Si estuviera bien, ¿haría falta venir hasta aquí para que el doctor me lo dijese en persona? ¿No bastaría con una llamada? Si me hace venir es porque...».

No quiero ni pensarlo, pero una y otra vez me repito esas preguntas, al mismo tiempo que ríos de lágrimas se amontonan tras mis ojos esperando a que se confirme lo peor para desbordarse e inundar mis mejillas. Ojalá pudiera refugiarme en el hombro de mi madre para llorar, como cuando era pequeña. Entonces ella me abrazaba con fuerza mientras yo me dejaba envolver con su dulce voz, que me susurraba una y otra vez que todo saldría bien. No hubo tristeza o enfado que ella fuese incapaz de calmar. Nunca. Pero en esta ocasión, para mi desgracia, no es tan sencillo...

Mi espera llega a su fin cuando la puerta de la consulta del doctor Cubillo se abre y de ella emerge una chica que tendrá más o menos mi edad, sonriente y agradeciéndole algo al doctor. Su hinchada tripa delata un embarazo de bastantes meses. El doctor también le sonríe mientras le dedica unas últimas palabras. Según desaparece la chica embarazada de la escena, la mirada del doctor y la mía se encuentran, provocando que su rostro torne hacia un semblante bastante más serio, triste, incluso. Me estremezco por completo ante ese detalle, pues solo puede significar una cosa... Pese a todo, no sé cómo, logro aguantarme las ganas de llorar. Tras un silencio incómodo, me pide que entre en su consulta.

—Buenos días, Perséfone. Entra, por favor. ¿Qué tal estás hoy?

Sus palabras me suenan a formalidad vacía, por lo que no le respondo. Percibo cómo mi corazón se acelera mientras ambos nos sentamos junto a su escritorio, frente a frente. En el ambiente se respira una tensión angustiosa y que apesta a malas noticias.

—Y ¿bien? —pregunto asustada mientras le miro fijamente a los ojos, sin saludar y esperándome la noticia. Después de todo, su rostro ya me lo ha confirmado hace unos instantes, aunque no quiero creerlo.

El doctor me aguanta la mirada con firmeza.

—Pues… —Y mientras pronuncia esas palabras, noto cómo se humedecen sus ojos y su voz se quiebra. Su mirada rehúye la mía y termina por fijarla en el teclado de su ordenador. Se está derrumbando frente a mí.

Comienzo a tragar saliva al mismo tiempo que en mi garganta se forma un nudo y se me pone la piel de gallina. ¿Alguna vez has visto a un doctor llorar? Se supone que quien tiene que derramar las lágrimas ante este tipo de noticias es el paciente, no el doctor.

—Me temo que no hay nada que hacer, Perséfone. La enfermedad…

Tras esas primeras palabras, mi mente se desconecta. Oigo hablar al doctor, pero no le escucho…

¿Alguna vez te has parado a pensar en qué se te pasaría por la cabeza si de repente te desvelaran que te quedan unas pocas semanas de vida? Te aseguro que es imposible saberlo hasta que lo vives en tus propias carnes. Llevo meses mentalizándome para esto y para hacerme a la idea de que podía pasar. Intentando aprovechar mi tiempo, intentando convencerme de que es lo que hay y no sirve de nada lamentarse si no tiene solución.

Pero no hay modo de prepararse ante una putada de tal magnitud. Ahora, por desgracia, puedo responderte a esa pregunta. ¿Quieres que te cuente lo que se te pasa por la cabeza cuando te dicen que te vas a morir de forma irremediable? Nada. Simplemente te bloqueas. Te sientes como en un sueño del que vas a despertarte de un momento a otro. O en una terrible pesadilla, más bien. Pero no te despiertas. No te lo puedes creer. ¿Cómo te vas a morir tú, con solo treinta años? ¿Cómo vas a tener tan mala suerte de que seas tú la que sufra algo así, habiendo miles de millones de personas en la Tierra? ¿Cómo te va a tocar a ti, que te cuidas, apenas bebes, dejaste de fumar, comes sano y haces ejercicio regularmente? ¿A ti? Imposible.

Eso solo pasa en las películas, y encima en esas historias acaban encontrando alguna cura o medicamento que salva al protagonista. Pero, al final, tras ese bloqueo inicial, hay un instante en el que comprendes que todo es real; que no vales más que un yogur olvidado en la nevera con la fecha de caducidad marcada en la tapa. Y en ese instante, en ese puto instante de mierda en el que divisas por primera vez el punto que marca el final de tu vida, tu cabeza pasa del bloqueo a la saturación de pensamientos. Se te pasan tantas cosas por la mente, que eres incapaz de procesarlo todo. Te frustras tanto y en tal magnitud que solo quieres llorar, gritar y romper cosas.

De repente, el doctor se levanta y me abraza, lo que me saca de mi ensimismamiento.

—Lo siento mucho, Perséfone, de verdad… —me dice con la voz rota.

Yo termino por rendirme ante mis emociones y rompo a llorar como nunca he llorado.

2

Salgo de la consulta del doctor Cubillo intentando aparentar la mayor entereza posible, pues lo último que deseo es que la gente comience a mirarme o a preguntarme qué me pasa. Como ya te dije, odio dar pena a los demás y que la gente se compadezca de mí.

En cuanto encuentro un baño, entro y me encierro en él. Tomo asiento sobre la taza del inodoro, me acurruco abrazando mis piernas y vuelvo a llorar de forma desconsolada.

Me siento inútil e impotente, mientras le doy una y mil vueltas a que no entiendo qué pecado u ofensa habré cometido, en esta u otra vida, como para que ahora se me castigue de un modo tan tajante y terrible. ¿No era más fácil un accidente de tráfico? ¿Un infarto? ¿Que me cayese un rayo? O, simplemente, ¿dormirme por la noche y no volver a despertar? No, tenía que ser una puta enfermedad rara, sin cura conocida y con carácter agresivo-degenerativo. Una que me obligase a desfilar de especialista en especialista durante meses, sometiéndome a multitud de pruebas y, lo que es peor, a las caras de estupefacción que continuamente me ponían los diferentes doctores tras ver mis resultados, los cuales se esforzaban cada vez menos en ocultarlas, mientras me explicaban que no podían decirme qué es realmente lo que me pasa, pero que podía ser muy grave. Y, ahora, tras todo ese periplo, de la noche a la mañana, se confirman los peores pronósticos, lo que significa que, desde hoy, tengo que convivir con una breve cuenta atrás que marca el final de mis días y que se siente como un pesado reloj de arena del que se escurren sus últimos granos.

Es tan cruel que ese dios, karma o aquello en lo que quieras creer, me haya obligado a sufrir durante todos estos largos meses, agarrada a una pequeña llama de esperanza, luchando día a día sola contra mis demonios, sacando fuerzas (no sé ni de dónde) para no venirme abajo, para que nadie me lo notase y para tener fe y no dejarme pensar en otra cosa que no fuese un final feliz, un puto final feliz... Y todo para que este ejercicio de supervivencia mental acabe en vano, viéndome premiada con el peor de los desenlaces posibles.

«¿Y ahora qué hago?».

Entre tanta espesura mental, frustración e incredulidad, esa pregunta se fortalece en mi subconsciente.

«¿Se lo digo a alguien? Debería..., ¿no?».

En principio, sería lo suyo, pero siento que es como pegarle un tiro a mis seres queridos.

«Mamá, no sé ni por dónde empezar, pero, resumiéndolo mucho, me voy a... PUM».

«Luca, ya no vamos a discutir más por tonterías, ni tampoco te voy a quitar las sábanas por las noches mientras dormimos, porque... PUM».

«Papá, no sabes cuánto me arrepiento de no haber intentado tener una relación más fluida contigo, porque... PUM».

Ahora mismo mis seres queridos son felices. Tienen sus vidas, sus esperanzas, sus cosas que les ilusionan y también las que les preocupan. Y según los llame, uno a uno, los voy a matar en vida. ¿Cómo van a poder seguir con su existencia, con sus planes e ilusiones, sabiendo que se acaba la mía? Mi cuenta atrás va a ser su cuenta atrás. Y mi dolor, cuando me vaya, se va a traspasar hacia ellos.

Una voz en mi conciencia me susurra que se lo cuente: «Deberías llamarlos. Ellos querrían que les contases todo…».

Mientras valoro el consejo, evalúo si esa voz lo hace por sentido común, al aconsejarme hacer lo que debo, o si lo hace por cobardía, al intentar convencerme de que deje de soportar este dolor yo sola.

«Quizá esa voz tiene razón. Sí, puede ser. Pero una vez que se lo cuente, sus vidas van a quedar destrozadas, así que… cinco minutos más. Voy a darles cinco minutos más de existencia tranquila y feliz. Solo voy a darles cinco minutos más de paz…».

Creo que permanezco durante más de media hora sentada en el mismo sitio y en la misma posición, sin parar de llorar y escudándome una y otra vez en esos «cinco minutos más y los llamo», como si estuviera en la cama, muerta de sueño y le robara minutos al despertador, mientras le doy vueltas a las mismas preguntas y pensamientos que, en forma de bucle autodestructivo, solo me aportan más y más ganas de llorar.

Al final, decido que lo mejor es que se lo cuente en persona. Supongo que estas cosas es mejor decirlas cara a cara y no por teléfono. Es más, creo que, si se lo cuento a todos a la vez, va a ser como quitar la tirita de golpe. No me hace ninguna gracia contarle esto a nadie, pero definitivamente creo que es lo mejor. Juntaré en el salón de casa a esas pocas personas que de verdad importan y que se pueden contar de sobra con los dedos de ambas manos, confesaré la verdad… y que sea lo que tenga que ser.

¿A ti qué te parece la idea? No sé si estarás pensando que soy una cobarde y que solo lo pospongo, pero ni te imaginas lo que es esto. De todos modos, a estas alturas es una tontería preocuparme por lo que puedas pensar de mí. Lo bueno de saber que te mueres es que por fin te das cuenta de que lo único importante es centrarte en ti y en aprovechar el tiempo que te queda.

3

Antes de salir del baño y volver al desastre en llamas en el que se ha convertido mi vida, me detengo a observarme por unos instantes en el espejo. Me veo fea, despeinada y con un aspecto descuidado. Además, tengo el rostro blancuzco y sin un ápice de brillo, acentuado por unos ojos enrojecidos que delatan que han llorado demasiado. Intento mejorar mi imagen lavándome la cara y peinándome, pero no logro cambiar la forma en la que me veo. Pese a esto, me obligo a salir y a combatir contra todas las decisiones que tengo que tomar y contra todo lo que está por venir.

Ya en la calle, me quedo parada durante unos segundos en la entrada del hospital, sin saber muy bien qué hacer o a dónde ir.

«Debería volver al trabajo. De hecho, ya se me ha hecho tarde. Les dije que llegaría como muy tarde a las diez y media, y son casi las once».

De pronto, me siento tonta. «¿Qué hago pensando en el trabajo, si me voy a morir?». Enfrente de donde estoy vislumbro un bar y, de inmediato, una idea invade mi cabeza.

«A la mierda», pienso.

Lo primero que hago es entrar en él y comprarme un paquete de tabaco. Luego tomo asiento en la terraza. En ella solo estamos un camarero y yo, que en ese momento deja de limpiar una mesa y se acerca a mí.

—Perdona, ¿tienes fuego? —le pregunto tras pedirle un café.

El camarero, sin decir nada, saca un mechero de su bolsillo y me lo presta.

—Muchas gracias —le digo mientras se lo devuelvo.

—Nada. Enseguida te traigo el café.

La primera calada me sabe a gloria y me produce algo de sosiego. Mientras la saboreo, vuelvo a pensar que no me creo que esté a punto de morir. Contemplo el cigarro y me invade un sentimiento de derrota al recordar que llevaba casi cinco años sin fumar, pero qué más da eso a estas alturas. ¿Tú no lo harías, sabiendo que estás en el tiempo de descuento?

Aún sigo pensando que estoy en una pesadilla de la que voy a despertarme en cualquier momento. De repente comienzo a pellizcarme el brazo como si pudiese acelerar el proceso, cada vez más fuerte y hasta que ya no aguanto el dolor, confirmando, muy a mi pesar, que toda esta mierda es real.

Mientras el camarero me sirve el café, me da por pensar en la chica alegre y radiante que salía de la consulta del doctor Cubillo. Yo diría que tenemos la misma edad, pero no tenemos nada más en común. A ella seguro que le quedan muchos años por delante y podrá crear un hogar con alguien a quien ame, esclavizarse con una hipoteca a veinticinco o treinta años, emprender su propio negocio y hacer todas esas cosas con las que yo soñaba. Joder, si hasta estaba embarazada. Tiene toda la puta vida por delante. Y yo..., yo solo dispongo del ahora.

Cuando me termino el cigarro, le pido de nuevo el mechero al camarero y me enciendo otro.

—No fumes tan seguido. Te va a sentar mal… —me advierte este intentando ser simpático.

—Si tú supieras… —contesto intentando que no se me note la tristeza que tengo encima, pero sin éxito.

Ambos nos miramos a los ojos en silencio durante un largo segundo. Las lágrimas comienzan a acumularse tras los míos.

—¿Estás bien? —Su mirada transmite una mezcla de pena y preocupación.

En cuanto veo cómo me mira, me arrepiento del momento de debilidad que acabo de protagonizar. Odio que me miren así.

—Nada grave, no te preocupes —le respondo devolviéndole el mechero y dirigiendo la mirada al café, en un intento de cortar la conversación y recuperar la compostura.

No sé cómo, pero logro calmar las pocas lágrimas que me quedan por derramar.

—Quédatelo, no te preocupes…. Y, si necesitas lo que sea, aquí estoy. A los camareros se nos da bien escuchar.

—Muchas gracias. —Estoy intentando sonreír.

El camarero me regala una sonrisa mientras se aleja. Es un señor ya mayor, bajito, barrigón y con cara de buena persona. Camisa blanca de manga corta y pantalón negro; de los de la vieja escuela, vaya. Seguro que no soy la primera persona con malas noticias que se sienta aquí sola a tomar un café e imagino que, por eso, me ha leído la desgracia en la cara. Después de todo, un bar enfrente de un hospital…, a saber la de cosas que ha visto este hombre.

Comienzo a reflexionar sobre ese instante en el que casi sucumbo a la tentación de permitir que vencieran las ganas de contárselo todo y de ponerme a llorar frente al camarero. Me siento tan superada por esta situación… Esto es una puta losa que llevo en mi espalda y que pesa demasiado. Pero es que, por otro lado, pienso que es de cobardes contárselo a cada persona que se cruce en mi camino, porque, si lo hago, lo único que consigo es transferirles mi dolor a los demás. ¿Qué le aporta al camarero que yo le cuente que me voy a morir? Se me ocurren dos supuestos: que mi historia le resbale o que mi historia le afecte tanto como para estar triste durante días. Nada bueno en ningún caso. No quiero que las interacciones que me quedan con otras personas se basen en la lástima, en la pena y en que me contesten con expresiones del tipo: «Lo siento mucho…». No. Ni quiero, ni voy a vivir eso.

Me acabo el segundo cigarro al mismo tiempo que el café. Me pido otro y me enciendo el tercero. La garganta comienza a dolerme, pero es que me da igual. Después de todo, de cáncer de garganta ya no me da tiempo a morirme.

De repente, de tantas vueltas como le doy a lo injusto que me parece todo, me invade una mezcla de ira, frustración y rabia. ¿Por qué a mí? ¿Por qué? ¿POR QUÉ? Es que no lo entiendo, joder. ¿Qué he hecho yo para que me tenga que morir tan joven? Que alguien me lo explique. ¿QUÉ HE HECHO? ¿A QUIÉN Y CUÁNDO?

Comienzo a sentir un deseo irrefrenable de destrozar cosas, de gritar y de desahogarme. Ojalá me cruzase ahora mismo con alguien con el que poder discutir. Con quien sea. Por ejemplo, el cabrón de mi jefe, para cantarle las cuarenta y mandarlo a la mierda por todas las horas extras no cobradas que me ha hecho trabajar, horas que en este momento de mi vida escasean. O a Dani, el típico compañero de trabajo pelota, engreído y que se cree mejor que los demás por pasar más tiempo en la oficina que fuera de ella. O la estúpida de Marina, que es la típica tonta que hay en todo grupo de amigas y que siempre está juzgando o metiendo mierda en la vida de las demás porque la suya es plana y vacía. O…

Según voy ampliando la lista de personas con las que quiero discutir, mi rabia llega a un tope. La siento incontrolable, como si tuviera que sacarla de mi cabeza sí o sí. Y, por si fuera poco, comienza a sonar mi móvil: me llaman desde la oficina, seguro que es para preguntarme dónde estoy, para meterme prisas y que vuelva lo antes posible.

«¿ES QUE UNA YA NO TIENE NI DERECHO A MORIRSE O QUÉ?».

Mi cuerpo se llena de la suficiente cantidad de rabia para anular al raciocinio, por lo que, impulsada por ella, me levanto, cojo la taza de café y el platito que la acompaña, y estampo con toda mi fuerza ambos objetos contra el suelo mientras grito «¡Joder!» a pleno pulmón. El estruendo de la vajilla al chocar con el suelo hace salir al camarero.

—¿Qué ha pasado? —me pregunta tras salir a toda prisa del bar.

Me quedo paralizada cuando soy consciente de lo que acabo de hacer.

—Lo siento… —le digo balbuceando mientras me dejo caer sobre la silla y rompo a llorar.

4

—¿Te has hecho daño? ¿Te has cortado o algo? —me pregunta el camarero, asustado, mientras se acerca.

Niego con la cabeza, incapaz de hablar e intentando sollozar lo menos posible.

—Espera un momento aquí y no te muevas, no vayas a cortarte. Voy por el cepillo y el recogedor.

Al cabo de pocos segundos está de vuelta, barriendo con cuidado los restos de cerámica esparcidos. Mientras tanto, por culpa de las lágrimas, me siento incapaz de decir nada, así que vuelvo a negar con la cabeza sin emitir palabra mientras miro al suelo. De nuevo sufro la tentación de contarle todo y desahogarme. Pero no lo voy a hacer… No. Sé que estoy al límite de perder el control de mis emociones, pero aún sigo al mando.

—Pero ¿qué ha pasado? ¿Estás bien? —pregunta al terminar. Creo que, aunque no me ha visto, sabe que he roto la taza y el plato a propósito.

Yo permanezco callada, sollozando.

—Toma. —De repente, saca del bolsillo un paquete de pañuelos y me lo ofrece.

Tras ese simple gesto, me derrumbo. Oficialmente acabo de perder el control de mis emociones.

—Me voy a morir… —le digo con un leve susurro mientras tomo el paquete de pañuelos y saco uno. Nada más pronunciar esas palabras, me arrepiento profundamente de haberlo hecho.

—¿Cómo? —pregunta confuso.

Siento tanta rabia por haberme fallado a mí misma al contárselo que acabo cometiendo la injusticia de pagarlo con él.

—¡QUE ME VOY A MORIR! ¡ME VOY A MORIR! ¡ME VOY A MORIR, JODER! ¡ME VOY A MORIR CON TREINTA AÑOS! ¡CON SOLO TREINTA PUTOS AÑOS DE MIERDA! ¿NO QUERÍAS SABER LO QUE ME PASA? ¡ESO ES LO QUE ME PASA! —le grito encolerizada y tan fuerte como mi garganta me permite, hasta llegar hasta el punto de ser desagradable y maleducada.

Para mi sorpresa, el camarero simplemente me abraza. No sabría explicar la razón, pero es un gesto que me calma. Es como si me estuviera absorbiendo toda la frustración y negatividad que llevo experimentando desde que salí de la consulta del doctor Cubillo. Permanecemos así bastantes segundos, quizá llegamos a uno o dos minutos, no sé. Está siendo algo tan reparador que no tengo ninguna prisa de que se acabe.

El camarero deja de abrazarme, me coge las manos y me mira a los ojos. Los suyos también se han humedecido.

Inmediatamente me siento culpable. ¿Cómo le he podido gritar de ese modo y hablarle tan mal? Él no tiene la culpa de nada…. Ahora somos dos personas sufriendo por algo que es solo mío.

—Siento lo de antes, de verdad. Soy estúpida. Y siento también lo de la taza y el platito, te prometo que te pago lo que haga falta… —le digo a modo de disculpa.

—No te preocupes por eso. ¿Quieres una tila para relajarte un poco? —me ofrece con toda la amabilidad del mundo. Lo noto muy afectado.

—Pues… ¿tienes whisky? Creo que prefiero algo fuerte.

—Sí, por supuesto.

El camarero me suelta las manos y se aleja de mí, haciendo ademán de dirigirse al bar.

—¿Te importa si voy dentro? No quiero que nadie me vea así… —le pregunto antes de que se meta en él.

—Claro que no.

Ya en el bar, compruebo que está igual de vacío que la terraza. Mejor, así no me ve nadie. Tomo asiento en uno de los taburetes que hay frente a la barra y, mientras el camarero se prepara para servirme, comienzo a fijarme en todos los detalles. Tiene una decoración variopinta, muy de bar de pueblo de toda la vida: detalles futboleros, un rincón lleno de barajas de naipes apiladas junto a un par de tapetes verdes, el clásico muñeco transparente Kinder lleno de huevos de chocolate con sorpresa…

De repente, el camarero me saca de mi ensimismamiento con el ruido del hielo chocando con el cristal de dos copas. Las pone frente a mí, junto a una botella de whisky de una marca que no conozco.

—Creo que yo también necesito un trago —me dice a modo de explicación mientras sirve en ambos vasos, imagino que como respuesta a mi cara de sorpresa.

Cuando termina de servirnos, pone uno de los vasos frente a mí, al mismo tiempo que coge el otro y lo alza al frente.

—Por las heridas que se acaban de abrir y por las que se acaban de reabrir —dice él.

—¿Cómo?

—Mi mujer se murió de cáncer, y hoy me has recordado al día en que se lo diagnosticaron…

Tras decirme esto, se bebe la copa de un trago.

«Ahora lo entiendo todo…», pienso.

Yo le imito, pero, según saboreo la bebida, comienzo a toser y a sentir arcadas.

—No eres de beber whisky, ¿verdad?

—Pues… es la primera vez en mi vida que lo pruebo —le digo como puedo mientras toso y me aguanto las ganas de vomitar.

—Y ¿por qué me has pedido whisky entonces?

—Se supone que es lo que hacen en las películas en momentos como este…

—Ya… Me temo que suponemos muchas cosas porque las hacen en las películas. —La boca del camarero dibuja una tímida sonrisa mientras rellena su vaso, aunque el resto de su cara se ha visto invadida por un semblante triste—. ¿Quieres otro? Invita la casa.

—Mejor no…

—Como quieras.

Ambos nos quedamos durante un instante callados, hasta que decido romper el silencio.

—Y… ¿cómo fue? ¿Te apetece contármelo? Si no es entrometerme demasiado, claro —le pregunto llena de curiosidad.

Deja de mirar al vaso para mirarme a los ojos, y ahora creo que es él el que está a punto de llorar.

—Bueno…, no hay mucho que contar, por desgracia. De un día para otro, en una visita cualquiera al médico, le detectaron algo raro. Nos dijeron que no teníamos de qué preocuparnos, que seguramente no era nada. Unos días después le hicieron unas pruebas y acabaron diagnosticándole cáncer. Cuando los médicos se dieron cuenta, ya se había extendido demasiado, por lo que no se pudo hacer nada, salvo esperar. El resto…, supongo que te lo podrás imaginar.

—Vaya, lo siento…

—No te preocupes, es ley de vida.

Durante unos instantes, volvemos a quedarnos callados, momento que el camarero aprovecha para beberse la nueva copa y servirse una tercera.

—Y ¿lo tuyo? —me pregunta.

—Una enfermedad rara… No me apetece mucho hablar de ello, pero digamos que es incurable y que, sí o sí, me voy a morir y pronto.

—Ya… —responde él pensativo.

Ambos volvemos a quedarnos en silencio.

—No sé si contárselo a mis seres queridos… —le cuento rompiendo el silencio.

He pasado de no querer que nadie lo supiera a pedirle consejo a un camarero del que no sé ni el nombre. Supongo que de perdidos al río.

—Y ¿por qué no? Ellos querrían saberlo. Te lo digo por experiencia. Además, debe de ser terrible tener que soportar una carga tan grande tu sola. Si te sientes arropada, va a ser más fácil…

—Antes de venir aquí, había decidido reunir a mis familiares y seres queridos para contárselo a todos al mismo tiempo, creo que debo hacerlo y pienso que este sería el mejor modo. Pero es que no quiero contárselo porque estoy segura de que hacerlo equivale a destrozar sus vidas. Ahora mismo, ellos tienen sus penas y alegrías, como todos. Pero, en cierto, modo viven en paz. Y en cuanto se lo cuente… Para que te hagas una idea, por el momento solo lo sabéis dos personas: mi médico y tú. Y a ambos se os han llenado los ojos de lágrimas en cuanto hemos hablado de ello. Para lo que me queda de vida, no quiero ver pena, condescendencia o compasión en la cara de los demás cuando estén conmigo. Y si hago eso de reunirlos y contárselo a todos…, creo que van a reaccionar igual o incluso peor.

—Pues entonces no se lo cuentes a nadie.

—Pero me acabas de decir que, a ti, por experiencia propia, te gustaría saberlo.

—Ya…, pero no debe importarte lo que yo piense o prefiera. Ni lo que piense yo ni lo que piense nadie. Es tu vida. Y se acaba. Tienes que vivirla como te gustaría vivirla. Lo demás… simplemente no importa.

Permanezco callada, reflexionado sobre sus palabras…

—Si hay algo que aprendí de lo de Marisa fue a valorar el tiempo y a ser egoísta. —Mientras me dice esto, sus ojos vuelven a humedecerse y se refugian en la copa—. Desde pequeños nos inculcan que mirar primero por nosotros es malo porque significa ser egoísta. Pero si no miras tú misma por ti, ¿quién lo hace? No me gustaría que te pasase como a ella…

—¿A qué te refieres exactamente?

Antes de responderme, el camarero se toma su tiempo para beberse la copa de un trago y se sirve otra.

—No te imaginas la de cosas que se dejó Marisa por vivir… Ella soñaba con ir a ver las pirámides de Egipto, con hacer una exposición de sus pinturas, con mandar a freír espárragos a algunas personas que eran unas interesadas o que no la trataban bien, con vivir en la playa y poder pasear todas las mañanas descalza sintiendo la mezcla del agua y la arena bajo sus pies… Se quedó con ganas de experimentar todo eso y mil cosas más. En la misma mañana que fui con ella al médico y este nos dio la fatal noticia, le propuse cerrar el bar e irme con ella a vivir a algún sitio tranquilo con mar, donde pudiera pasear cada mañana y pintar sus cuadros. Y a partir de ahí, ya veríamos lo que hacer según nos apeteciera. Solo quería ayudarla a que fuese feliz hasta el final. Y no quiso…

—Pero ¿por qué? —le pregunto sorprendida.

—Porque le preocupaba todo. Le daba miedo cerrar el bar o dejárselo a alguien de confianza. Le daba miedo el qué dirán. Le daba miedo gastar todos nuestros ahorros. Le daba miedo que sus cuadros no fuesen buenos y hacer el ridículo en caso de lograr hacer una exposición. Le daba miedo todo…

—Ya…

—Acabó muriendo del mismo modo que vivió. Con decirte que una vecina, que sabía lo que le pasaba a Marisa, le pidió que le arreglara un vestido… Y Marisa, pese a que estaba siempre con jaquecas, mal cuerpo, y lo último que le apetecía era ponerse con ello, malgastó una tarde entera para arreglárselo con el único fin de cumplir con ella… Y lo peor es que esa vecina luego no fue ni a su entierro…

—Madre mía…

—Escúchame atentamente, porque creo que esto es lo más sabio que te puedo decir tras todos estos años: tú, mientras no le hagas mal a nadie, haz lo que quieras y lo que te haga feliz. Aprende a decir que no. Valora cada día de tu vida. No tengas miedo al qué dirán. No sé el tiempo que te queda, pero sea mucho o poco, tiene que ser para ti y para vivirlo como tú quieras. Que merezca la pena. Muere con una sonrisa por haber aprovechado el tiempo que has tenido. No te dejes nada sin hacer. Si te apetece contárselo a alguien, se lo cuentas. Y si no quieres contárselo a nadie, no se lo cuentes. Quizá es tu ocasión para vivir la vida que todos queremos vivir. Gástate todos tus ahorros en aquello que te apasiona. ¿Tienes a alguien que te trata mal en tu vida? Date el gusto de mandarlo a tomar por culo y ponlo donde se merece. ¿Hay alguien a quien quieres? Díselo una y mil veces.

Piensa que ahora tienes una oportunidad de poder hacer lo que quieras sin pensar en las consecuencias.

—Ya... Visto así, lo de morirme suena hasta bien... —Mientras digo esto, me sale una tímida sonrisa. Creo que es la primera vez que sonrío en semanas.

—Soy de los que piensan que no hay mal que por bien no venga. Así que, ya que las cosas vienen como vienen y cuando vienen, sean justas o injustas, creo que nuestro deber es intentar centrarnos en lo bueno y no en lo malo. No nos queda otra...

5

Permanezco un buen rato más charlando con Diego (el camarero), hasta que entran un par de personas en el bar, momento en el que me despido de él con la excusa de dejarle trabajar tranquilo y con la promesa de volver a visitarle pronto. El haberlo conocido ha sido de lo mejor que me podía pasar. Escuchar su punto de vista y sus consejos tras la experiencia vivida con su mujer me ha servido para ser capaz de ver mi situación de un modo totalmente diferente. Sigo pensando que todo es una mierda, pero, al mismo tiempo, siento que puedo convertir esta terrible noticia en un propósito de vida claro y definido como no lo he tenido nunca: aprovechar al máximo el tiempo que me queda.

Ya en la calle, me enciendo un cigarrillo mientras camino sin un destino claro, dándole vueltas a la idea de que quizá esto pueda ser una oportunidad para poder experimentar aquello del *carpe diem* de verdad. Y quiero resaltar lo de «de verdad» porque seguro que tú también te has topado en redes sociales con el típico influencer-bocachancla que insiste en que hay que vivir cada día como si fuese el último y sin preocuparte lo más mínimo por el mañana, pintándolo como si fuese muy sencillo. Pero es que llevar a cabo esta filosofía es prácticamente imposible si tienes una vida normal y corriente; esa misma vida que tiene el 99,9 % de la gente que te cruzas por la calle. No se puede vivir en plan *carpe diem* si tienes que ir a trabajar para mantener un empleo, si tienes que mantener a un hijo, si tienes que pagar un alquiler o una hipoteca a final de mes o si tienes tu cuenta bancaria bajo mínimos. Es una filosofía irresponsable, cuyas consecuencias para tu futuro cercano serían terribles.

Te cuento todo esto porque, cada vez que he escuchado a alguien hablando en redes sociales sobre el dichoso *carpe diem*, siempre lo han resumido en quemar tu dinero, viajar, rendirte ante tus vicios prohibidos, entregarte a los placeres instantáneos y ridiculizar toda idea que conlleve pensar en el mañana, como si no fuera a llegar nunca. Y por culpa de esto me he llegado a sentir una cobarde y una fracasada por seguir haciendo lo que debía hacer en lugar de lo quería hacer.

Te aseguro que ni ahora, que, por desgracia, tengo la certeza de que me estoy muriendo, les doy ni una pizca de razón, pues vivir sin pensar en el mañana no tiene sentido, salvo en situaciones como la mía.

Para empezar, la vida no es tan simple ni es blanco o negro, pues cada uno tiene su situación propia, sus proyectos personales y lo que le hace feliz. Partiendo de esta premisa, queda más que claro que no se puede generalizar en algo así. Si lo que tú quieres es desarrollarte profesionalmente y destacar en tu sector, no te va a hacer feliz viajar o entregarte a placeres inmediatos, sino trabajar duro en el presente para lograr conseguir éxitos de relevancia en el plano profesional. Y, ojo, que aquí no hablo de dinero. Yo quería (me duele decir esto en pasado, pero es lo que hay) emprender mi propio negocio, ser mi propia jefa y dedicarme a lo que me gustaba, y ya no puedo porque no tengo tiempo. No quería esto simplemente por el dinero, sino por el orgullo, la satisfacción personal y la felicidad que se tiene que experimentar cuando te levantas cada mañana para trabajar en un proyecto tuyo, y no a cambio de un triste sueldo fijo, concepto concebido para destrozar todas tus ambiciones y para que renuncies a tus sueños a cambio de una aburrida y gris estabilidad. Y ya no es solo el plano profesional, sino con proyectos personales como el de crear una familia y ver a tus hijos crecer. O intentar construir o crear algo que logre que el mundo cambie o mejore de algún modo. O, simplemente, disfrutar la mayor cantidad de momentos posibles con tus seres queridos. Todo esto también es una vida plena y feliz, y es lo contrario a las ideas que conlleva el *carpe diem*, tales como vivir huyendo de esforzarte por alcanzar tu mejor versión o de mejorar como profesional o de trabajar en grandes metas, las cuales suelen aportar una felicidad muy superior a la que puede dar cualquier placer instantáneo.

Mi conclusión es que, salvo que te estés muriendo (como en mi caso), lo mejor que puedes hacer es vivir persiguiendo el ser feliz en el presente mientras trabajas por el futuro que quieres. Haciendo esto, si te dicen que te mueres mañana, no te va a dar tanta rabia, pues al menos lo intentaste. Y si, siguiendo mi filosofía, al final logras vivir hasta los ochenta o noventa años, enhorabuena, pues casi seguro que habrás disfrutado de una vida plena y feliz.

La única certeza aquí es que no puedes dejar las cosas para más adelante. Si quieres hacer algo, hazlo ya, hazlo hoy. Porque lo que más me ha dolido de que me digan que me voy a morir, aparte de morirme, como es obvio, es la culpa que me reconcome por todas las cosas que he hecho mal, como relacionarme con personas que me trataban mal pensando que en el futuro dejarían de hacerlo o esperar a que la llama de la pasión en mi relación de pareja se volviera a encender por arte de magia o la cantidad de meses (e incluso años) que he pospuesto el emprender mi negocio por aguardar a tener más dinero, más seguridad económica y más ideas para tener éxito... Así te podría hacer una lista enorme de cosas de las que me arrepiento, y todas tienen su origen en el mismo motivo: pensar que tenía tiempo. Te aseguro que esto es lo que te llena de rabia y de arrepentimiento cuando te dicen que te vas a morir: haber pospuesto cosas para más adelante porque pensabas que tenías tiempo. Y es que, tengas el tiempo que tengas, es limitado y con una tendencia imparable a disminuir hasta cero.

Para terminar, me gustaría que no cometieses la tontería que he cometido yo de sentirme una fracasada porque alguien dice en un vídeo de redes sociales que tienes que vivir cada día como si fuese el último y si no lo haces eres un fracaso de persona. Porque sí, en un pódcast y con un micrófono delante, cualquiera parece tener la verdad absoluta. Pero yo, que me muero, te aseguro que no es un fracaso vivir trabajando en el presente por tener el futuro que quieres. Lo que es un fracaso es perder tu tiempo y posponer una y otra vez todas esas cosas que deseas y anhelas por miedo al fracaso y al qué dirán o por esperar a que lleguen tiempos mejores, a tener más dinero o a que el viento sople a tu favor. Tonterías que, por desgracia, he cometido.

Piensa que no sabes el tiempo que te queda, y es justo esa incertidumbre lo que te tiene que servir de chispazo para intentar vivir la vida que quieres en el presente mientras llegas lo más lejos posible en tus proyectos y anhelos.

6

Cuando ya llevo un buen rato paseando, sumida en mis pensamientos y sin destino concreto ni prisa alguna, mi móvil comienza a sonar: de nuevo me llaman del trabajo. Inmediatamente silencio la llamada y guardo el teléfono.

No me apetece hablar con nadie ahora mismo. Además, ya tengo decidido que esta tarde pasaré por la oficina para recoger mis cosas y para avisarles de que no voy a ir más. Si por mí fuera, directamente no iría. No me apetece pasar ese mal trago ni perder mi valioso tiempo en algo que podría hacer por teléfono, pero es que quiero recoger mis cosas, en especial un pequeño peluche que tengo en mi escritorio y que me regaló mi abuela en la feria del pueblo hace ya muchos años, cuando era niña. Ese peluche me recuerda mucho a ella y todos esos momentos felices juntas de mi infancia (la pobre se murió cuando yo tenía doce años). Decidí llevarlo a la oficina para poder tener algo allí que me hiciera sentir bien y me transfiriera paz cada vez que tuviese un mal día.

De pronto me harto de seguir dándole vueltas a todo y decido que ha llegado el momento de tomar acción. Aprovechando que acabo de ver un bazar, entro en él para comprarme un boli y una pequeña libreta que me quepa siempre en el bolso. Tras pasar por caja, voy hacia un bar que hay justo al otro lado de la calle, con una apetecible terraza al sol y que parece tranquilo (no sé muy bien por qué, pero el aire libre y el sol me hacen sentir más viva y feliz que nunca). Tras tomar asiento y llamar a la camarera, pienso en la barbaridad de veces que, a lo largo de mi vida, he mirado hacia la ventana de mi oficina y he pensado: «Qué buen tiempo hace para tomarte una caña con amigos o para tumbarte en un parque a leer». Debido al compromiso que requiere un trabajo y la obligación de cumplir con el horario laboral, no es algo que puedas hacer, salvo en vacaciones. Y lo peor es que en esa época tampoco lo puedes disfrutar igual, pues como todo el mundo suele coger las vacaciones a la vez (en el mes de agosto y Navidad), todo está lleno de gente y de agobios. Es verdad que durante las vacaciones te sientes libre, pero al mismo tiempo no se siente como una libertad plena, sino más bien como si tu jefe te hubiera aflojado la correa para que corretees por donde quieras y te dé el aire un poco. No es un sentimiento de libertad total, ni mucho menos. En cualquier caso, te diría que llevaba desde los tiempos de la facultad sin tener la oportunidad de estar un martes cualquiera a las doce de la mañana en la terraza de un bar. Y sienta bien, la verdad. Jodidamente bien.

Cuando por fin viene la camarera, me pido una caña doble y un pincho de tortilla (que le den morcilla a la vida sana). Luego me enciendo un cigarrillo, saco del bolso la libreta y el boli, y me dispongo a ejecutar mi primer plan: elaborar la lista de las cosas que quiero vivir antes de morir.

En un primer momento pensaba que tardaría un par de minutos en escribir la lista, pero me está costando porque no sé muy bien qué escribir. No es tan fácil escribirla sin saber el tiempo que me queda… El doctor Cubillo, antes de saber los resultados definitivos, me contó que, al ser una enfermedad rara de la que no hay muchos precedentes, no podía decirme cuánto tiempo me quedaría en caso de confirmarse los peores pronósticos. Sí me dijo que el hecho de ser joven podría servir de ayuda para que todo se retratase un poco, pero que era una auténtica incógnita. En cualquier caso, los primeros síntomas graves no deberían tardar en aparecer y, al ser una enfermedad degenerativa, con el paso del tiempo mis fuerzas irían menguando al mismo tiempo que mi salud debería ir empeorando…

Tardo casi media hora en completar la lista. Digamos que hay cosas que no veo posibles, ya sea por ser demasiado caras o por necesitar demasiado tiempo. Por ejemplo, recorrer la ruta 66. Tiene que ser la leche, pero entre prepararla y realizarla creo que voy a tardar demasiado tiempo en hacerla… Y puesto que no sé bien cómo voy a estar de salud, ni el tiempo que me queda, prefiero que sean cosas más concretas. En cualquier caso, mi lista ha quedado del siguiente modo:

- Ir en persona a la oficina para dejar el trabajo y quedarme a gusto con el estúpido de mi jefe.
- Hacerme un tatuaje.
- Escribir un libro.
- Alquilar una sala de cine para mí sola.
- Volver a ir de viaje con mis amigas a Ámsterdam.
- No volver a dejar que nadie me trate mal respondiendo con contundencia.
- Decirle "te quiero" a las personas que más amo.

- Ser voluntaria en una ONG.
- Plantar un árbol.
- Hacer feliz a alguien.
- Saltar en paracaídas.

Permanezco durante un buen rato mirando la lista, leyéndola con calma una y otra vez e imaginándome cómo voy a cumplir cada uno de mis propósitos. En principio me siento satisfecha con ella. Sé que quizá te puede parecer una lista muy sencilla y poco épica, pero, vaya, de un modo u otro, todas son cosas especiales para mí y tienen un porqué. Ya lo irás entendiendo. Además, en mi defensa diré que no es una lista definitiva y que hay bastantes cosas que me he dejado fuera por no verlas muy viables. Aunque insisto en que creo que, para empezar, está bastante bien. Después de todo, siempre estoy a tiempo de añadir cosas nuevas que se me vayan ocurriendo.

Me termino la cerveza y pido la cuenta. Tras pagar a la camarera, salgo decidida y motivada para comenzar ya a tachar cosas de mi lista. Empiezo por lo más rápido y sencillo: hacerme un tatuaje.

Desde pequeña me han llamado la atención. Recuerdo ser una niña y quedarme embobada cuando veía a algún chico con tatuajes, con esa aura de malotes tan irresistible que transmitían. Y, en el caso de las chicas, tampoco se quedaban atrás, parecían huir de la imagen de chica Barbie, que era el estándar de belleza de entonces, y demostraban ser rebeldes y con mucha personalidad. Las veía como si fuesen superheroínas y siempre he deseado sentirme así. Pese a todo esto, nunca me he atrevido a tatuarme nada por si me rechazaban en algún trabajo, por si decepcionaba a mis padres (son muy de la vieja escuela) y, sobre todo, porque he sido tan tonta como para dejar de hacer cosas por lo que puedan pensar terceros. Supongo que también ha influido el hecho de que nunca he tenido muy claro qué tatuarme, y sumado eso a que suelo cansarme de todo con el tiempo, me ha hecho posponer la decisión un y otra vez por si me arrepentía de él en el futuro. A ver, que tampoco es que haya tenido nunca en mente hacerme un tribal justo encima de la raja del culo, como se hizo tanta gente al principio de los años dos mil (toda esa gente, por cierto, seguro que sí se arrepiente), pero vaya, que me daba algo de vértigo que me pasara algo parecido. En cualquier caso, lo bueno de morirme es que todas estas dudas e inseguridades ya no importan.

Como te iba contando, decido hacerlo a lo loco. No quiero buscar opiniones en Google ni preguntarle a nadie por su tatuador de confianza. Nada de buscar la perfección, que es el mayor asesino de propósitos de la historia. Simplemente comienzo a caminar con la idea de pasar al primer estudio de tatuaje con el que me encuentre.

7

SEGÚN CAMINO, A LO LEJOS, VEO UN LOCAL PINTADO CON UN ROJO vivo y vibrante que, para mi suerte, resulta ser un estudio de tatuaje. Al acercarme, descubro que se llama SHIBARI & INK TATTOO, según reza un rótulo negro situado encima de la entrada. A la derecha del nombre, acompañándolo a modo de logotipo, unas manos femeninas atadas por una cuerda alrededor de las muñecas, como si estuvieran colgando de un techo.

—¿Qué cojones es esto…? —se me escapa en voz baja.

Mi curiosidad se despierta, por lo que intento averiguar más sobre el sitio a través de un gran ventanal que hay a la derecha de la puerta, aunque apenas logro ver nada del interior, ya que está tintado de gris. Dicho ventanal está decorado con un fino vinilo negro en el que aparece una chica de espaldas, como si estuviera sentada en el suelo, completamente desnuda e inmovilizada por multitud de cuerdas que se enrollan y se cruzan por todo su cuerpo. Mi curiosidad se convierte en miedo.

«Madre mía, a ver dónde me voy a meter…», me digo mientras valoro el huir de este sitio y seguir buscando otro estudio de tatuaje que parezca más normal.

De pronto, mi móvil vuelve a sonar: otra vez me llaman desde la oficina.

«Qué pesados…».

La llamada me llena de rabia, por lo que la rechazo, me guardo el móvil en el bolso y, como si hubiera sido una señal para que por fin fuese valiente con algo en mi vida, decido que voy a entrar, sin miramiento alguno, sin pararme a pensar en quién me voy a encontrar dentro y sin tratar de recopilar más información. Estoy harta de estar siempre igual, de ser una cobarde, de buscar lo seguro, de no salir de mi zona de confort, del pánico a lo desconocido… Parece que ni muriéndome soy capaz de impedir que la vergüenza me domine.

«Dije que iba a tatuarme en el primer sitio que encontrase y lo voy a cumplir», reafirmo en mi cabeza con decisión.

Tras este arrebato de valentía, mis pies parecen moverse solos y, cuando me doy cuenta, ya estoy dentro. Eso sí, te confieso que toda esa valentía desaparece en el mismo instante en el que escucho el ruido de una campanita al abrirse la puerta. Sin querer, ya he avisado de mi presencia a quien quiera que haya aquí.

«Joder, ya no hay marcha atrás. O sí… Y ¿si me voy?», pienso en un instante de pánico.

Antes de que me dé tiempo a girarme para salir, aparece un chico desde una puerta situada a mi derecha.

—Hola, ¿en qué puedo ayudarte?

Tiene una voz grave pero agradable. Es un chico de piel clara y pelo moreno, de más o menos mi edad. Alto no, altísimo, pues rondará fácil el uno noventa, con una larga barba negra y con unos fuertes brazos completamente tatuados. Aun así, no es un chico que dé miedo, sino que simplemente causa impresión.

—Pues… venía a hacerme un tatuaje… —contesto un poco avergonzada. De repente me he dado cuenta de que lo de tatuarme es de verdad y me han invadido las ganas de echarme atrás.

—Ah, genial entonces. Aquí nos dedicamos justo a eso —me

dice riéndose, aunque de un modo que se nota que intenta hacerlo conmigo y no de mí.

Yo también me río, aunque de forma tímida y sin decir nada. Nos quedamos en silencio durante unos segundos, momento que aprovecho para analizar en detalle la decoración del local. Tras la primera imagen que me dio la fachada, el letrero y las imágenes de las chicas atadas, me esperaba algo más sucio, caótico y tétrico, por decirlo de algún modo. Algo así como la guarida de un asesino en serie. Pero la verdad es que tiene una decoración impecable, más acorde a una peluquería de lujo o a un salón de belleza mezclado, eso sí, con muchos toques eróticos y del mundo del tatuaje. Sin duda alguna, lo que más llama la atención es el techo, que me recuerda, salvando las distancias, al de la Capilla Sixtina, pero en blanco y negro y lleno de símbolos (de muchos de los cuales desconozco su significado) junto a más chicas desnudas, algunas atadas con cuerdas y otras no.

—¿Tenías alguna idea sobre lo que te quieres tatuar o en qué parte del cuerpo? —me pregunta reclamando de nuevo mi atención.

—Pues… no. Ni idea…

Madre mía, qué vergüenza. Se va a pensar que soy la clienta más tonta que ha pasado por aquí en lo que va de año.

—¿Hay algún motivo concreto por el que quieras tatuarte? Quizá eso nos pueda ayudar a encontrar alguna idea.

—Pues… tampoco… —Tú ya sabes que sí lo tengo, pero prefiero abstenerme de contarle lo de mi enfermedad a nadie más.

—No te preocupes, no eres la primera que entra así —dice mientras saca un archivador gigante de debajo del mostrador—. Aquí tienes muchos ejemplos, así que échale un ojo a esto, a ver si alguno te inspira. Y ya, cuando te decidas, me llamas.

—De acuerdo. ¿Y lo haríamos ya o tengo que pedirte cita?

Nada más preguntarle esto, me enfado conmigo misma, pues ha sido una pregunta que ha nacido de la vergüenza y del miedo, con el objetivo de intentar tener la posibilidad de huir y de echarme atrás.

—Pues has tenido suerte: suelo trabajar con cita previa, pero como veo que te quieres hacer algo sencillo y no tenía a nadie más hasta el mediodía, si quieres, podemos hacerlo ya.

—Guay…

—Mira, yo voy a terminar con una chica, que justo me has pillado trabajando y la he dejado colgada; tú siéntate en ese sillón de allí y échale un ojo a esto, a ver si alguno te inspira. Cuando te decidas, me llamas.

Cojo el archivador y tomo asiento, mientras el chico desaparece por la misma puerta desde la que apareció. Mientras elaboraba la lista de cosas que hacer antes de morirme, habría estado bien pensar qué quería tatuarme. Así, de primeras, se me ocurre alguna frase de alguna canción o algún símbolo…, desde luego algo que no sea muy grande, no vaya a ser que duela demasiado.

Tras un rato ojeando el archivador, apenas he encontrado algún tatuaje que me guste. La gran mayoría son tatuajes grandes que, seguramente, sean obras de arte dentro del mundo del tatuaje (no digo yo que no), pero es que no son lo que busco. También hay muchos que me parecen horteradas. Por ejemplo, el de un chico que se tatuó un lobo blanco gigante en el pecho con un fondo negro para que resaltase. A saber la de horas que echaron ahí… Y, lo que es peor, a saber lo que dolió…

Sigo así durante un buen rato más, hasta que me topo con uno pequeño, justo debajo de la muñeca derecha: *carpe diem.*

«No podía faltar. Seguro que este se lo hizo algún influencer-bocachancla…», me digo a mí misma riéndome para mis adentros.

Me aburro de mirar tatuajes, por lo decido dejar el archivador encima de una mesa y comienzo a analizar toda la decoración del local. Está lleno de detalles por todas partes, con unos muebles muy bien escogidos y con una mezcla de colores rojo, negro y blanco que le dan un punto salvaje y elegante al mismo tiempo. Lo que más me sorprende es la multitud de fotos que hay de chicas inmovilizadas con multitud de nudos de cuerda alrededor de todo su cuerpo, iguales que el del vinilo del ventanal.

«No entiendo esta obsesión con las cuerdas y las chicas atadas… ¿Será alguna decoración moderna?».

He de confesar que no siento miedo ni nada parecido. No sé si será la decoración del local como conjunto o qué, pero tiene su punto atractivo. Me atrevo a decir que parece arte. Hay una fotografía en concreto que me llama la atención sobre el resto, pues en ella aparece una chica, vestida con un body negro, la chica cuelga del techo, bocabajo y con el cuerpo inmovilizado. Las cuerdas se cruzan y se entremezclan alrededor de los pechos, los brazos, la espalda… Una de las piernas está atada al muslo, mientras que la otra permanece estirada y hacia arriba, en una pose que transmite la elegancia y la delicadeza de una bailarina de danza. Todos los nudos parecen perfectos e iguales, la distancia entre cada cruce de cuerdas parece simétrica y la imagen general denota mucho cuidado en cada detalle a la hora de tomar la fotografía.

Mientras sigo mirando algunas de las fotos, el chico aparece por la misma puerta que la otra vez, seguido ahora de una chica guapísima vestida con una gabardina.

—Nos vemos en la próxima sesión, Jaco. En cuanto tengas las fotos, avísame.

—Perfecto. Cualquier cosa, me llamas.

La chica desaparece por la puerta y me fijo en que el chico lleva una cámara profesional colgada sobre su cuello.

Tras esta escena, mi cabeza empieza a echar chispas elaborando multitud de teorías y conspiraciones relativas a lo que acabo de presenciar.

—Perdona la tardanza, pensaba que íbamos a tardar menos —me dice él sacándome de mi ensimismamiento, mientras guarda la cámara en un armario.

—Nada, no te preocupes. Estaba aquí viendo las fotos … —le digo un tanto avergonzada.

—Y ¿qué tal? ¿Te gustan? —Hay orgullo en su voz.

—Sí y no. Es decir, sí, pero digamos que tengo sentimientos encontrados.

—¿A qué te refieres?

—Pues… a todo… Son un tanto extrañas… O sea, no quiero ofenderte ni mucho menos, no malinterpretes mis palabras.

—No te preocupes, ya te entiendo. Veo que estás un poco abrumada. Lo más sencillo es que vengas y te lo enseñe —dice mientras se gira y se dirige una vez más a la puerta por la que ya le he visto entrar y salir dos veces.

Durante un segundo me quedo paralizada, como si fuera una de las chicas de las fotos.

«¿Qué me voy a encontrar ahí? A ver si al final va a resultar que es un loco o un asesino en serie…».

De pronto me acuerdo de que me voy a morir y, aunque me siento presa del pánico, al mismo tiempo la curiosidad me pide que le siga. Además, la lógica me dice que, si la chica de la gabardina salía tan contenta, no puede ser nada malo ni peligroso… De modo que, al igual que cuando entré al local, con mis piernas temblando y llena de dudas, hago de tripas corazón y comienzo a caminar tras sus pasos.

8

La primera impresión me decepciona un poco, pues, aunque no sabía ni lo que me esperaba, sí que imaginaba que sería algo más peligroso, como una mazmorra sexual o algo así. Lo que me encuentro, en realidad, es un estudio de fotografía lleno de focos, diversos recursos para fondos y multitud de cuerdas por todas partes. Lo único raro en él lo encuentro en el suelo, pues en el centro de la sala hay varios colchones finos de color crema; también en el techo, del cual cuelga un aro de un tamaño ligeramente mayor al de mi mano abierta y una especie de tronco de madera que medirá un metro de largo.

—Lo primero de todo, perdona el desastre —dice mientras despeja la habitación—. Normalmente lo tengo recogido, pero justo me has pillado terminando una sesión, y como tu visita ha sido un poco de sorpresa, no me ha dado tiempo a recoger.

—Nada, no te preocupes.

—Aquí es donde hago las fotos que viste afuera, además de tatuador, también soy fotógrafo y *rigger* de *shibari.* Digamos que en esta sala mezclo un poco todo: hago sesiones de fotos, cursos de iniciación de *shibari* en pareja…

—¿Cómo? —le pregunto sin enterarme de nada, como si me estuviera hablando en chino.

De pronto, el chico se detiene y me mira riéndose.

—No tienes ni idea de lo que te estoy hablando, ¿verdad?

—Pues no…

—Vale, perdona. En ese caso tienes que estar flipando —dice riéndose aún más.

—Pues un poco, sí, la verdad… —Me río con él, lo que me hace sentir algo más relajada.

—Nada, tranquila. De forma muy resumida, el *shibari* es una práctica de origen japonés que consiste en atar a otra persona siguiendo algunos principios técnicos y estéticos con cuerdas de fibras naturales, como esta —me dice entregándome una—. Aun así, hay muchas variantes y muchos nombres en función del fin que se busque: sexual, artístico, exhibicionismo, juegos de rol…

Comienzo a estrujar la cuerda con mis dedos, descubro un tacto agradable, firme y más suave de lo que imaginaba. Por un segundo me pica la curiosidad de qué se sentirá al estar inmovilizada con ella.

—Ya… y ¿cuál es tu fin? —le pregunto mirando a la cuerda que tengo entre manos para evitar así mirarle a la cara.

—Artístico —responde con rotundidad.

—¿Solo? Quiero decir, tienes a una persona desnuda ante ti, guapísima, según las fotos que tienes fuera, inmovilizada e indefensa, y ¿solo ves arte? —Sigo sin ser capaz de levantar la vista.

—Sí, claro. No tengo ninguna conexión emocional con esa persona, ni comparto ningún vínculo amoroso o energía espiritual, entonces es un poco vacío todo. Como un ligue de una noche, para que te hagas una idea. Digamos que es como si atara cojines, que es de hecho con lo que hay que empezar para aprender. Por tal razón solo me centro en el arte y en conseguir que las fotografías expresen lo que la modelo y yo queremos.

A mis amigos les pasa como a ti y no me creen, pero te aseguro que esto capta el cien por cien de mi atención.

—¿En serio? Es que me imagino siendo yo la modelo y creo que no podría, estaría nerviosa, insegura y llena de miedos. ¿Cómo una persona puede sentirse segura mientras está atada e indefensa ante otra que conoce de muy poco? —Tras preguntarle esto, me atrevo a permanecer durante unos instantes mirándolo a los ojos.

—Ahí es donde entra lo de que soy *rigger* de *shibari.* Las cuerdas son muy peligrosas, pues pueden asfixiar, causar lesiones, cortar la circulación… Mira, ¿ves eso que cuelga del techo? —pregunta señalando al aro y al tronco de madera—. En las sesiones más avanzadas, cuelgo a las chicas de ahí. En ese tipo de prácticas hay que tener el máximo cuidado y saber bien lo que estás haciendo, pues una caída en según qué pose puede llegar a causar mucho daño. Todo esto conlleva que este tipo de prácticas no pueda hacerlas cualquiera, y ahí es donde entra la figura del *rigger,* que debe ser una persona que tenga conocimientos, habilidad y mucha experiencia atando a otras personas.

—Ya, pero eso no responde a mi pregunta. ¿Cómo puede alguien sentirse segura estando completamente inmovilizada frente a otra persona que no conoce de nada?

—Quienes vienen aquí para las sesiones suelen ser modelos profesionales acostumbradas a posar, incluso he hecho cosas para algunas revistas… Todos los trabajos siempre surgen por recomendaciones de otras chicas que ya han trabajado conmigo, digamos que es un sector pequeño en el que todos nos conocemos, lo que hace que sea más o menos sencillo. No es lo mismo que lo haga un extraño a que lo haga alguien que sabes que se dedica a ello profesionalmente, tiene buena marca personal por los años de experiencia y que te lo han recomendado varias personas. De todos modos, siempre doy la posibilidad de venir con una o dos amigas a modo de acompañantes.

—¿Y todas las chicas que vienen se desnudan para que las ates y les hagas fotos?

—No, qué va. Te diría que el noventa por ciento de las chicas no lo hacen, sino que se quedan en ropa interior o incluso con más ropa. Si lo preguntas por las fotos que tengo colgadas en el recibidor, digamos que son mis obras maestras.

—Ya...

Ambos nos quedamos durante un par de segundos callados. Él recogiendo, yo procesando todo lo que me ha contado mientras mi imaginación vuela.

—Si te parece bien, ¿vemos qué tatuaje quieres? Me da miedo que se nos eche la hora encima —sugiere.

—¿Te puedo hacer una última pregunta?

—Sí, claro.

—No sé si puedo preguntarte esto, pero ¿qué hacías aquí con la chica de la gabardina? Quiero decir, ¿le pagas para que pose para ti o cómo?

—¿Te refieres a Carolina? Ella es la que me pagaba a mí, si no, vaya negocio malo... —me explica riéndose—. Carolina, en concreto, tiene un perfil en OnlyFans, y la gente le paga auténticas burradas por poder ver sus fotos. Mira, te lo enseño. —De pronto, coge su móvil y me enseña fotos del perfil de la chica, en muchas de ellas, desnuda o con poca ropa—. Esto es lo que se puede ver gratis. Luego, si le pagas la suscripción mensual, que eran cinco euros o algo así, desbloqueas muchas más fotos y vídeos. Por ejemplo, para poder ver las sesiones de hoy, habrá que pagarle algo más, aparte de la suscripción.

—¿Y la gente paga por eso?

—Sí. Si no recuerdo mal, tenía más de mil suscriptores…, con eso te lo digo todo.

—¿Gana cinco mil euros al mes subiendo fotos?

—Eso que dices es un poco simplista, porque tiene mucho trabajo detrás. Pero, técnicamente, sí.

—Joder…

—De hecho, vestía la gabardina porque debajo iba desnuda y con varios amarres por todo el cuerpo. La idea es poder hacerse ella también algunas fotos por su cuenta.

—¿Cómo? ¿Qué iba atada?

—Sus extremidades no, pero su cuerpo sí.

—Te estás quedando conmigo, ¿no? —le pregunto totalmente anonadada.

—Te lo juro. Se está haciendo rica subiendo fotos de sesiones mías. Y yo con ella.

—Me voy a replantear dejar mi trabajo de contable para hacer eso yo también —le digo de broma riéndome.

—Cuenta conmigo como *rigger* y fotógrafo. Seguro que haríamos un gran equipo —responde riéndose también.

Tras esto, ambos nos quedamos callados, riéndonos y mirándonos a los ojos.

—Bueno, como te decía, vamos a ver lo del tatuaje, a ver si por fin te decides por uno —dice él rompiendo el silencio.

—Sí, claro.

9

Tras salir del estudio de fotografía, la atmósfera entre ambos se vuelve un poco más normal y menos tensa. Me siento a gusto con la compañía de este chico, pero también me impone su figura, su presencia, sus fuertes brazos tatuados… Además, me siento entre intrigada y temerosa ante todo lo que me ha explicado. ¿Se sentirá placer siendo inmovilizada por multitud de cuerdas alrededor del cuerpo? ¿Cómo me vería yo en una de sus fotos? Mi imaginación va a mil por hora y estoy deseando llegar a casa para buscar más información sobre el tema.

—Me estoy agobiando con lo del tatuaje… Pero es que no sé cuál escoger —le confieso tras cinco minutos dándole otra vuelta rápida al archivador, esta vez junto a él.

—Tranquila, que estoy acostumbrado. He tenido clientas que se han tirado aquí toda la tarde. Sobre todo, de despedidas de solteras, que se vienen muy arriba con eso de hermanarse y de hacerse el mismo tatuaje todas, y ojo hasta que se ponen de acuerdo —me cuenta luciendo una de esas sonrisas que solo se ven cuando alguien habla de algo que le apasiona.

Comienzo a pensar que este chico tiene su punto…

—¿No hay ninguna emoción o algo que quieras que se te venga a la mente cuando te lo veas? —me pregunta.

—Quizá algo que me anime a aprovechar al máximo mi tiempo. —Es lo más cercano que puedo decirle sobre mi situación sin llegar a contársela.

—El *carpe diem,* quizá. Es algo que se tatúa mucha gente... —me sugiere él.

—No, el *carpe diem* no, por Dios. Lo odio.

De pronto, el chico se me queda mirando, comienza a reír a carcajadas y me ofrece su puño derecho para que le choque. Yo me quedo paralizada durante un segundo, hasta que por fin lo pillo y le choco.

—Sabes que esto era una prueba, ¿no? —me pregunta.

—¿Cómo? —pregunto totalmente sorprendida.

—Digamos que me estabas empezando a caer muy bien y era aquí donde quería delimitar si de verdad eres una chica interesante o solo una postureta de Instagram. Por suerte, puedo confirmar que has pasado la prueba con notaza.

Yo me río con él y noto que comienzo a ponerme roja como un tomate, por lo que huyo de su mirada y refugio la mía en el archivador.

—Odio lo del *carpe diem,* en serio. Como idea no está mal, pero es que al mismo tiempo es una estupidez. No es tanto un reclamo a que aproveches la vida, sino a que te entregas a placeres instantáneos y poco gratificantes —me explica.

—No sabes cómo te entiendo. No sabía qué tatuarme, pero sí tenía claro que eso jamás —le digo mientras vuelvo a alzar la mirada para clavarla en sus ojos, sintiéndome segura al ver que pensamos del mismo modo.

Vuelve a alzar su puño frente a mí para que volvamos a chocar, y esta vez le respondo más rápido.

—Te aseguro que he llegado a pensar en poner un cartel en la calle que ponga: «Aquí no tatuamos el *carpe diem*» —añade.

—¿Y por qué lo tienes entonces como ejemplo en la carpeta?

—Me viene bien que esos posturetas sigan viniendo por aquí y me den publicidad en redes sociales. Que no me guste no significa que sea malo para el negocio, hay que tener mentalidad de tiburón —dice bromeando.

Ambos rompemos a reír.

—Mira, a ti, como compañera del club de los que odiamos el *carpe diem*, te puedo recomendar que te hagas este. —Al tiempo que me está hablando, me acerca su fuerte brazo derecho, totalmente tatuado, señalándome uno en concreto situado a la altura de la muñeca.

—*Memento mori*... —susurro leyéndolo—. ¿Qué significa *memento mori*?

—Es una expresión en latín. Significa «recuerda que vas a morir».

—Mola... —le contesto mientras me quedo mirándolo. Se ajusta perfectamente a mi situación actual.

—A mí me gusta mucho más que *carpe diem*. Para empezar, es mucho menos típico y famoso. Además, la gente se tatúa el *carpe diem*, que significa vivir en el hoy, sin planes de futuro y como si te fueras a morir mañana, porque queda muy guay como filosofía de vida. Y luego viven amargados, con trabajos que odian, posponiendo una y otra vez lo que quieren para después... Yo soy de los que piensan que, si te tatúas algo así, que sea porque lo vas a llevar como lema de vida, no por postureo.

—No sabes cómo te entiendo... —le digo incapaz de aguantarme las ganas de cortarle mientras hablaba. Me siento tan identificada con sus palabras...

—El caso es que *memento mori* me parece una idea mucho realista. Además, te aseguro por experiencia propia que no mucha gente se lo tatúa. Así que con él vas a tener siempre una historia que contar —me cuenta guiñándome un ojo y riéndose.

—No se diga más entonces —le respondo muy segura de hacerlo.

—Qué rápido te he convencido. Y eso que no te he contado que este tatuaje es como un superpoder...

—¿Como un superpoder? —pregunto curiosa.

—Sí. Mira, cada vez que quieras hacer algo y te vengan a la mente excusas, remordimientos, miedos..., lo que sea, simplemente mira el tatuaje y piensa sobre su significado: «Recuerda que vas a morir». Esto le sirve a tu valentía como las espinacas a los músculos de Popeye.

—Ya estaba convencida, pero me has terminado de convencer —afirmo motivada.

—Sabía que esa historia te iba a encantar. Pues nada, entonces ya solo faltaría que me digas el tipo de letra que quieres y listo. ¿Has pensado alguna en concreto?

—El tuyo, lo quiero igual que tú, con el mismo tipo de letra, el mismo tamaño y en el mismo sitio: la muñeca derecha.

—Me temo que no puede ser, pues este es muy especial para mí y no se lo tatúo igual a nadie... —me advierte muy serio.

—Ay, pues perdona, entonces...

—Que no. Que es broma. Claro que sí. Al final no ha sido tan difícil escoger, ¿eh? Solo te faltaba un asesor con experiencia en estos temas —dice riéndose con cara de pillín.

—Por un momento me lo había creído... —respondo riéndome con él.

—Tendré que añadir a mi currículum habilidades como actor, a ver si me sale algo.

—Puede ser.

—Bueno, pues nada, manos a la obra. Ven por aquí —dice al mismo tiempo que gira la cabeza para indicarme la dirección.

De pronto me invaden los miedos a todo, haciéndome permanecer paralizada mientras me lleno de dudas.

—Y… ¿duele mucho? —le pregunto asustada.

—Un poquito solo. Nada que no pueda aguantar alguien que se ha atrevido a entrar en mi estudio de fotografía.

Sigo quieta, sin moverme.

—Vamos, confía en mí, ya verás que duele muy poquito. Normalmente no insisto a nadie, pero es que sé que tú sí quieres hacerte ese tatuaje. Desconozco el motivo que te ha traído, pero si has entrado aquí, pese a lo vergonzosa que pareces, estoy seguro de que en realidad quieres hacerlo y que simplemente te falta un empujón. Así que, vamos, insisto en que confíes en mí —me dice mirándome a los ojos con una medio sonrisa que logra transmitirte confianza—. Míralo como si fueras Peter Parker y estuvieras a punto de ser picado por la araña que le transmite los poderes. Porque eso va a ser para ti este tatuaje: tu superpoder.

—Está bien… —le digo convencida por su último argumento mientras voy detrás de él.

«Que todo sea por ese superpoder», me digo para mis adentros.

10

La habitación donde se encuentra el estudio de tatuajes comparte el mismo estilo decorativo que la recepción, pero la principal diferencia es que las fotos de chicas inmovilizadas por cuerdas ceden su lugar a todo tipo de imágenes de tatuajes. Además, está llena de multitud de herramientas y materiales de diversa índole; destacan un sillón grande y de color negro en el centro de la sala y una camilla del mismo color pegada a la pared del fondo.

—Siéntate en el sillón y pon el brazo boca arriba sobre el reposabrazos. Tardo nada en prepararlo todo.

—¿Y seguro que no duele? —le pregunto sin seguir convencida del todo.

Él se queda durante un segundo en silencio con el gesto torcido.

—Te voy a decir la verdad: duele muchísimo. Hay un estudio de la Universidad de Harvard que dice que es el dolor más insoportable del mundo —me cuenta rompiendo el silencio.

—Te estás quedando conmigo, ¿no?

—No, no, es totalmente cierto. En dicho estudio decían que cuatro de cada diez personas se desmayaban por el terrible dolor, una quinta vomitaba, tres más quedaban traumadas y las dos restantes se convertían en hombres lobo. —Comienza a reírse tras decirme esto último.

—Muy gracioso…

De pronto se acerca a mí, me coge por los hombros y me mira a los ojos.

—Escúchame, ya en serio: no duele casi nada. Te lo prometo. Es un tatuaje pequeño en una zona donde no hay muchas terminaciones nerviosas. Si fuera el cuello, la rodilla o un tobillo, por ejemplo, lo ibas a flipar. Pero la muñeca es una zona sencillita, de verdad. De todos modos, si por lo que fuese te doliese más de la cuenta, no pudieras aguantarlo o no te sientes cómoda, me avisas y paro de inmediato, ¿vale? —me dice con un tono que me transmite confianza, cercanía y seguridad.

—De acuerdo. Venga, vamos a ello —le digo por fin convencida mientras tomo asiento en el dichoso sillón.

—Genial, voy a prepararlo todo. Dame un segundo.

—Una última pregunta: ¿se tarda mucho en hacer un tatuaje?

—En tu caso, unos quince o veinte minutos. Como te decía antes, es sencillo y en una zona sencilla.

—Perfecto.

Permanezco en silencio, observando al chico concentrado mientras lo prepara todo.

«Al menos se le ve profesional…», me digo para mis adentros.

Hay una parte de mí que prefiere no ver nada, como cuando te van a pegar un pinchazo para sacarte sangre. Pero también hay otra parte de mí, morbosa y cotilla, que está deseando mirar y a la que no termino de entender, pues me aterrorizan las agujas y los pinchazos. Mientras me debato sobre si mirar o no, me da por pensar en el chico. ¿Cómo se llama? La chica de la gabardina lo llamó Jaco, o algo así, pero no creo que ese sea su nombre real. Quizá es su nombre artístico en el mundo ese de las cuerdas japonesas. Es tan raro todo... Como también lo es la sensación de haber pasado tanto tiempo juntos y que aún no nos hayamos presentado ni ninguno sepamos el nombre del otro, pero es que no se ha dado la ocasión... ¿Y dónde habrá aprendido a atar a la gente? No me suena haber escuchado nunca nada parecido.

—Bueno, ya estoy contigo —me dice sacándome de mi ensimismamiento.

De repente me coge la mano y la gira, dejándola bocarriba. Yo resoplo ante lo que se viene.

—¿Te gustaría que te fuera contando lo que voy a hacer? ¿O prefieres mirar a otro lado y esperar a que termine?

—Cuanto menos sepa, mejor, no vaya a ser que todavía me levante y me vaya —le digo riéndome con nerviosismo tras ver la aguja.

—Me parece bien.

Lo de preferir no mirar acentúa mis sentidos; el primero, el del tacto. Pronto percibo que me pasa un algodón húmedo por la zona sobre la que irá el tatuaje. Supongo que será alcohol. Luego me pega una especie de pegatina que retira con cuidado a los pocos segundos.

—Mira —me indica él reclamando mi atención—. Así es como se vería tu tatuaje. Esto, para que tú me entiendas, es la guía que voy a seguir para no equivocarme. Como si estuviera calcándolo, por decirlo de algún modo.

—¡Hala!, se ve bonito —le digo impresionada.

—Y mejor que se va a ver cuando lo tengas terminado. Si te digo la verdad, ahora mismo me das un poco de envidia...

—¿Por?

Él se detiene, deja a un lado todos los preparativos y me mira a los ojos.

—La experiencia del primer tatuaje es única… Esa sensación de estar haciendo algo transgresor y la ilusión de ver cómo queda solo la tienes con el primer tatuaje. Luego es como en el amor, que las segundas y terceras veces que vives alguna situación concreta se disfruta, pero ya no es igual… —Se nota que lo que me está contando le sale de dentro, y me gusta que me vea como una persona que le inspira la confianza suficiente como para abrirse.

—Te entiendo…

—Es tan bonita la sensación del primer tatuaje, que al final le pillas el gusto y acabas como yo, con los brazos enteros tatuados y con la pena de no tener otros dos brazos más para tatuártelos también.

—Bueno, bueno. De uno en uno… —le respondo riéndome con cierto nerviosismo.

—Ya se verá… En cualquier caso, voy al lío. Tú puedes volver a mirar hacia la pared. Y si te quieres desmayar, sin problema. Hay confianza —dice riéndose mientras retoma los preparativos.

De pronto, me enfadan un poco sus palabras (que no él, ojo), pues estoy harta de ser débil, de mirar siempre hacia otro lado y de esconderme, así que decido apoyarme en esa rabia para emplear toda la fuerza de voluntad de la que dispongo en mirar el proceso. O al menos en intentarlo.

—Pues que sepas que voy a mirar —contesto desafiante.

—Eso es una tipa dura. Di que sí —afirma con una sonrisa mientras vuelve a mirarme a los ojos durante un par de segundos—. Voy a empezar inmediatamente con la primera letra. Si sientes cualquier cosa, no dudes en avisarme y paro al instante, ¿de acuerdo? —añade.

—De acuerdo.

Tras esto, coge la aguja, enfoca todo su cuerpo sobre mi muñeca y adopta una posición parecida a la de escribir sobre un papel. Veo a la aguja aproximarse peligrosamente sobre mi piel.

—Ay, madre mía… —se me escapa en un susurro.

Ante el inminente contacto, los músculos de alrededor de mi ojo se cierran casi al completo, pero logro convencerlos para dejar una pequeña rendija a través de la que mirar. De pronto noto un pinchacito, pica un poco, pero nada que no sea soportable.

—¿Qué tal? —pregunta mientras se detiene por un instante.

—Bien, bien —le respondo sorprendida.

—¿Seguro?

—Sí, sí.

—De acuerdo, sigo.

Poco a poco me relajo. Decido permanecer en silencio durante todo el proceso, intentando así no molestar ni distraerlo. Diría que estoy hasta disfrutando. Tenía razón él, me siento transgresora y rebelde. Duele un poco y la sensación es parecida a si me raspasen en esa zona con algo, pero al mismo tiempo ese dolor me aporta placer, concretamente el placer de verme saliendo de mi zona de confort, atreviéndome a hacer cosas y a ser valiente, algo impensable para mí hasta ayer mismo. De pronto me invaden las ganas de ver el resultado del tatuaje. Estoy segurísima de que me va a encantar.

—Pues ya estaría —dice al cabo de unos cuantos minutos.

—¿Ya?

—Claro, te dije que era cosa de poco. Ahora lo que tienes que hacer es evitar exponerlo al sol y curártelo a diario durante varios días. Cuando salgamos, te apunto en un papel lo que necesitas para curártelo —me dice mientras comienza a cubrirme la zona del tatuaje con un plástico.

—Qué bonito ha quedado —musito mientras observo el tatuaje a través del plástico.

—La verdad que sí. Y cuando baje la irritación se va a ver mejor aún. Se nota que lo he hecho yo —me responde con tono bromista mientras se ríe.

—Yo solo trabajo con los mejores —le digo siguiéndole la broma.

—¿Y a qué no ha dolido tanto?

—No, la verdad es que no. Me daba miedo transformarme en mujer lobo, pero parece que he tenido suerte.

—Por ahora parece que no, pero no te confíes. Por si acaso, durante los próximos días evita ponerte bajo la luna llena... —dice mirándome a los ojos mientras me sonríe.

Volvemos a protagonizar otro de esos minimomentos en silencio, mirándonos sin decir nada.

—Bueno, vamos afuera y ya recogeré esto —me sugiere rompiendo el silencio.

—Sí, claro.

Inmediatamente después vamos a la recepción. Durante el corto camino no puedo dejar de mirarme el tatuaje. Me siento valiente. Diría incluso que me siento como si hubiese mejorado como persona. ¿Cuántas cosas dejamos de hacer por el miedo y por la vergüenza? ¿Cuántas?

—¿Cuánto te debo? —le pregunto cuando ya estamos separados por el mostrador de la recepción.

—Serían cuarenta euros.

—Genial —le digo mientras le pago.

Tras pagarle, dedica un par de minutos en explicarme cómo

curarme el tatuaje y en apuntarme en un papel un par de cremas que me recomienda.

—Bueno, ya poco más. Ha sido un placer tu visita. Si quieres más tatuajes, aquí me tienes, ¿eh? —me dice él.

—Por supuesto que sí. Cuenta con que te recomendaré a mis amigas —le digo por alargar la conversación.

—Por último, recuerda las últimas palabras del tío Ben: «Un gran poder conlleva una gran responsabilidad». Usa bien tu nuevo superpoder —me aconseja guiñándome el ojo.

—Por supuesto que sí, muchas gracias —le respondo sonriendo.

—Las gracias a ti. Bueno, voy ya adentro para recoger las cosas, que tengo todo patas arriba. Cúrate bien el tatuaje; no lo dejes, ¿eh? Y si tienes cualquier duda o pregunta sobre ello, me puedes llamar. Toma mi tarjeta —dice entregándomela.

—Sí, claro. Bueno, muchas gracias —le digo mientras la tomo—. Bueno, hasta luego.

—Hasta luego —se despide él.

Me giro y comienzo a caminar hacia la puerta, pero de pronto se me ocurre una nueva locura. De repente me da por mirarme al tatuaje, el cual va a ser verdad que es un superpoder, pues me llena de valentía para cometerla.

—Perdona… —le digo mientras vuelvo a girarme.

—¿Sí?

—Hay algo que no me quito de la cabeza y que quería preguntarte.

—Tú dirás… —me dice poniendo cara de atención.

—¿Cómo puedo probar lo de las cuerdas? —No sé ni cómo me he atrevido a preguntarle esto.

—¿Cómo? —me pregunta sorprendido.

—Sí, o sea, me gustaría probar un poco esto con mi pareja,

pero no sé bien por dónde empezar, tampoco dónde comprar esas cuerdas.

—Ah…, ya. —Noto un pequeño descenso de energía en sus palabras. ¿Quizá se habrá desanimado al escuchar la mención a mi pareja?—. Pues lo más sencillo es probar con algún pañuelo de tela o cualquier cosa que tengas por casa. Puedes empezar por atar las manos alrededor de las muñecas. Eso sería lo más sencillo. Si las atas detrás de tu espalda, al sentirte más indefensa, los sentidos se disparan. Y si quieres probar a dar un paso más allá, puedes probar a vendar los ojos, atar más partes del cuerpo…

—Pero eso es que dices es en pos de un fin sexual, y lo que yo busco es arte, como tú con tus fotos. Lo que yo quiero es probar a sentir el tacto de la cuerda y lo que me transmiten tus fotos al verla. Mirarme en algún espejo y ver cómo me vería en ellas —le respondo sintiendo una repentina fuerte atracción hacia él.

—Pues eso es bastante complicado si tu pareja no tiene nociones o experiencia previa… Podéis probar a buscar en internet algún videotutorial sobre cómo hacer nudos. Empezar por ahí puede ser fácil. Eso sí, tened unas tijeras siempre a mano, no vaya a ser que apretéis demasiado o lo que sea.

—¿Y para conseguir alguna cuerda como las tuyas? Me ha dado la sensación de que no son normales y que no vale cualquiera.

—Sí y no. Con cuidado, más o menos puedes utilizar cualquiera. Pero, para empezar, mejor las que tengo yo. En cualquier caso, no te preocupes por eso, y toma —me dice ofreciéndome un pequeño paquete que saca de un cajón—. Aquí hay una pequeña cuerda que te va a servir de sobra. Verás que es de color rosa palo. Es una muestra que me regalaron mis proveedores. Quédatela y así pruebas. Está sin estrenar, como es obvio.

—¿Y qué te debo por eso?

—Nada, no te preocupes.

—¿En serio?

—Sí, claro. Yo lo veo más bien como una inversión.

—¿Cómo una inversión? —le pregunto sorprendida.

Él comienza a reírse.

—Si te le pillas el gusto, lo mismo el día de mañana vienes a hacerte una sesión de fotos. Y esas son bastante más caras que un tatuaje pequeño en la muñeca.

—Qué listo… —le digo riéndome con él.

—Bueno, si no te importa, te dejo, pues tengo que recogerlo todo. Mil gracias por tu visita y recuerda lo de no atar muy fuerte y tener las tijeras cerca. Eso es vital. Y preparad alguna palabra de seguridad para parar rápidamente. Algo que en cuanto lo digáis, ambos sepáis que tenéis que parar de inmediato.

—Sí, claro. Muchas gracias —le digo sonriendo mientras me despido.

—A ti —me dice él devolviéndome la sonrisa.

Tras esto, me giro muerta de vergüenza y salgo por la puerta a toda prisa, creo que ya he agotado toda la valentía que tenía disponible.

- Ir en persona a la oficina para dejar el trabajo y quedarme a gusto con el estúpido de mi jefe.
- ~~Hacerme un tatuaje.~~
- Escribir un libro.
- Alquilar una sala de cine para mí sola.
- Volver a ir de viaje con mis amigas a Ámsterdam.
- No volver a dejar que nadie me trate mal respondiendo con contundencia.
- Decirle "te quiero" a las personas que más amo.

- Ser voluntaria en una ONG.
- Plantar un árbol.
- Hacer feliz a alguien.
- Saltar en paracaídas.

11

En cuanto salgo por la puerta del estudio de tatuaje, comienzo a caminar rápido, sin mirar hacia atrás y sin decidir el destino. Me da igual hacia dónde ir, solo necesito alejarme de este lugar lo antes posible para pararme a pensar y procesar todo lo sucedido ahí dentro, pues han ocurrido demasiadas cosas y mi mente está siendo víctima de un poderoso torbellino de emociones. Tras girar un par de calles, a pocos metros, vislumbro un pequeño parque con un banco de madera al sol y decido ir hacia él. Al llegar, me doy cuenta de que estoy tan nerviosa que soy incapaz de sentarme, así que camino de lado a lado mientras me enciendo un cigarrillo para calmarme.

De pronto me da por mirarme el tatuaje, envuelto en plástico, y rompo a reír. Al principio tímidamente, pero acabo a carcajadas yo sola y siendo plenamente consciente de que voy a parecer una completa loca a ojos de quien pueda verme, pero me da igual. Me da igual todo.

Memento mori

Lo leo una y mil veces y me siento poderosa. Va a tener razón el tatuador y esto es un superpoder. Sí, seguro que la tiene.

Además, algo me dice que ha merecido la pena. Me siento invadida por una especie de cosquilleo en el estómago que se mezcla con una vibrante sensación de adrenalina y de orgullo por mí misma... Me siento viva, joder. Y al mismo tiempo que me siento viva, me siento tonta, porque tiene narices que no me haya atrevido a hacerme el dichoso tatuaje hasta descubrir que me voy a morir.

¿Por qué posponemos una y otra vez aquello que tanto queremos? ¿Por qué tememos tanto equivocarnos o fracasar? ¿Por qué le damos tanta importancia a lo que otros puedan pensar sobre nosotros? Yo he sido otra más que se ha tirado toda la vida poniendo el «debo» por delante del «quiero», evitando siempre arriesgarme demasiado por el miedo al fracaso o por la imagen que podía dar a los demás ¿Y para qué? Para que de la noche a la mañana me dijeran que me voy a morir, haciendo temblar los cimientos de mi vida y mostrándome que lo que yo tenía era una vida plana y carente de emociones fuertes, cuyo único activo era una lista de excusas igual de larga que la lista de cosas que deseaba hacer, pero que «ya lo haría más adelante», cuando tuviera más tiempo, más dinero o se alinearan los astros, mientras mi existencia se teñía poco a poco de gris. Igual que la de tantas y tantas personas que nos rodean y cuyo único propósito parece ser conformarse con su vida actual, les guste o no, escondiéndose tras excusas y circunstancias para no ir a por lo que anhelan mientras esperan golpes de suerte, como la lotería o como esos tiempos mejores que nunca llegan, con el triste destino de acabar en una vejez marchita en la que, tarde o temprano, descubren que lo único que hicieron fue malgastar su valioso e irrecuperable tiempo, viéndose obligados a compartir sus últimos momentos con unos remordimientos que continuamente les recordarán que no aprovecharon su vida cuando pudieron y que ahora no pueden hacer nada para remediarlo.

Definitivamente he estado demasiados años aplazando lo del tatuaje porque soy estúpida o, mejor dicho, era. Y, ahora, hallándome como me hallo en el tiempo de descuento, me siento viva por primera vez en años por haberme atrevido a hacerme un pequeño e inofensivo tatuaje… De locos. En cualquier caso, cada vez que miro mi muñeca, sonrío y me siento dichosa, brava, valiente… Me siento como me debería de haber sentido a lo largo de toda mi vida.

Al final, ya más relajada, me siento en el banco y me enciendo otro cigarrillo.

—¿Le habré gustado al tal Jaco? —me pregunto en voz baja.

Comienzo a darle vueltas y, aunque llevo mucho tiempo fuera del mercado y estoy algo desactualizada en tema de flirteos, sé que esos silencios incómodos que hemos tenido no ocurren con cualquiera. Ni tampoco las bromitas ni lo de chocar el puño ni cuando me cogió por los hombros pidiéndome que confiara en él… Todo eso es raro. Y por no hablar del final, cuando he notado ese bajón de energía en su cara y en su tono cuando le he dicho lo de que tenía pareja. Sí, le he tenido que gustar. Algo al menos. Aunque claro, ¿por qué yo?, si la chica de la gabardina tenía un tipazo de escándalo. A primera vista, me guste o no, me gana. Quizá es un baboso y es así con todas, aunque no creo, no me ha dado la sensación de que lo fuese conmigo…

—¿Y a mí me ha gustado él? —vuelvo a preguntarme en voz baja.

Si soy sincera y no trato de maquillar la situación, sí. Me ha gustado, y mucho. Tiene un aura de misterio que flipas. Y encima está su altura, sus brazos, su presencia…; es un chico que impone. Si a eso le sumas la movida de las cuerdas, de la fotografía, los tatuajes y lo del arte… No es un tipo cualquiera, eso está claro. ¿Será verdad eso de que él no siente nada con las chicas de sus sesiones fotográficas?

De repente me siento mal. Me estoy muriendo y no estoy pensando prácticamente nada en mi pareja. ¿Esto es normal? Por mucho que me esté muriendo, ¿tengo derecho a desear a otros hombres? Y, ojo, que con esto no me refiero a desear como cuando ves a un guapo en la tele o en Instagram, que piensas que está bueno y listo. Me refiero a desearlo de verdad tras haber flirteado un poco con él. A ese juego de miradas. A ese quedarme inquieta e, incluso, excitada, tras nuestro encuentro. A no poder quitármelo de la cabeza.

Mi debate interno se ve interrumpido por mi teléfono, que vuelve a sonar. Otra vez me llaman de la oficina y esta vez lo cojo:

—¿Perséfone? —me pregunta Dani, mi compañero de trabajo.

—Sí, dime —respondo con sequedad.

—¿Dónde estás? Llevo toda la mañana llamándote.

—En el médico, ya lo sabes.

—¿Toda la mañana? Venga ya, Perséfone. Tengo al señor Dimas taladrándome el correo pidiéndome el cierre contable de su empresa, cierre que, por cierto, tenías que haber hecho tú. Si quedamos en que hagamos una cosa, es para que la…

Le cuelgo.

—Me da igual el señor Dimas, me da igual la empresa y me das igual tú, Dani —le digo sabiendo que no me oye.

Dani es un gilipollas. Uno de esos compañeros de trabajo que aparecen en tu vida a modo de desafío para poner a prueba tu paciencia, tu capacidad para gestionar el mal humor, para que los lunes sean todavía más duros porque sabes que vas a verlo y para que los viernes sean aún más felices porque sabes que lo vas a perder de vista durante unos días. Seguro que tú también tienes a un Dani en tu vida.

«¿Debería mandarlo a tomar por culo de verdad? ¿O mejor intento ser educada y que cada uno siga su camino?», pienso mientras vuelvo a mirarme el tatuaje.

Mi móvil vuelve a sonar. Otra vez es él.

—Ey, Perséfone. Que se ha colgado. Como te iba dici…

—Dani, voy hacia la oficina. No me llames —tras decirle esto, vuelvo a colgarle.

12

CUANDO POR FIN LLEGO AL EDIFICIO DONDE ESTÁ UBICADA MI oficina, son algo más de las dos y media del mediodía, por lo que imagino que todos mis compañeros estarán comiendo. He tardado más de la cuenta en llegar porque, antes de venir aquí, he aprovechado para pasarme por una farmacia y comprar las cremas que me recomendó Jaco para curarme el tatuaje. Otra ventaja de saber que vas a morirte es que puedes permitirte pasar de tu trabajo y liberarte de las pesadas cadenas que conllevan los horarios, los jefes y los clientes.

Entro en un ascensor y, durante el breve trayecto, comienzo a pensar cómo voy a contarle a Carlos, mi jefe, que dejo el trabajo. No quiero contarle que dejo el trabajo porque me voy a morir, pero tampoco me importa mucho lo que pueda pensar de mí, así que creo que simplemente le voy a decir la verdad: que lo dejo porque estoy harta de trabajar mucho y de cobrar poco. ¿Qué te parece? Lo que tengo claro es que, mínimo, voy a dar que hablar por la oficina durante unos días. Eso seguro.

Se abren las puertas del ascensor y atravieso la puerta de entrada.

—Hola, Perséfone. Dani estaba esperándote. Lleva toda la

mañana preguntándome por ti como un loco —me dice María, la recepcionista, nada más verme.

—Qué tío más pesado…

Ella se ríe al ver mi reacción, pues no soy la única que está harta de Dani.

—¡Ánimo! —me responde ella.

Me dirijo al despacho de Carlos, mi jefe, ignorando a Dani. Si me puedo ahorrar volver a verlo en mi vida, mejor.

Carlos es un personaje curioso, pues creo que venía de serie cuando construyeron la oficina. Cuando llego por las mañanas, él ya lleva dos horas trabajando. Me voy y él sigue ahí hasta tarde (nunca se ha ido a casa antes que yo). Acostumbra a cenar aquí al menos una o dos veces al mes y hasta ha llegado a quedarse trabajando durante toda la noche. Hubo un día en que me dejó loca, pues me contó que estuvo trabajando hasta las cuatro de la mañana y que, como por las horas no le salía a cuentas irse a casa a descansar y volver poco después, se tumbó en el suelo y se quedó dormido sobre la moqueta. Es el típico cuarentón que tiene una relación tóxica con el trabajo y cuya vida parece girar en torno a él. De hecho, tiene dos hijas pequeñas y no sé cuándo las ve ni cómo lo concilia. Si me preguntas a mí, pienso que está tirando su vida a la basura, y ahora que tengo la perspectiva de que me muero, más aún. Si tú tienes un negocio, y es tu vida y tu pasión sacarlo adelante, puesto que es tu propósito de vida, te entiendo. Pero si eres un jefecillo de un departamento de una empresa multinacional donde vas a ganar lo mismo trabajes lo que trabajes… Eso es una estupidez, se mire por donde se mire.

Toco un par de veces la puerta de su despacho.

—Adelante —me dice él desde el otro lado de la puerta.

—Hola, Carlos. ¿Qué…

—¿Dónde te has metido todo el día, Perséfone? Me parece una falta de respeto hacia mí y hacia el resto de tus compañeros que hayas desaparecido durante toda la mañana —me dice alzando la voz.

—A ver, yo no he… —le digo intentando explicarme, pero enseguida me corta.

—Ya llevaba tiempo contigo en la mirilla, me consta que no sacas a tiempo tu trabajo y que los compañeros tienen que sacarlo por ti. Que te vas antes de tiempo, que les dejas colgados en los días en los que hay que apretar, como hoy, y que tienes la cabeza en otras cosas y nunca en el trabajo.

Según lo escucho, me lleno de rabia y de impotencia.

—Mira, me parece fatal que me… —le digo encendida, pero vuelve a cortarme.

—Creo que lo mejor va a ser que cojas tus cosas y te vayas. Aquí necesitamos a gente seria, comprometida y con ganas de trabajar en equipo. Como Dani, por ponerte un ejemplo cercano a ti. Ya podías ser más como él, en lugar de ir siempre a tu bola, a lo tuyo y dando la sensación de que lo único que haces es mirar el reloj deseando que llegue la hora de irte a casa. No confío en ti, no me pareces buena compañera ni profesional, y lo de desaparecer hoy sin ni siquiera cogernos el teléfono es la gota que colma el vaso. Lo peor es que Dani ya me había avisado de todo esto y yo no quería creerle…

—¿Dani? —pregunto encolerizada.

—Ya da igual. Coge tus cosas y vete. Ya he dado orden al Departamento de Recursos Humanos para que gestionen lo de tu despido. Y cierra la puerta al salir. —Tras decir esto, deja de mirarme y se pone otra vez con el ordenador a responder un correo, como si fuese un robot, e ignora mi presencia.

Me quedo paralizada durante unos segundos, canalizando

mis emociones y esperando a ver si se tornan en tristeza o en furia. Hay una parte de mí que quiere llorar, hay otra que quiere matarlo.

«Como me estoy muriendo, no creo que me metan en la cárcel si lo mato...», me digo más que nada como desahogo.

—Te voy a decir una cosa... —le digo.

—No quiero hablar nada, Perséfone. Ya está todo dicho y tengo mucho trabajo pendiente. Por favor, vete —responde sin mirarme.

—¡Que me mires! —le grito pegándole un manotazo a su escritorio, provocando que su monitor se tambalee y esté a punto de caerse al suelo.

—A mí no me hables así. Vete o llamo a seguridad.

Por lo menos he recuperado su atención.

—No te preocupes, me voy enseguida. Pero solo quiero que sepas que eres un muerto en vida, un ser patético con una vida de mierda, y por eso te pasas aquí ochenta horas a la semana, porque es lo único que tienes y porque el resto de tu existencia está vacía. Sal a la calle, disfruta del sol, de tu familia, vive, joder. ¡Vive! Sí, yo estoy mirando a todas horas el reloj para irme a casa. ¿Sabes por qué? Porque odio este trabajo. Odio al pelota de Dani. Odio verte a ti malgastando tu tiempo, que es lo más valioso que tienes. Odio mirar por la ventana y ver que hace un día espléndido para dar un paseo, sabiendo que no puedo salir porque debo estar aquí por un sueldo de mierda que me hace llegar justa a final de mes. Y encima me recriminas que me vaya a mi hora y no me quede a echar horas libres porque sois unos tacaños agarrados incapaces de contratar más personal para sacar el trabajo adelante, aprovechándoos de que tenéis a tontos como a Dani que trabajan gratis. Queréis que trabaje más horas de las que me corresponde, pero nunca me habéis ofrecido pagarme más por ello. ¡Sois unos explotadores y unos sinvergüenzas!

—¿Has acabado? —me pregunta con voz de indiferencia y dando a entender que le estoy aburriendo.

—Casi, solo quiero que sepas dos cosas: que yo hoy venía a dejar el trabajo, pero que mejor así, porque de este modo también cobro indemnización.

—¿Y la segunda? —me pregunta con el mismo tono.

—La segunda es que, por mucho que te mates a trabajar, nunca vas a ascender. Te falta carisma, habilidades sociales, inteligencia… Cuantos más años sigas como hasta ahora, más se aprovecharán de ti.

—Bueno, ya lo veremos. Por lo pronto, a mí, al menos, no me han despedido. Cierra al salir. Mañana pásate por aquí para firmar los papeles del despido —me dice retomando el correo electrónico que dejo a medias.

Salgo del estudio dando un portazo.

—Ey, Perséfone, ¿dónde cojones te has metido toda la mañana? —pregunta de pronto Dani, que parece que estaba esperando a que saliera del despacho de Carlos.

—Vete a tomar por culo, Dani —respondo sin mirarle, sin detenerme en mi camino hacia el ascensor y haciéndole una peineta con mi mano derecha.

- ~~Ir en persona a la oficina para dejar el trabajo y quedarme a gusto con el estúpido de mi jefe.~~ A medias, pero conseguido.
- ~~Hacerme un tatuaje.~~
- Escribir un libro.
- Alquilar una sala de cine para mí sola.

- Volver a ir de viaje con mis amigas a Ámsterdam.
- No volver a dejar que nadie me trate mal respondiendo con contundencia.
- Decirle "te quiero" a las personas que más amo.
- Ser voluntaria en una ONG.
- Plantar un árbol.
- Hacer feliz a alguien.
- Saltar en paracaídas.

13

NO SÉ MUY BIEN QUÉ SENTIR. NO ME ESPERABA LO DE MI DESPIDO. Y no debería importarme, pues ya tenía decidido dejar el trabajo, pero las cosas tan feas que me ha dicho Carlos me han sentado como una puñalada en el orgullo. Yo no creo que haya sido una mala profesional, ni mucho menos. Pero si tengo un sueldo que me da lo justo para vivir, es obvio que voy a trabajar lo justo para conseguirlo. Yo en el horario laboral he hecho siempre todo lo que he podido, pero, si no hay recursos suficientes porque no les da la gana contratar a más gente, no voy a regalarles horas de mi vida para subsanarlo. De eso no me arrepiento. Al contrario, estoy orgullosa de haber sido fiel a mis principios y de haberme puesto siempre a mí en primer lugar. De hecho, de lo único que me arrepiento es de no haber dejado antes este trabajo de mierda para emprender la idea de negocio que tenía. Y de no haber calado a Dani a tiempo, también. Ya sabía que era un pelota y un quedabién, pero nunca hubiera imaginado que además era de los que buscan destacar a base de destrozar a los demás. Menudo trepa asqueroso… Hay que ser mala persona para hacer algo así.

En cualquier caso, me veo otra vez en la calle, sin un destino fijo y con ganas de huir, tal y como me sentía al salir del estudio de tatuaje. Comienzo a caminar sin rumbo mientras me enciendo otro cigarrillo, con la esperanza de que me ayude a calmarme y a ordenar una vez más mis ideas. Últimamente no hago otra cosa más que pensar. Es como si hubiera estado viviendo en piloto automático y solo hubiese despertado tras la fatal noticia. Sin duda no hay nada que te haga sentir tan vivo como saber que te vas a morir, te lo aseguro. ¿Tú te imaginas el día de tu muerte? Yo antes no pensaba mucho en ello. Antes de la noticia, me refiero. Sabía de sobra que algún día iba a morir, es ley de vida, pero, al mismo tiempo, no terminaba de creérmelo. Desde luego, no imaginaba ni de coña que iba a morir joven. Eso solo pasa en las películas. Yo estimaba, como poco, llegar a los setenta. Y si a eso le sumas que yo soy de las que se cuidan y que con el paso de los años habrá más y mejores tratamientos médicos, quién sabe... No descartaba incluso llegar a los cien. Pero, ya ves, aquí estoy, en el tiempo de descuento...

—¡Mierda! Mierda, mierda, mierda... —me digo de pronto llevándome las manos a la cabeza—. El peluche de la abuela...

Por culpa de la discusión y el enfado, se me ha pasado por completo recoger mis cosas... Durante un instante me siento tentada de volver ahora mismo a por él, pues me da miedo que las tiren, pero, tras la bronca, no sé si sería lo ideal...

«Bueno, no pasa nada, lo recojo mañana cuando venga a firmar los papeles. No he visto nunca que tiren las cosas de nadie, y no creo que conmigo sea diferente», me digo a mí misma para calmarme.

Tras un par de cigarrillos fumados de forma compulsiva, comienzan a rugirme las tripas. Miro la hora en el móvil y compruebo que son casi las tres y cinco. No me apetece nada comer sola. De hecho, me encantaría poder hablar con alguien y desahogarme, pero creo que no tengo opción. Si voy a casa, comeré sola, porque Luca está trabajando. Y si decido ir a algún sitio, estoy en las mismas, porque todas mis amigas también estarán trabajando. Comienzo a considerar los pros y contras de volver a casa para comer o ir a algún restaurante. Tras un par de minutos de deliberación mental, decido aprovechar la ocasión para ir a algún restaurante, más que nada por evitar cocinar y fregar los platos.

Media hora más tarde estoy en el italiano más rico de Madrid. Tienen unos espaguetis a la carbonara que quitan el hipo, que es, por supuesto, lo que me pido para comer. De postre me pido tarta de queso; total, qué me importa ya cuidar la línea.

En cuanto el camarero desaparece tras tomarme nota, comienza a invadirme la inseguridad de qué hacer mientras espero la comida sola, de modo que, por instinto, cojo el móvil y acabo en Instagram. Nunca me he sentido cómoda comiendo en un restaurante sin compañía, pero más de una vez me he visto obligada a hacerlo por motivos de trabajo. En estas situaciones siempre me he refugiado pasando el rato mirando mis redes sociales. Da que pensar, ¿verdad? Si estás comiendo sola, pensando en tus cosas y mirando a la pared, pareces una rara. En cambio, si estás comiendo sola y mirando el teléfono, pareces una persona interesante y con confianza en sí misma para ir a comer a un restaurante sin acompañante. Y en realidad es una estupidez, pues la que come sola mirando a la pared está disfrutando de su soledad y de sus ideas, algo muy sano, mientras que la que mira el móvil lo hace como un zombi, consumiendo un contenido que no le aporta nada y que lo único que hace es robarle tiempo.

Inmediatamente bloqueo el móvil y lo dejo sobre la mesa. Me niego a malgastar el poco tiempo que me queda en ver fotos que reflejan vidas falsas de quienes las suben. Vidas que, por cierto, en el noventa y cinco por ciento de los casos me dan igual. De pronto, siento un arrebato y desinstalo todas las aplicaciones de redes sociales. Solo dejo WhatsApp, y por necesidad. Me siento un poco mal cuando pienso en la cantidad de horas que he perdido entre Instagram, Facebook, TikTok... Ojalá pudiera recuperar ese tiempo. Es que ahora me siento ridícula. En Instagram, por ejemplo, parece que todos compiten por ser el que puede presumir de tener la vida más feliz y exitosa, haciéndote sentir mal porque a ti no te hacen fiestas sorpresa, porque las marcas no te envían regalos, porque no haces viajes cada dos semanas, porque no eres tan guapa como las influencers... Es que es como asomarte a una ventana donde lo único que vas a sentir es envidia, y lo único que te va a aportar es la sensación de que eres una mierda con una vida de mierda.

«En cualquier caso, ya le he puesto remedio», pienso orgullosa.

Ahora, liberada por fin del yugo de las redes sociales, me siento más consciente de mi alrededor y de todo lo que me rodea. Lo primero que capta mi atención es el jaleo que están comenzando a montar dos chicas de veintipocos años, las cuales están discutiendo y elevando el tono progresivamente. Agudizo un poco el oído y, para mi sorpresa, discuten sobre política.

«Qué pérdida de tiempo más grande...», pienso.

Soy de las que piensan que, en política, lo de ser de izquierdas o de derechas no es más que una etiqueta de marketing que usan los políticos y los que ansían tu voto para poder venderte la moto de que ellos son los buenos y los otros los malos. Ambas etiquetas engloban y simplifican una enorme cantidad de ideas opuestas y es, precisamente, por lo que son ridículas. La vida no es blanco o negro, y es imposible estar de acuerdo, al cien por cien, con los unos o con los otros. El entendimiento está en el medio. Y, de hecho, seamos realistas, en lo importante todos pensamos prácticamente igual (o eso quiero pensar). Todos estamos de acuerdo en que hay que defender una democracia real, la libertad de pensamiento, la igualdad de derechos y oportunidades, una justicia que funcione de manera justa y eficaz y, en definitiva, la búsqueda de un sistema donde todos podamos ser libres y felices. Insisto en que todos partimos de ahí, pero luego ya tenemos diferencias en temas más complejos como la cantidad de impuestos que se deben cobrar o sobre cómo emplearlos una vez recaudados, por poner un par de ejemplos.

Y es normal que pensemos diferente, pues todos tenemos nuestras propias ideas y hay muchas maneras de hacer las cosas. Pero, insisto, en la idea básica e importante, en lo gordo, si me permites llamarlo así, todos estamos de acuerdo. Desde ahí es desde donde debería partir cada conversación sobre política. Deberíamos de ser capaces de ponernos de acuerdo, aunque solo sea para ponernos de acuerdo en que no estamos de acuerdo, valga la redundancia. Que no pasa nada si no pensamos igual, pues aun así podemos trabajar todos en pos de un mundo mejor. Pero cada vez que dos personas hablan de política, en lugar de partir de eso, de que somos dos personas que queremos el bien común (cada uno con sus ideas propias) y cuyo objetivo es intentar llegar a un punto de vista bueno para ambos, solo lo hacen para imponer sus ideas, sin interés alguno por escuchar o aprender, sino simplemente por responder y quedar por encima. Nos centramos en lo que nos diferencia y nos vemos como rivales y enemigos. Llegamos incluso a odiarnos. Y todo por la etiqueta de izquierdas y derechas con la que tantos nos envenenan y llenan de odio. El mayor ejemplo es que todos estamos de acuerdo en que los políticos son gente que genera desconfianza y que, por lo general, son unos chorizos que miran por su interés y por permanecer en el poder, pero nunca por el pueblo. Y, en lugar de remar todos a una y de meterles presión para que el sistema cambie, para que tengan que cumplir sí o sí sus promesas y para que sus chanchullos e irregularidades sean castigados con firmeza, nos dedicamos a decirle al que piensa de forma diferente a nosotros aquello de: «por lo menos el mío…, no como el tuyo que…».

Demasiados viven enfrentados y odiando. Y, mientras tanto, los años pasan, los políticos van cambiando y el sistema se perpetúa. Me da pena pensar en cuántas personas habrá que se quieren y se necesitan, pero que no se hablan porque un día fueron tan tontos como para llegar a odiarse por algo tan simple y estúpido como darle más importancia a que piensan de forma diferente que al hecho de que se quieren…

Tras un par de minutos escuchándolas de fondo, percibo que las chicas elevan un poco el tono en su cruce de reproches. Me enfurece su actitud. Tras la escenita que están montando, me da por mirarme el tatuaje: *memento mori.*

Una vez más, siento su fuerza, de modo que decido intervenir.

Me levanto, me dirijo hacia su mesa y me siento con ellas. Ambas de pronto se callan y se me quedan mirando, con cara de sorpresa.

—Hola, chicas, perdonad que os moleste. Seré muy breve. Estaba allí, esperando a que me trajeran la comida y os he escuchado discutir. No soy nadie para sentarme aquí y deciros lo que está bien y lo que no, pero hace más o menos unas seis horas que me han dicho que me voy a morir. Una enfermedad rara, pero, vaya, que ese no es el tema y tampoco me apetece hablar de él. Tengo la cabeza a punto de estallar desde que me lo han dicho, mi vida se está resquebrajando por momentos y me estoy viendo obligada a tomar, a toda prisa, decisiones que debía haber tomado hace años.

Protagonizamos un momento de silencio las tres. Yo me callo durante un segundo para ordenar mis palabras y ellas parecen mudas tras mi aparición, limitándose a mirarme embobadas, supongo que en *shock* tras lo que les acabo de decir.

—Os cuento esto porque, si estáis comiendo aquí, las dos juntas, es porque os queréis. Yo estoy comiendo sola porque no tengo con quien comer ahora mismo. Y me dais envidia. Y, al mismo tiempo que me dais envidia, me da rabia escucharos discutir. Pensáis diferente y lo veis diferente, y es normal. Simplemente, aceptadlo y disfrutad de la compañía de la otra y de las muchas cosas que seguro que os unen. Os lo dice alguien que hoy está aquí y mañana no lo sé… —añado.

Las tres volvemos a quedarnos en silencio durante unos cuantos segundos más, y de nuevo veo en sus caras esa puta sensación de pena, de condescendencia y de lástima hacia mí. Exactamente las mismas que las del doctor Cubillo y Diego el del bar.

—¿Te gustaría quedarte a comer con nosotras? —me pregunta una de ellas. Su voz refleja lo mismo que su cara: condescendencia y pena.

—No, os lo agradezco, pero no. Solo sois cuatro personas las que sabéis lo que me pasa, y las cuatro me habéis comenzado a mirar con pena en cuanto os habéis enterado, lo que me hace recordar continuamente lo mío. Prefiero hacerlo sola y seguir pensando en positivo y en cómo voy a aprovechar el tiempo que me queda. Aun así, os agradezco el detalle.

—Por favor, quédate con nosotras —me dice la otra.

—Gracias, pero no. Con que no volváis a discutir por pensar de forma diferente, me doy por satisfecha —les digo sonriendo mientras me alejo.

Cuando salgo del restaurante, un buen rato después, me despido de ellas con la mano y una sonrisa, gesto que ambas me devuelven. Ya en la puerta, me enciendo el cigarrillo de la victoria, pues me siento orgullosa porque no las volví a escuchar discutir mientras comía.

«Lo del tatuaje funciona», me digo felizmente para mis adentros.

14

—¡PERSE, POR FIN ESTOY EN CASA! —ME ANUNCIA ALEGRE LUCA desde la entradita de nuestro piso.

—¡Estoy en la terraza! —le grito.

—¡Dejo los trastos y voy para allá!

—¡Genial! —le respondo mientras miro el reloj y compruebo que son casi las ocho y cuarto de la tarde.

«Pues sí que pasa el tiempo rápido…», me digo lamentándome.

Yo llegué a casa sobre las cinco o así, y he permanecido desde entonces sentada en la terraza, fumando, bebiendo vino y pensando. De primeras he intentado leer, pero enseguida lo he dejado porque no podía parar de darle vueltas a la idea de que era posible que no me diera tiempo a terminar el libro. Tras eso, he llorado un poco. Y de ahí he pasado al vino.

Soy incapaz de dejar de pensar. Soy incapaz de apagar mi cabeza ni por un instante. Pensaba que bebiendo podría hacerlo, pero es justo lo contrario, ahora le doy vueltas a todo con el doble de intensidad. Tras la crisis del libro, mis pensamientos se han centrado en Luca y en nuestra relación. Él es la única persona que aún me hace dudar sobre si debería o no contarle lo de mi enfermedad. En teoría, debería hacerlo, pues es mi pareja y es ese «alguien» que más me entiende, más que quiere y con quien más tiempo paso. Teniendo en cuenta esto, ¿se lo debo? Quizá sí. Pero me da miedo que, tras contárselo, comience a mirarme con esa misma cara de condescendencia que me ponen todos en cuanto se lo cuento. Esa cara se expande como un puto virus, pues, en cuanto escuchan lo de mi enfermedad, empiezan a compadecerse de mí. Y lo siento si parezco desagradecida, pero no me ayuda que sientan lástima de mí, ni tampoco que piensen que soy una pobrecita o una desgraciada. Tampoco me hace sentir mejor. Al contrario, me coloca en una situación en la que soy una víctima sin opciones. Y las tengo. Al menos una: aprovechar el tiempo que me queda, sea mucho o poco…

—¿Has vuelto a fumar? —pregunta al verme en la terraza con un cigarrillo en la mano. Su cara de enfado se aleja mucho de alegría que transmitía su voz al entrar en casa.

—Pues sí… He tenido un día de mierda y me he comprado un paquete de tabaco. Aún me quedan unos cuantos, ¿quieres uno? —le digo desafiante ofreciéndole el paquete. No estoy orgullosa del tono que uso para ofrecérselo, tampoco del gesto. Pero me ha tocado las narices que me juzgue.

—Sabes de sobra que lo he dejado, igual que tú, hasta hoy. Lo habíamos dejado juntos el mismo día para apoyarnos el uno al otro. Pensaba que eso era importante para los dos —dice con un tono de decepción.

—Pues yo he vuelto hoy… —le respondo seca y con desgana, mirando hacia el horizonte.

—¿Qué estás haciendo, Perséfone? ¿Estás borracha?

Me quedo un instante callada y vuelvo a mirarlo.

—A ver, borracha, borracha... Digamos que he tenido un día malísimo y necesitaba una copita de vino.

—¿Una copita? Te recuerdo que esta botella estaba ayer entera en el frigorífico y ahora le queda menos de la mitad.

Yo me quedo callada y vuelvo a mirar al horizonte mientras doy una calada.

—Perséfone, por Dios, que estamos a martes y estás aquí tú sola, fumando y borracha. No te reconozco.

—Luca, déjame en paz, por favor. Lo último que necesito hoy es que me eches un sermón.

—Como quieras... Estaré dentro, para cuando quieras que hablemos como dos personas adultas —protesta mientras me deja sola en la terraza.

Conforme termino el cigarrillo, me enciendo otro. ¿En qué momento se apagó lo nuestro? Ya casi no hacemos el amor, no viajamos, no bromeamos... Incluso antes de saber lo mío, tampoco tenía una especial ilusión por el futuro. Era simplemente trabajar y trabajar para ahorrar, poder comprarnos un piso y poder animarnos a tener un hijo. Ya está. Y es que lo peor es que creo que ni siquiera ninguno de los dos queremos eso (yo al menos estaba llena de dudas hasta esta mañana), pero, como lo hace todo el mundo y es lo que hemos mamado de pequeños, parece que es el único proyecto de vida posible. Y, mientras tanto, toda la tontería de ahorrar ha matado mi sueño de emprender durante años. Eso es lo que más rabia me da. Por matar, creo que nos ha matado incluso a nosotros, pues parecemos dos muertos en vida, siempre encerrados en casa y mirando cada euro que gastamos, viendo series juntos pero en silencio y sin que esto sea tiempo de calidad en pareja, cumpliendo de vez en cuando con la familia del otro y hablando todo el rato de dinero, de comer sano, de ir al gimnasio… Supongo que es lo que tiene llevar diez años con una persona, o quizá no. No lo sé. Tampoco tengo datos ni experiencias de nadie con los que compararme, pues al final la vida es un poco como Instagram: todo el mundo aparenta ser perfecto y esconde este tipo de historias. En cualquier caso, me enfurece que me hayan tenido que anunciar que voy a morir para abrir los ojos.

Tras un rato en silencio, decido volver dentro e intentar arreglarlo con Luca. A partir de ahí, tras haber hablado como dos personas civilizadas, sin enfados de por medio y en función de cómo me sienta con él, podré decidir mejor si quiero o no contárselo.

—Luca, ¿te importa si me ducho y hablamos? Hoy he tenido un día de mierda, de los peores de mi vida, y lo último que necesito es que estemos mal.

—Sí, claro. Sin problema. ¿Qué te ha pasado? —me pregunta preocupado.

—Nada grave, no te preocupes, pero déjame primero que ordene mi cabeza mientras me ducho.

Tras esto, él se levanta y me da un abrazo.

—Siento si he sido demasiado duro o arisco contigo, pero lo de fumar me parece un paso atrás, Perse. Y no me gusta que des pasos atrás. Pero, bueno, no pasa nada. Aquí te espero, ¿vale? —me dice con tono conciliador mientras se separa del abrazo y se sienta sobre el sofá.

—Enseguida vengo y lo hablamos —le digo intentando mostrarme igual de conciliadora.

De camino a la ducha, empiezo a prepararme mentalmente para hablar con Luca. No me ha gustado la dureza con la que me ha juzgado por haber vuelto a fumar. Le entiendo y es normal que lo haga, se preocupa por mi salud y fumar es una mierda y una estupidez. Hasta ahí estamos los dos de acuerdo. Pero es que, para el tiempo que me queda, no quiero ser juzgada por nadie como lo he sido hace unos instantes, menos aún si esa persona no sabe nada de mis circunstancias ni de por qué tomo las decisiones que tomo. Y, sí, soy consciente de que el origen del problema radica en mí y en que no se lo he contado. Pero, claro, si se lo cuento, corro el riesgo de que ese virus invada su cara. Pero, si no se lo cuento, voy a pasar mis últimos compases de vida con una persona que va a criticar todo lo que hago porque, como es obvio, no me va a entender. Y esto último es algo a lo que me niego.

Todo esto me lleva directa a una cuestión aún más importante y delicada: ¿debería seguir con Luca durante el tiempo de vida que me queda? Si no quiero contárselo para evitar que sufra o que me trate con lástima, pero tampoco quiero estar con él para no escuchar sus reproches y sermones, me temo que no me va a quedar otra que romper.

15

CUANDO SALGO DE LA DUCHA, SIGO SIN HABER ENCONTRADO ningún tipo de respuesta a la multitud de interrogantes que tengo en mi cabeza. Eso sí, al abrir el armario de mi habitación para coger un pijama limpio, de pronto una bombilla se enciende en mi cabeza. En lugar del pijama, me pongo un camisón corto, de color blanco y semitransparente, uno de esos que solo te pones para las noches locas.

—Hola, Luca… —le digo mientras aparezco en el salón, apoyada sobre el marco de la puerta y sabiéndome jodidamente irresistible. Él sigue sentado en el sofá.

—Pero bueno… —exclama, dejando de prestarle atención al teléfono y comiéndome con la mirada.

Rápidamente me acerco hasta su posición y acabo a horcajadas sobre él.

—¿Y eso? —me pregunta de pronto al ver el tatuaje en la muñeca, aún inflamado, pero ya, por fin, sin el plástico para protegerlo.

—Un tatuaje que me he hecho hoy, ¿te gusta? —le pregunto mientras le quito el teléfono de las manos y lo tiro por el sofá.

—A ver, no está mal, pero…

De pronto le callo posando mi dedo índice sobre sus labios.

—¡Chis! Yo creo que nos hace falta relajarnos… ¿No piensas lo mismo? —le susurro en el oído instantes antes de empezar a besarle en el cuello.

—Puede ser… —responde mientras lleva sus manos a mis caderas y por fin se deja hacer.

Comenzamos a besarnos y a manosearnos. La respiración de ambos se acelera. Nuestros cuerpos se buscan, nuestras entrepiernas se rozan… Competimos por ver quién excita más al otro hasta quedar ambos completamente desnudos. Para mi sorpresa, en lugar de irnos a la cama, como siempre, seguimos así durante un buen rato, sin prisa, entregándonos a unos buenos preliminares como no lo hacemos desde hace años. Disfrutando del cuerpo del otro. Acumulando ganas.

—He sido una chica mala, castígame… —le susurro cuando estoy a punto de reventar de la excitación.

—¿Cómo? —me pregunta riéndose. A Luca se le nota en la cara que también está a puntito de correrse.

—Ven —le digo mientras le tomo de la mano y lo llevo a la habitación.

Al llegar, la cuerda color rosa palo que me regaló Jaco está sobre la cama.

—Átame las manos contra el cabecero.

—No sabía que te iban estas cosas… —responde sorprendido. Noto por el tono de su voz que no le ha hecho mucha gracia, pero intento ignorarlo.

—Yo tampoco lo sabía… —le susurro mientras vuelvo a besarle al mismo tiempo que enrosco mis brazos sobre su espalda.

Ambos acabamos tirados sobre la cama, él encima de mí.

—Átame —le ordeno viendo que él no actúa.

—¿Seguro? Quiero decir, a mí no me hace falta esto…

—¡Luca, que me cortas el rollo!

—Vale, vale. Déjame tus manos… —me indica él.

Ahora soy yo la que le dejo hacer, obedeciendo al instante. Noto como la cuerda rodea y aprieta mis muñecas hasta juntarlas por completo.

—¿Estoy apretando demasiado? —me pregunta preocupado.

—No, no, estoy bien.

Tras esto, noto que la unión de mis muñecas queda sellada por un par de nudos. Intento soltarme, pero me es imposible.

—¿Así?

—Casi, ahora ata el otro extremo de la cuerda al cabecero.

Él me obedece y noto cómo mis brazos se tensan y se estiran por encima de mi cabeza. Trato de liberarme y fracaso de nuevo. Además, apenas puedo bajar mis manos ni tan siquiera a la altura de mi cabeza. Saberme desnuda me hace sentir expuesta e indefensa, pero al mismo tiempo multiplica mi excitación por mil.

—Ahora véndame los ojos —le ordeno a Luca.

—¿También?

—Sí, también. Coge uno de los pañuelos del primer cajón de mi armario. —Luca me crispa los nervios con sus dudas y preguntas.

Pocos segundos después, tengo de nuevo a Luca encima vendándome los ojos.

—Pues ya estarías —dice mientras me coge de la cabeza con ambas manos y comienza a besarme.

—Hazme fotos —le susurro.

—No sé yo si… Me da miedo dónde puedan acabar…

—Que me hagas fotos, Luca. Quiero verme.

Noto que Luca se aleja de mí, imagino que para coger su móvil.

—¿Cómo quieres que las haga? —me pregunta.

—No lo sé. Simplemente hazme fotos. Me pone cachonda.

No puedo ver nada, pero escucho el ruido de la cámara del móvil con cada foto. Jaco tenía razón, el resto de los sentidos se disparan con los ojos vendados…

—¿Y ahora?

—Ahora cállate y fóllame.

Por fin Luca se deja de preguntas y hace lo que quiero que haga: me coge de las piernas, las abre y se tumba sobre mí para comenzar a penetrarme. Mientras tanto, juego a intentar librarme de las cuerdas, pero no soy capaz, ni aunque le ponga todas mis ganas, lo que me excita aún más. Pese a estar vendada y no ver nada, cierro los ojos y me entrego al placer. De pronto me viene a la cabeza Jaco, me imagino completamente inmovilizada por él y posando para una de sus sesiones de fotos. Me valgo del tacto de la cuerda en mis muñecas para imaginar cómo sería esa situación: cómo se sentirían todas las partes de mi cuerpo inmovilizadas. Me excito aún más. En la fantasía, Jaco me ordena cómo tengo que mirar y posar para cada foto. Yo obedezco. Disfruto posando para él. Disfruto obedeciendo sus indicaciones. Y mientras me pierdo en mi fantasía, mi excitación está llegando a límites que no conocía.

—¡Me voy a correr! —le grito a Luca.

Y antes de que le dé tiempo a replicar, comienzo a gemir de forma violenta, rindiéndome ante la oleada de placer. Pocos instantes después, Luca también se corre. Tras esto, se tumba a mi lado. Ambos jadeamos, sudorosos y extasiados.

—Ha estado bien… —me dice él mientras me quita la venda de los ojos.

Yo me siento incapaz de responderle, pues en cuanto le miro a los ojos me lleno de remordimientos por haberle utilizado para tener un orgasmo pensando en otro.

16

En cuanto Luca me desata las manos, salgo disparada de la cama para entrar de nuevo en la ducha, ya que me siento sudada y pegajosa, algo que me incomoda mucho para dormir.

Instantes después, Luca aparece en el baño.

—¿Hay hueco para uno más? —pregunta mientras él también entra en la ducha.

—Sí, claro… —le respondo en un tono un tanto apagado mientras le hago hueco.

—¿Estás bien? —me pregunta preocupado.

—Sí, sí, es solo que estoy cansada, no te preocupes.

En realidad, no, no estoy bien. Estoy siendo víctima de un ataque de remordimientos, pues no paro de darle vueltas a la idea de que soy una basura de persona por haber follado con mi novio mientras pensaba en otro. Y, a ver, soy consciente de que esto no es tan grave, pues todas lo hemos hecho alguna vez cuando nos cuesta corrernos. Pero es que lo de hoy ha sido algo diferente, porque ha sido premeditado. He dejado preparada la cuerda sobre la cama a propósito porque llevo todo el día fantaseando con Jaco y quería poner a prueba ese extraño efecto afrodisiaco que parece provocar en mí, efecto que acabo de comprobar que se multiplica cuanto más pienso en él y en su extraño mundo.

—Te quiero mucho, Perse —dice Luca de pronto, mientras me abraza por la espalda.

A mí no me sale responderle que yo también a él, así que me quedo callada y echo mi cabeza hacia atrás para apoyarme en su hombro. Mientras tanto, en mi cabeza y a modo de desahogo, intento ponerle palabras a lo que siento:

«Yo también te quiero, Luca. Pero no sé si te quiero como tú me quieres. No sé si quiero pasar el tiempo que me queda contigo, la verdad... Si te lo cuento, te vas a desvivir por mí y todos tus actos hacia mí van a estar manchados de pena y de lástima. Y si no te lo cuento, esto va a ser un infierno de reproches sobre mis decisiones que, como es normal, no vas a entender».

—¿En qué piensas? —pregunta. Luca me conoce y sabe que, si estoy callada, es porque estoy dándole vueltas a algo.

—Como te dije antes en la terraza, he tenido un día de mierda, y mis fantasmas están volviendo a aparecer.

—Cuéntame todo, seguro que así te sientes mejor.

—Si no te importa, mejor en la cama —le digo mientras me separo de su abrazo y salgo de la ducha.

—Bueno, enseguida voy... —me dice él.

Al llegar a la habitación, me pongo el pijama —esta vez sí— y me meto en la cama. De forma automática, casi sin pensarlo, acabo con mi móvil en la mano para meterme en Instagram, y vuelvo a ser consciente de todo lo que me rodea en cuanto no encuentro la aplicación en el móvil.

«Pues va a ser verdad que nos tienen idiotizados con las redes sociales. Al menos yo he logrado desengancharme», pienso orgullosa mientras vuelvo a dejar el móvil sobre la mesita.

De pronto, me veo sin nada que hacer y mirando al techo. Y, ahí, en el pequeño hueco que origina un corto instante de aburrimiento, mis demonios internos me vuelven a atacar con fuerza.

«Supongo que por esto tenemos tan interiorizado coger el móvil y mirar Instagram en cualquier momento, para huir de nuestros demonios…».

—Oye, Perse, me has dejado un poco rayado antes en el baño. No estarás así porque te he hecho daño o algo cuando te he atado a la cama, ¿no? —me pregunta Luca con claros signos de preocupación cuando aparece en la habitación, un par de minutos después de que lo hiciera yo.

—No. De hecho, me he quedado con ganas de más —le respondo seria.

—¿Cómo? —me pregunta sorprendido mientras se sienta a mi lado en la cama.

Yo también me incorporo para sentarme frente a él. Ya que saca ese tema, decido abrirme.

—Pues que, cuando me estabas atando, me has cortado un poco el rollo con tus preguntas y con tu indecisión, Luca. Si te digo que me ates, átame. Piensa que te lo he pedido yo, y del mismo modo que te lo pido, si hubiera algo que no me gustase o que me incomodase, te lo diría enseguida. Tenemos confianza para eso. No te preocupes a cada instante por si me está gustando o no, o por si estás apretando demasiado. De hecho, me hubiera gustado que, en lugar de eso, hubieras mostrado iniciativa propia y me hubieras cogido del pelo o del cuello, o que me hubieras dado algunos cachetes, o que me hubieras insultado diciéndome cosas guarras al oído mientras me follabas. Cualquier cosa que hubiese nacido por iniciativa tuya me habría puesto extremadamente cachonda en ese momento... —Conforme voy pronunciando esto, mi tono se eleva y, lo que en mi cabeza iba a ser una sugerencia, acaba convirtiéndose en un reproche.

—Pero es que esto no se hace así, Perse. Yo no soy ningún experto, ni mucho menos, pero hubiera estado bien que me hubieras avisado con más tiempo, que me hubieras explicado exactamente lo que querías y que me hubieras preguntado si me apetecía hacerlo. Que yo, si te apetece, lo hubiera hecho encantado. Pero entiende que me sienta incómodo y que tenga dudas con tanto cambio repentino y tantas cosas nuevas.

—Pero es que insisto en que te lo estaba pidiendo yo, Luca.

—Ese no es el punto, Perse. El punto es, simplemente, que me lo hubieras dicho antes, para prepararlo sin improvisar. Me hubiera sentido más cómodo... —me responde serio y algo desanimado.

De pronto, me siento mal. Estoy pagando mis problemas con él.

—Perdona, Luca. Como te comentaba, he tenido un día de mierda y lo estoy pagando contigo. Tienes razón, debía haberte avisado antes para que lo hubiéramos hablado. En cualquier caso, ha estado bien, de verdad, me ha gustado mucho. Y es normal que tuvieras dudas. De hecho, esas dudas y esa continua preocupación por mí son los motivos por lo que eres mi pareja y llevamos tantos años juntos. No malinterpretes mis palabras, ni mucho menos. Y perdona el tono, no te lo mereces y estoy siendo injusta contigo —le digo mientras me acerco a él y le cojo la cara con ambas manos.

Luca, con un gesto de su cabeza, me las aparta al mismo tiempo que se aleja un poco de mí.

—No, si llevas razón. No sé bien qué nos pasa en nuestra vida sexual, pero estamos un poco apagados. Será la rutina. Y hoy, que has tratado de innovar, no he estado a la altura... —me dice cabizbajo.

Mi sentimiento de culpabilidad se dispara. Acabo de abrir la caja de los truenos.

—Luca, no pasa nada, de verdad. Yo también llevo una temporada muy asexual. No es solo cosa tuya... Pero, vaya, que hoy hemos echado un polvazo como hacía tiempo que no lo hacíamos. Quedémonos con eso —le digo mientras poso mi mano en su hombro e intento transmitirle tranquilidad con mi voz.

—Ha estado bien, sí —afirma él volviendo a mirarme a los ojos y mostrando una sonrisa.

Ambos permanecemos durante un par de segundos en silencio compartiendo una mirada cómplice.

—Por cierto, enséñame las fotos, quiero verlas —le pido de repente.

—Sí, claro.

Luca coge su móvil y comenzamos a verlas juntos.

—Esta foto, en concreto, me encanta —le digo mientras contemplamos una en la que se me ven los pechos desnudos, las manos atadas contra el cabecero y la cabeza girada hacia un lado mientras me muerdo el labio. Además, mi tatuaje se puede leer perfectamente y destaca con luz propia.

—Sí, esta foto da para paja —me dice él riéndose.

—¡Luca! —Yo también me río con él mientras le doy un pequeño manotazo en el hombro.

Son fotos bonitas, pero no tienen ese aire artístico que transmiten las de Jaco. Estas son más cutres y caseras. También tienen su magia, pero para nada son iguales. Además, tampoco están muy bien encuadradas ni trabajadas. Ha sido una ráfaga de fotos rápidas en treinta segundos y se nota en el resultado final.

—¿Y qué hacemos con estas fotos? Quiero decir, ¿las borramos? Es que me da miedo que se filtren o algo —me pregunta preocupado Luca.

—Quiero que me las pases. Y también que tú te las quedes de recuerdo.

—¿Estás segura?

—Sí, claro.

—¿Y si alguien las ve? Imagina la que se podría montar y lo que podrían ir diciendo de ti.

De repente, comienzo a reírme. Otra de las cosas buenas de saber que vas a morirte es que te importa un bledo lo que puedan pensar de ti. Y si las ven, que me critiquen, que comenten o que, como decía antes Luca, se hagan una paja. A mí me da igual. Para entonces quizá esté muerta.

—¿Perséfone? —pregunta sorprendido ante mi reacción.

—Me da igual lo que piensen de mí, Luca... De verdad. Quiero que te las quedes y que te hagas pajas pensando en mí. Muchas. Muchísimas. Te lo digo totalmente en serio. Y si se filtran, pues también me da igual. Que ellos también se hagan pajas o que sientan envidia de mi belleza y de lo liberada que me siento en este preciso instante. Me da igual la gente. Me dan igual todos. No tengo tiempo para pensar en eso ni en ellos. —Tras decir esto, me dejo caer sobre la cama.

—Estás muy rara, Perséfone. ¿Tiene que ver con lo que te ha pasado hoy?

Me quedo callada durante unos segundos, concentrada en mi respiración e intentando esquematizar qué voy a decirle a Luca para no hablar más de la cuenta.

—El subnormal de Carlos me ha dicho que no soy profesional, que no tengo compromiso y que voy a la oficina a mirar el reloj y a esperar a que llegue la hora de irme a casa. —Esto es lo máximo que estoy dispuesta a contarle por ahora de lo del trabajo, porque, si se lo cuento todo, me va a taladrar todo el rato con buscar otro.

—¿En serio? Menudo hijo de puta, desagradecido y maleducado... —dice Luca encolerizado.

—Te prometo por lo que quieras que no lo estoy exagerando ni un poquito.

—¿Y tú qué le has dicho?

—Pues que es un muerto en vida que solo vive para trabajar, pero que por mucho que se esfuerce nunca lo van a ascender porque no tiene carisma ni habilidades sociales. Tras decirle esto, he pegado un portazo y me he ido de la oficina.

—¿Y qué vas a hacer?

—Pues no lo sé, Luca. No lo sé... Por lo pronto, ir mañana a la oficina a ver qué tal está el ambiente con él. —Esto al menos es verdad, más o menos, pues voy a ir, solo que omito que será para firmar el finiquito.

—Madre mía, Perse..., lo siento mucho —dice él cogiéndome del cuello y posando su frente sobre la mía.

—¿Por eso has vuelto a fumar?

—Sí... —No lo había pensado, pero ya tengo una excusa para ahorrarme el sermón del tabaco.

—Ya... Bueno, prométeme que vas a dejarlo otra vez.

—Dame unos días, Luca.

—Perse...

—Por favor, déjame un poco a mi aire hasta que aclare mis ideas. Los dos estamos de acuerdo en que es un vicio asqueroso, pero, ahora que he roto la racha sin fumar, lo mismo da fumar dos días más que dos o días menos.

—No estoy de acuerdo, pero tú sabrás lo que haces con tu vida, Perse…

Yo me quedo callada. No quiero llevarle la contraria, pero pienso seguir fumando. Como te dije cuando compré el paquete: de cáncer ya no me da tiempo a morirme. Además, no tengo intención de privarme de nada.

—¿Y lo del tatuaje tiene algo que ver con eso? —me pregunta.

—Eh…, sí. Justo ha sido por eso. ¿Te gusta? —Le acerco la muñeca para que pueda verlo mejor.

La pregunta me ha venido genial, pues así tampoco tengo que explicarle cuándo me lo he hecho y, por tanto, evidenciar que esta mañana no he ido a trabajar. No me enorgullece contar mentiras o medias verdades, pero primero voy yo y luego los demás. Y yo ahora lo que necesito es aclarar mis ideas sin que nadie me condicione o me sermonee.

—¿Qué significa *memento mori*?

—Es una frase en latín. Significa algo así como: recuerda que vas a morir.

—Da un poco de mal rollo, ¿no?

—Al contrario. Te fuerzas para ir a por aquello que quieres en todo momento, haciéndote consciente de que puedes morir mañana.

—Ya, pero aún falta mucho para eso, Perse… Somos jóvenes. Muy jóvenes.

—Nunca se sabe, Luca… Nunca se sabe.

17

Tras permanecer un rato más charlando en la cama, Luca y yo solo salimos de ella para cenar. Después volvimos a tumbarnos enseguida para ver un capítulo de una serie antes de dormir. Al igual que ya me pasó esta tarde con el libro, enseguida comencé a rayarme y a llenarme de tristeza porque es probable que no me dé tiempo a terminarla. De hecho, no fui capaz de prestar atención y no me enteré de nada, pues estuve todo el rato pensando en mis cosas. Este es uno de los motivos por los que valoro romper con Luca: si no se lo cuento, no quiero malgastar el tiempo que me queda viendo series. De hecho, mientras trataba de ver el capítulo recordé una conversación que tuve hace ya varios años con un compañero de trabajo con el que, por cierto, me llevaba genial y del que hace mucho que perdí la pista. Un día, mientras comíamos en el comedor de la oficina, le conté que por fin me había animado a comprarme una tele para la habitación. Él me respondió que era un error y que tenía muy claro que jamás iba a poner una televisión en su dormitorio. Yo, llena de curiosidad ante esa afirmación tan rotunda y extraña, le pregunté el motivo de esa decisión. Él, para mi sorpresa, me explicó que en los dormitorios no se debía poner nunca una tele, pues conlleva una disminución drástica del número de relaciones sexuales al mes. Recuerdo romper a reír con él ante la espontaneidad de su repuesta mientras le decía que era un pervertido (tenía mucha confianza con él), pero ahora admito que el tiempo le ha dado la razón. Maldigo el momento en el que tuve la feliz idea de proponerle a Luca comprar una tele para nuestra habitación. Ahora lo hacemos menos de la mitad de las veces que antes de comprarla... Nos ha robado nuestra intimidad, nuestro tiempo de calidad en pareja y nuestras charlas hasta altas horas de la noche. Nos ha convertido en dos zombis que ven series juntos, pero separados por el silencio que requiere enterarte de la trama de un capítulo.

De hecho, la pasión de hoy ha sido un espejismo total, porque llevábamos dos o tres semanas sin tocarnos... En cualquier caso, al poco de terminar el capítulo, sobre las once y media, ambos apagamos las luces y nos dimos las buenas noches.

Casi tres horas después, sigo despierta. Al poco de darle las buenas noches a Luca, comencé a sufrir un terrible y profundo dolor de cabeza, uno como nunca había tenido. Y llevo desde entonces dando vueltas sobre el colchón, incapaz de conciliar el sueño.

«No aguanto más...», pienso tras decidir por fin salir de la cama para tomarme un Paracetamol. Me levanto con el máximo sigilo posible para evitar molestar a Luca y despertarle.

—¿Dónde vas? —me pregunta con voz somnolienta, confirmando mi fracaso en el objetivo de no despertarle.

—Me duele un poco la cabeza y voy a tomarme algo. Enseguida vengo.

—Vale... —Tras decir esto, Luca gira la cabeza hacia el otro lado. Conociéndolo, se volverá a dormir al cabo de diez segundos o menos.

Salgo del dormitorio y cojo un Paracetamol del bolso. Mientras lo buscaba, he visto la tarjeta que me dio Jaco. La saco y la examino en detalle durante unos instantes. No pone nada sobre él, toda la información se centra el negocio como tal. Tiene un diseño simple y minimalista, en el que destaca el nombre del estudio de tatuaje acompañado del logo de las dos manos atadas por las muñecas que había en el letrero del local. Debajo aparece un correo, un número de teléfono, una página web y, el único dato que llama mi atención, una cuenta de Instagram. Tras este descubrimiento, decido llevármela conmigo de vuelta a la cama.

Tras tomarme el Paracetamol, vuelvo a meterme bajo las sábanas. Esta vez Luca no se despierta ante mis movimientos. Eso, o que simplemente prefiere no decir nada. En cualquier caso, cojo mi móvil con el máximo sigilo posible, le bajo el brillo al mínimo, compruebo que está en modo silencio y…

«Mierda, borré el Instagram… Bueno, me lo instalo, veo sus fotos, y lo vuelvo a desinstalar», me prometo a mí misma.

Pocos minutos después, estoy con mi sesión iniciada de nuevo en Instagram y buscando el perfil del estudio de tatuaje.

«Qué decepción», pienso al ver que solo hay fotos de tatuajes.

No es un perfil trabajado ni actualizado, pues tiene pocas fotos, todas son de tatuajes y la última publicación data de hace año y pico.

«¿Quizá tiene un perfil para cada cosa? Bueno, que estoy suponiendo que el negocio es suyo y lo mismo es un trabajador. Aunque, por cómo hablaba…».

Tras varios minutos de investigación intentando dar con algún rastro o hilo del que tirar y que me lleve al perfil de Instagram de Jaco (sin fortuna alguna), acabo pinchando por curiosidad en el enlace del perfil que lleva a su web.

«Parece que he encontrado oro», pienso al ver que hay un apartado de fotos.

Pincho en él y aquí sí que hay multitud de fotografías. Todas son del mismo estilo de las que había expuestas en el local. Y se nota que transmiten arte, no como las que me hizo Luca.

Media hora después, el dolor de cabeza no remite, pero estoy tan metida en las fotos y en observar cada detalle que, por unos momentos, logro olvidarme de él. Tras explorar la página al completo, de pe a pa, sigo sin encontrar rastro de Jaco. Pero sí que descubro algo que me sorprende bastante: las tarifas por una sesión de fotos. Hay diferentes tipos y precios, pero la que más llama mi atención es la que se llama: Shibari Full Experience. Dicha propuesta consiste en una sesión de fotos de dos horas, la edición de estas, inmovilización *shibari* con *rigger* experimentado y servicio de maquilladora profesional. Todo por quinientos eurazos.

«Joder, lo mismo me he equivocado de sector profesional...», pienso al ver las mareantes cifras.

¿Y si lo contrato? ¿Te parece una locura? ¿Tú qué opinas? El dinero me da igual, la verdad, como es obvio, dada mi situación, no tiene sentido preocuparme por él. Y Jaco me inspira confianza para cometer una locura así. Además, tras lo de hoy con Luca, no me da vergüenza posar desnuda (sé que hay opción de hacerlo con ropa, pero me gustaría hacerlo desnuda). De hecho, quizá, de forma inconsciente, lo de hoy era simplemente una forma de probar con Luca, a pequeña escala, si me atrevería a hacer algo así. Lo que tengo claro es que cada vez tengo más ganas de querer vivir esa experiencia. Lo malo, y lo que me raya, es que creo que eso sería como ponerle los cuernos a Luca. No son unos cuernos al uso, ni una infidelidad, pero sí una traición. Estoy centrando todas mis energías sexuales en otro… No sé…

Mientras sigo dándole vueltas a todo, el dolor de cabeza se intensifica. Inmediatamente se me ocurre una idea para intentar aliviarlo un poco.

«Y sí… Eso siempre ha ido bien para el dolor de cabeza…».

Me giro un poco para ver a Luca, el cual me da la espalda y parece completamente dormido. Con mucho cuidado, me llevo la mano derecha a mi entrepierna y comienzo a masajear en mis zonas íntimas, mientras con la izquierda voy pasando las fotos. Noto que las sábanas se mueven al mismo ritmo que mi mano, por lo que me destapo para evitar que Luca pueda notar el movimiento. Después, poco a poco, voy aumentando la intensidad, pero intento que sea un movimiento controlado. Él es mucho más pesado que yo, por lo que espero que el colchón apenas se mueva conmigo. Sigo aumentando el ritmo, mientras sigo sin perder de ojo a Luca, por si se despierta de pronto (sería un momento un tanto embarazoso). Permanezco masajeándome varios minutos más, hasta que alcanzo un nivel alto de excitación. Decido dejar el móvil a un lado y tirar de imaginación, mientras cierro los ojos, me muerdo el labio inferior y acaricio mis pezones. Me recreo recordando el tacto de las cuerdas alrededor de mis muñecas. Imagino que están alrededor de mis piernas, de mis hombros y de mis pechos, tal y como se ve en las fotos. Una vez más aumento el ritmo. Dejo de vigilar a Luca. Si me ve, que me vea. Instantes después de esta decisión, experimento un fuerte orgasmo que logro disimular sin emitir ni un solo ruido, pero que me acelera e intensifica la respiración. Tras esto, me relajo y dejo caer mis brazos a ambos lados de mi cuerpo. Vuelvo a mirar al lado y veo que Luca sigue igual. Creo que no se ha enterado. Mejor. Después me giro para el otro lado, aún extasiada, y trato de conciliar el sueño de nuevo.

18

A LAS NUEVE DE LA MAÑANA, PUNTUAL, SALGO DEL ASCENSOR para entrar en la oficina a firmar mi finiquito. Es un trámite que no me apetece nada. Si fuera por mí, no hubiese ni venido, pero quiero recuperar el peluche que me regaló la abuela, me trae demasiados recuerdos felices y no quiero perderlo por nada del mundo.

—Hola, Perséfone —me saluda María, desde la recepción, con una expresión que refleja lástima y seriedad a partes iguales.

Supongo que la noticia ha corrido como la pólvora por la oficina.

—Hola, María, ¿qué tal? —le respondo con voz ronca. Hoy tengo la garganta fatal por culpa de lo mucho que fumé ayer.

—Carlos está esperándote en su despacho —me aclara.

—De acuerdo.

Antes de ir hacia allí, decido pasar primero por la cocina para beber un vaso de agua, a ver si así logro que se me aclare un poco la garganta. No me siento muy preparada para pasar este mal trago, me sigue doliendo la cabeza, no he dormido bien y tampoco tengo ganas de escuchar cómo me juzga alguien que no sabe nada de mí, ni por lo que estoy pasando. En cualquier caso, me he propuesto no discutir con nadie ni prestar atención a lo que me puedan decir. Entrar, firmar los papeles, coger el peluche e irme. Fácil y sencillo.

Al entrar en la cocina me encuentro con dos compañeros de otro departamento tomando café. Ambos me saludan tímidamente y comienzan a cuchichear sin dejar de mirarme. Se nota a la legua que se han enterado de lo mío y están hablando de mí.

—¿Qué pasa? ¿Tengo monos en la cara o qué? —les pregunto desafiante al ver su actitud chismosa.

—Nada, nada... —responde uno de ellos mientras ambos abandonan a toda prisa la cocina.

—Tenéis una vida tan vacía y aburrida que estáis deseando que les pasen cosas malas a otros para poder experimentar algo de emoción... —susurro cuando me quedo sola.

Al final, en lugar de un vaso de agua, decido tomar un café calentito de la máquina, a ver si el calor me calma un poco el dolor de garganta. Mientras se prepara, aparece Dani por la cocina con un táper de comida en la mano.

—Hola, Perséfone —me dice con voz seca.

—Hola, Dani —le respondo yo sin mirarle.

No tengo ganas de discutir con él ni de recriminarle nada. Que le den morcilla.

—Hasta ahora —me dice con voz baja y mirando al suelo mientras se retira tras dejar el táper en el frigo.

«Es normal que no te atrevas ni a mirarme. Hay que ser basura y mala gente para hacer lo que tú has hecho», pienso mientras lo veo alejarse.

Un par de minutos después, cuando termino el café, me envalentono y me dirijo al despacho de Carlos.

—¿Se puede? —pregunto mientras doy un par de golpes en la puerta de su despacho.

—Adelante —responde él.

Al entrar, no digo «buenos días» ni nada parecido mientras tomo asiento. Detesto a la persona que tengo delante y lo único que quiero es firmar los papeles e irme para no volver nunca.

—Qué pena lo tuyo, Perséfone. Tenías potencial… —me dice mientras me ofrece una carpeta de cartón.

—¿Perdona? —pregunto con voz de pocos amigos.

De pronto, retira la carpeta alzándola hacia arriba, hasta dejarla fuera de mi alcance. Noto en su lenguaje corporal que está disfrutando con la escena.

—No creas que no he pensado en ti, y me parece una injusticia que no puedas demostrar ese talento que seguro tienes dentro. Es por eso por lo que he pensado en ofrecerte una segunda oportunidad…

—¿Una segunda oportunidad? —pregunto sorprendida. Sin duda, este tío vive en lo mundos de Yupi.

—Si te comprometes a seguir mi ritmo de trabajo y el de Dani, sin mirar tanto el reloj, puedes quedarte.

—Me estás vacilando, ¿no?

—La propuesta es justa y totalmente en serio, Perséfone. Creo que lo que necesitas es encontrar tu pasión por el trabajo duro. Eso es todo.

Lo que más me revienta es la expresión de orgullo que tiene su cara, como si se sintiera bien por salvarme o algo así.

—A ver cómo te digo esto, Carlos… Me pagáis la friolera de mil doscientos euros al mes, en doce pagas. Vamos, el salario mínimo. Además de esto, cada día que vengo al trabajo, tengo que hacerme la valiente y sobreponerme a vuestras miradas y comentarios para poder irme a casa a mi hora. El resultado de todo esto ha sido que ayer me llamases mala profesional y me faltases al respeto por no querer dejarme explotar. Y hoy, ni veinticuatro horas después, me estás diciendo, en plan magnánimo y salvador, que me permites quedarme si echo en la oficina más horas que un reloj… ¿Tú eres tonto? —Tras decirle esto, me levanto de mi asiento y le arrebato la carpeta de la mano.

—Eres una maleducada —me dice ofendido.

—Y tú, un muerto en vida —le digo harta de él y de sus gilipolleces.

—Voy a llamar a seguridad para que te echen de aquí. Encima de que te doy otra oportunidad… Eres una desagradecida. No me merezco tus descalificaciones, tu falta de respeto y tus continuos insultos.

—No te preocupes, que me voy enseguida —le digo mientras firmo todos los papeles del finiquito sin leerlo. Me da igual lo que ponga, solo quiero salir de aquí.

—¿Seguridad? —le escucho decir por teléfono.

Tras cumplir su amenaza, cojo los papeles y se los tiro a la cara.

—¡Ahí los tienes, gilipollas! —le digo mientras me levanto de la silla y salgo por la puerta.

«Pues nada, cojo el peluche y las cuatro cosas que tengo, y me voy para siempre», me digo para intentar calmarme.

Al llegar a mi, ya antiguo, puesto de trabajo, veo que en él hay una chica joven, un poco más pequeña que yo, muy guapa y de pelo claro.

—Oye, ¿tú quién eres? —le pregunto.

—Pues soy la nueva de contabilidad y me llamo…

—¿La nueva? —le pregunto sorprendida—. ¿La nueva? —insisto en un tono más alto.

—Sí, la nueva… —me responde asustada.

—¿En serio me han encontrado sustituta de un día para otro?

De pronto, mi cuerpo se llena de rabia, y lo primero que me nace es pegarle una patada a una papelera.

—¡Que sepáis que sois todos simples números! ¡Que sepáis que, si un día os dicen que os vais a morir, os van a sustituir por otra persona de la noche a la mañana! ¡Les dais igual! ¡Estáis tirando vuestra vida a la basura! ¡LES DAIS IGUAL! —grito a los cuatro vientos mientras tiro un armario al suelo.

—¡Ahí está! —escucho decir detrás de mí a Dani con nerviosismo.

Me giro y veo a Dani señalándome con el dedo.

—Dani, eres un mierda y un asco de persona. Judas, ¡traidor! No te va a querer nunca nadie siendo así —le espeto.

De repente, aparecen tras de él dos tipos fornidos, de seguridad, que me cogen de ambos brazos y comienzan a llevarme a rastras hacia la salida.

—¡Esperad que coja mis cosas! ¡Esperad que coja mis cosas, y yo sola me voy! ¡Solo quiero coger el peluche de mi abuela! ¡El peluche de mi abuela…! —les suplico mientras intento rebullirme con todas mis fuerzas para librarme de su agarre, pero es imposible.

—¿Te vas a calmar y vas a salir por tu propio pie? ¿O tenemos que llevarte también a rastras a la calle? —me dice uno de los de seguridad mientras esperamos el ascensor.

—Solo quiero coger mis cosas, por favor —les suplico.

—Lo siento, haberlo pensado antes.

—Por favor…

—Preguntaré a ver si me dejan que las meta en una caja y

que te las baje yo. En caso afirmativo, así lo haré, pero no puedo ofrecerte más.

—De acuerdo… —acepto rendida.

Tras esto, los tres bajamos por el ascensor, me quitan mi tarjeta de acceso al edificio y me acompañan hasta la calle.

—Espera aquí un poco. Si me dan permiso, enseguida te bajo tus cosas.

Yo asiento con la cabeza mientras los veo volviendo a entrar en el edificio.

Mientras los espero, me siento en un banco que hay a pocos metros y me enciendo un cigarrillo.

«Vaya escena tan vergonzosa acabo de protagonizar… He imaginado miles de veces que dejaba el trabajo y lo mandaba todo a la mierda, y en todos esos escenarios el resultado siempre era épico, no esta escena aberrante y bochornosa…», me lamento.

Dos cigarrillos después, sigue sin bajar nadie… Comienzo a llorar.

—Lo he perdido, abuela, lo he perdido… Lo siento… —me digo a mí misma entre sollozos.

De repente, alguien toca tímidamente mi espalda. Me giro a ver quién es.

—Esto es tuyo, ¿verdad? —me pregunta la chica nueva que ocupaba mi puesto mientras me ofrece una caja con mis cosas. Una caja en la que sobresale un peluche de un vaquero con barbas y sombrero.

—Era justo eso… —le digo mientras cojo el peluche, lo abrazo, y la intensidad de mi llanto aumenta.

—Me alegra. Por cierto, antes no me dejaste presentarme. Yo me llamo Aurelia, pero mis amigos me dicen Aure, y ¿tú?

—Perséfone… —le digo mientras sigo abrazando al peluche—. Me llamo Perséfone.

19

—Ey, no, ya pasó, tranquila... —me dice ella tratando de consolarme mientras me abraza. Yo sigo llorando, apretando al peluche contra mi pecho.

—Lo siento... —le digo.

—¿Por qué?

—Porque tengas que tragarte mis mierdas. Llevo un par de días en los que me ha pasado de todo y supongo que acabo de explotar... —le explico entre sollozos.

—Nada, mujer. Llora lo que necesites —me dice mientras me abraza con más fuerza.

El tono de sus palabras y la fuerza de su abrazo consiguen que me calme un poco.

—¿Por qué me has bajado mis cosas? —le pregunto con curiosidad tras reponerme un poco.

Al mismo tiempo que le pregunto, comienzo a mirarla a los ojos. Ella me aguanta la mirada sin pestañar, por lo que deduzco que tiene mucha confianza en sí misma.

—Al rato de que te echaran, vino uno de los seguratas y le preguntó al tal Dani que si podía meter tus cosas en una caja y bajártelas. Él respondió que no, que no te lo merecías por el escándalo que has dado en la oficina y que, si por él fuera, las tiraba a la basura. Tras escuchar esa conversación y la manera despectiva en la que el estúpido ese hablaba de ti, he cogido una caja de esas que traen varios paquetes de folios, la he vaciado donde he pillado y he comenzado a meter en ella todo lo que tenías sobre el escritorio y en los cajones. Mientras lo hacía, Dani me ha empezado a decir que no lo hiciese, incluso me ha amenazado con quejarse de mi actitud a Carlos por no obedecer sus órdenes.

—¿En serio?

—Sí, sí, tal cual, pero, vamos, que le he ignorado y he seguido a lo mío, cosa que le ha puesto bastante más nervioso de lo que ya estaba. No paraba de decirme cosas como «Aquí hay una jerarquía que hay que respetar, no vas a durar mucho aquí», y tonterías del estilo. Por un instante me han dado ganas de responderle, pero al final he preferido no hacerlo. No merece la pena llenarse de emociones negativas por un energúmeno como ese, así que, en cuanto tenía todo dentro de la caja, he bajado casi corriendo para intentar dártela lo antes posible. Me daba miedo no encontrarte…

—Pero te vas a meter en problemas por haberme ayudado… Te aviso de que Dani es un trepa asqueroso y no se va a olvidar de esto. De hecho, me han despedido por su culpa…

—Tranquila, he dimitido. Bueno, técnicamente aún no, porque no les he avisado. Pero, vaya, que no he llegado ni a firmar el contrato, y no pienso hacerlo. Paso de trabajar en un sitio donde tratan así a la gente. Y, por cierto, te he metido también en la caja una calculadora, una grapadora, bolis y todo lo que he podido pillar. Considéralo un adelanto extra de tu finiquito —me explica riéndose al final.

—¿En serio? —le pregunto sorprendida.

—A ver, que son cuatro cosas, tampoco te vas a hacer rica revendiéndolo por Wallapop.

—¡No, eso no! Me refiero a lo de que has dimitido —le digo riéndome. Ella se ríe conmigo.

—Te había entendido, boba, pero quería que te rieras. Y lo he conseguido, así que minipunto para mí —me dice ella.

Tras escucharla decir eso, ahora soy yo la que la abraza con fuerza.

—Gracias, Aurelia. Gracias por todo. De corazón. Este peluche me lo regaló mi abuela Puri cuando era niña y es prácticamente el único recuerdo que tengo de ella. Ya pensaba que lo iba a perder… —le digo entre sollozos instantes previos a volver a ponerme a llorar.

—No, mujer, no. No me llores otra vez, ahora que había conseguido que te rieras… —dice con tono conciliador mientras me devuelve el abrazo—. Ah, y no me llames Aurelia, por Dios, que suena a señora mayor. Llámame mejor Aure, porfi. Así es como me llama todo el mundo. Además, es más *cool* e instagrameable. —Ambas nos volvemos a reír con su broma y nos separamos del abrazo.

—¿Y qué vas a hacer ahora? —le pregunto mientras cojo del bolso el paquete de tabaco para encenderme uno.

—Pues fumarme un cigarrillo contigo, si me invitas.

—Sí, claro —le respondo mientras le ofrezco el paquete—. Y ¿luego? —añado.

—Pues… no lo sé. Actualizar mi currículum tras lo de hoy. Ahora soy administrativa con nivel medio de inglés, con altos conocimientos en Excel y experta en infiltrarme en oficinas para rescatar peluches. Eso sí, tendré que pedirte tu número para añadirlo como referencia y que así puedan llamarte para que confirmes mis habilidades de espía. Estoy segura de que con eso me hacen CEO de alguna empresa.

Ambas nos partimos de risa tras ese comentario.

—Oye, una pregunta —me dice ella.

—Sí, claro, dispara.

—¿No hay ninguna recompensa por rescatar el peluche? He arriesgado mi pellejo en terreno enemigo y el objetivo ha vuelto a casa sano y salvo… —Ambas nos quedamos mirándonos y sonriendo.

—Pues… ¿te apetece desayunar? Hay un sitio por aquí donde se desayuna genial y es muy instagrameable, como tu nombre.

—Acepto la invitación encantada, y más teniendo en cuenta que he vuelto a engrosar las filas del paro demasiado pronto.

—Genial. Terminamos de fumar y vamos.

«No sé qué tiene esta chica, pero se le da de diez hacerme sentir bien», pienso mientras doy una calada y pierdo la mirada en el horizonte.

20

Ya hace rato que Aure y yo terminamos de desayunar, pero eso no nos ha impedido que sigamos aquí charlando y contándonos cosas sin parar. Además, tampoco tengo prisa por que nos vayamos, pues hemos conseguido sentarnos en mi lugar favorito de toda la cafetería, uno que hay tras un gran ventanal y que nos permite observar en todo momento a la gente que pasa.

Hay un detalle que me está encantando y es que entre nosotras no surge ningún silencio incómodo de esos en los que no sabes qué decir ni a dónde mirar; es como si fuésemos amigas de toda la vida. Nuestra conversación fluye y salta de un tema a otro constantemente: alguna historia suya, alguna historia mía, algún comentario sobre alguna persona que vemos pasar y que nos llama la atención… No llevo mucho rato con ella, pero Aure tiene algo especial, de eso no me cabe duda. De hecho, cuando me bajó la caja con mis cosas y me contó que había decidido dimitir tras presenciar mi escenita, ya me di cuenta de que normal no es (nuestra sociedad no destaca por anteponer sus principios al dinero, precisamente). Y, ahora, tras haber podido charlar un buen rato con ella, lo he terminado de confirmar. Aure es alguien que irradia alegría y ganas de reír continuamente. Diría que su mejor rasgo es que es capaz de hablar y escuchar a partes iguales. No sé si le sale solo o si lo controla de forma voluntaria, pero sabe hacerte buenas preguntas para que le cuentes tu vida, al mismo tiempo que, gracias a la expresividad de su cara y a la multitud de muecas y gestos que tiene, consigue hacerte sentir que no la estás aburriendo en ningún momento. Pero es que, además, cuando es ella la que te cuenta una historia, te quedas embobada, pues las cuenta con emoción, sabe cuándo explayarse en los detalles y cuándo ir al grano, cambia el tono de voz en función de lo que está contando y logra hacerte partícipe de ello.

A grandes rasgos, para que la conozcas, me ha contado que tiene veintisiete años, que estudió Administración y Dirección de Empresas, que es de Pinto y que vive allí con su madre. Cuando al rato le he preguntado por su padre, ha torcido un poco el gesto y se ha puesto algo arisca, mientras me contaba que las abandonó poco tiempo después de que ella naciera. Al verla más seria, he intentado cambiar de tema preguntándole por cómo había conseguido mi antiguo puesto de trabajo, apostando a que segurísimo que nuestro odio común por Dani volvería a animarla:

—Pues ayer, sobre las tres y media de la tarde, me llamaron de una empresa de recursos humanos a la que estoy apuntada para ofrecerme este trabajo. El único requisito era incorporarme de un día para otro, y acepté —me explica ella.

—¡Qué cabrones! Mi discusión con Carlos fue sobre las dos y media, más o menos.

A partir de ahí, le he contado todo lo que pasó ayer, anécdotas de la oficina (en especial de Dani), y llegamos a la conclusión de que el trabajo era una mierda, el ambiente laboral, peor aún, y que seguro que dentro de muy poco nos saldría algo mejor a ambas. Tras eso, volvimos a cambiar de tema, para seguir así durante bastante tiempo:

—¿Y qué tal vas de amores? Porque vamos, tú debes tener a mil tíos detrás de ti. —Cuando le pregunto esto, el reloj marca cerca de las once y media. El tiempo a su lado vuela.

—Mal. Soltera y harta de ellos. Y, si me aceptas un consejo, huye de los tíos que, nada más conocerte, te preguntan por tu signo del zodiaco para saber vuestra compatibilidad.

—¿Y eso por qué? —pregunto sorprendida.

—Hace dos semanas tuve una cita con un tío que conocí por Tinder. El pavo me empezó a contar movidas astrales y a decirme que, según nuestros signos zodiacales, sexualmente éramos muy compatibles por las energías del cosmos y no sé qué…

—Qué fuerte…

—Mientras me lo decía, me miraba muy intenso y fijamente, como para convencerme de ello. Y mira que era guapo, Perséfone, pero era un colgado. Un completo colgado. Lo peor es que me contó, emocionado, que escribía poesía, y le pedí que me enseñara una, por curiosidad. Al final resultó que era algo tipo: tú y yo follando somos poesía, poniendo una palabra por línea. Y ya está, eso era su poesía. Menudo personaje…

Ambas nos partimos de risa.

—Oye, y ese tatuaje, ¿qué significa? —me pregunta de pronto.

—Me lo hice ayer. Mira, ¿te gusta? —Se lo acerco orgullosa.

—*Memento mori*… —susurra ella mientras me coge con suavidad de la muñeca.

—Significa algo así como «recuerda que vas a morir».

—Mola, me gusta mucho. ¿Por qué te lo has hecho? ¿Significa algo especial para ti?

—Más o menos. Bueno, sí. Digamos que estoy en un momento de mi vida en el que tengo que ser muy valiente, y este tatuaje funciona como un superpoder: cada vez que quiero hacer algo y me invade la vergüenza o el miedo, lo miro y recuerdo que voy a morirme —le explico intentando no contar más de la cuenta.

—Ya… Mola.

—Gracias.

Agradezco que no haya intentado que profundizase sobre el tema. Creo que ha captado que no me apetecía hablar de ello.

—¿Y dónde te lo has hecho? Es que justo quiero hacerme otro y mi tatuador de confianza cerró hace poco.

—No sabía que también tenías tatuajes. ¿Se pueden ver?

—Sí, mira, tengo dos —me dice mientras tira del cuello del vestido hacia dentro y me enseña una mariposa, a medio camino entre el pecho y el hombro derecho—. Y luego tengo otra mariposa en el tobillo derecho —añade mientras levanta un poco el pie y lo gira.

—¿Son la misma?

—Sí.

—¿Qué significan?

—Cada mariposa, aunque sean la misma, significa una etapa complicada de mi vida que fui capaz de superar. Son como trofeos que me recuerdan que soy capaz de seguir adelante en cualquier circunstancia. Te contaría esas dos historias, pero prefiero no amargarte.

—No, de verdad, me encantaría escucharlas —le digo con sinceridad.

—Nah, yo prefiero que mejor no, al menos por ahora… —mientras lo dice, me rehúye la mirada y la refugia en el ventanal. Es la primera vez que lo hace.

Ambas protagonizamos nuestro primer silencio incómodo.

—Perdona si me he metido donde no debía... —le digo sintiéndome culpable. Ella ha sabido detectar que no quería seguir hablando del trasfondo de mi tatuaje, pero yo no he sabido hacerlo del mismo modo con el suyo.

—No te preocupes. No pasa nada. Es solo que no me apetece hablar de ello. Quizá más adelante.

Ambas volvemos a quedarnos calladas durante un par de segundos.

—Por cierto, me decías que querías volver a tatuarte, ¿verdad? —le pregunto intentando romper ese silencio.

—Sí, llevo ya una temporada dándole vueltas.

—¿Y ya tienes decido qué te quieres tatuar?

—Pues me gustaría tatuarme algo encima del culo. No sé si un tribal o algo así... En plan retro, como los tatuajes que se hacía antes la gente —responde con seriedad.

—Venga ya...

«Aure, no puedes ser tan hortera. Tú, con lo guay que pareces, no. Imposible», pienso para mis adentros tras escucharla.

—¿Qué pasa? ¿Qué si no nos ponemos algo en latín, ya no está guay, o qué? —me pregunta manteniendo la seriedad en el rostro.

—No, no..., es solo que...

De pronto, ella sola se empieza a partir de risa.

—¡Te lo has creído, boba!

Yo me río con ella y respiro aliviada. Pensaba que la había hecho enfadar o algo.

—Es que nos hemos puesto muy serias y tenía que volver a hacerte de reír. ¿Cómo me voy a hacer un tribal en el culo?

—No sé, a mí me parece un horror, pero mucha gente se lo hace.

—Pues te voy a decir una cosa. En mi urbanización tenemos piscina. Y un día bajó una vecina mía que tendrá sesenta años largos, con un tanga pequeñísimo, pero no por tamaño como tal, sino por talla, que parecía que iba a reventar en cualquier momento. Y como corona a ese tanga, tenía un tribal tatuado justo encima de la raja del culo, ya un poco descolorido por el paso de los años. Había una parte de mí que la veía un poco ridícula, pero había otra parte de mí que no paraba de pensar: ole su coño por hacer lo que le sale de ahí abajo.

—Bueno, yo de todos modos prefiero dejárselo a tu vecina —le digo riéndome.

—Creo que yo también, pero así al menos te la has imaginado un poco y ahora ambas tenemos esa imagen en la cabeza.

—¡Te odio! —le grito tirándole una bola de papel hecha con una servilleta.

—Esto nos hermanará, Perséfone. Incluso podríamos darle una vuelta a lo de tatuarnos un tribal para confirmar nuestro hermanamiento —me dice protegiéndose del bolazo con ambas manos.

—¡Jamás! —respondo tirándole más bolas de papel.

De pronto, mientras me río, comienza a darme un ataque de tos.

—¿Estás bien? —me pregunta Aure.

—Sí, sí, no te preocupes —le digo cuando logro dejo de toser—. Es que llevo unos días que por culpa de los nervios estoy fumando demasiado, y creo que es por eso… —añado mientras comienzo a sentir una fuerte necesidad de escupir—. Si no te importa, voy al baño.

—Sí, claro.

Ya en el baño, carraspeo intentando aclarar mi garganta. No sé si es por fumar o por el esfuerzo, pero acabo escupiendo algo de sangre. Nunca me había pasado. Me siento como si pudiera estar escupiendo sangre todo el rato. No es que escupa mucha, pero sí lo suficiente como para comenzar a preocuparme. Además, de repente siento también un ligero mareo, por lo que, aprovechando que el baño está limpio, bajo la tapa del váter y me siento.

«¿Será por fumar, del estrés… o un síntoma de mi enfermedad?», me pregunto muerta de miedo.

La sensación de mareo remite rápido. Ha sido algo raro y no recuerdo haber experimentado antes uno así. En cualquier caso, vuelvo a levantarme en cuanto me siento mejor y me apoyo sobre el lavabo. Me enjuago la boca con agua del grifo, hago gárgaras y, muy a mi pesar, vuelvo a escupir sangre. Lo hago un par de veces más, y en la tercera parece que ya apenas escupo. Tras esto, me lavo la cara, me miro en el espejo para comprobar que no me he manchado y salgo de nuevo con Aure.

—¿Estás bien? Te veo un poco pálida —me pregunta preocupada.

—Sí, estoy bien. Es que hoy me he levantado regular. Supongo que será por culpa del estrés del trabajo y de todo lo que ha ocurrido.

—Seguramente sea por eso, sí. ¿Quieres un poco de agua o que salgamos a la calle a que te dé el aire?

—Ya he bebido algo de agua del baño, pero lo tomar el aire estaría bien.

—¿Estás mejor? —me pregunta Aure cuando estamos ya en la calle.

—Sí, sí, no te preocupes. Ya estoy al cien por cien —le digo intentando mostrarme lo más convincente posible. No es cierto, me noto la garganta regular y me ha invadido una flojera importante.

—¿Seguro? Tu cara me dice lo contrario.

—Es que hoy al salir de casa me he puesto la cara de empleada despedida, pero no te preocupes que estoy bien —le digo bromeando para intentar aparentar normalidad.

—Bueno, me dejas más tranquila. Si necesitas lo que sea, me avisas.

—Vale.

—Y, por cierto, que al final no me lo has dicho, ¿dónde te has hecho el tatuaje? ¿Me recomiendas ir allí?

De pronto me viene a la mente Jaco y su misterioso mundo, lo que me hace experimentar un rayo de excitación que recorre todo el cuerpo.

—Sí, te recomiendo ir allí. Creo que te va a flipar.

—¿Y eso? —me pregunta con curiosidad.

—A ver por dónde empiezo. Digamos que es un sitio peculiar. Peculiar y raro.

—¿Cómo de peculiar y de raro?

—Pues…

21

Aure se quedó alucinada cuando le conté todo sobre el estudio de tatuaje de Jaco y sobre mi experiencia allí, llegando al punto de pedirme que dejase de vacilarla. No se creía lo del *shibari* ni lo de las sesiones de fotos. Al final, tras enseñarle las fotos de la web como pruebas irrefutables, me dijo que se moría de ganas por ver el lugar, por conocer a Jaco y experimentar esa aura tan magnética que, según yo, imponen su presencia, su altura y sus brazos fuertes y llenos de tatuajes. Me sentí un poco celosa ante ese comentario, como si yo hubiera descubierto una mina de oro y otra persona planeara robármelo todo tras contárselo, aunque ¿qué sentido tiene sentir celos, por un comentario así, teniendo pareja?

—Si no lo veo, no lo creo. Llévame, Perséfone.

—¿Ahora?

—Sí, ahora mismo. A lo loco.

—Pero…

—Pero nada. Las dos estamos en el paro y no tenemos nada mejor que hacer, así que arreando. ¿Dónde está exactamente?

Yo no quería llevarla, al menos por ahora. Me muero de vergüenza ante la idea de volver a aparecer tan pronto por el estudio de tatuaje, y más acompañada por una persona tan bromista, espontánea e impredecible como es Aure, que no sé por dónde me va a salir cuando estemos allí. De todos modos, al final no pudimos ir y lo dejamos para otro día, porque, al poco de salir de la cafetería, comencé a sentir náuseas y a marearme otra vez. Nos sentamos en un banco durante un rato, comprobé que no mejoraba y acabé pidiendo un taxi para volver a casa. Aure se ofreció a acompañarme, pero le dije que prefería estar sola y que no se preocupase, que sería el estrés por la experiencia tan traumática que habíamos vivido en el trabajo. Al final intercambiamos nuestros números y quedamos en que le confirmaba por WhatsApp que había llegado sana y salva cuando por fin estuviese en casa.

Cuando miro el reloj de mi mesita, veo que son casi las ocho de la tarde, por lo que Luca llegará de un momento a otro. Al menos así no estaré sola. Llevo tumbada y dando vueltas en la cama desde que llegué en taxi. No he sido capaz de comer nada, y he estado sufriendo profundos y constantes dolores de tripa acompañados de diarrea y náuseas. Lo peor es que, cada vez que voy al baño o vomito, también acabo expulsando un poco de sangre. Ver eso me aterra y me provoca el no poder dejar de hacerme la misma pregunta en bucle: «¿Ya me estoy muriendo?».

Fruto del miedo y de la desesperación, a media tarde acabé llamando al hospital para preguntar si podía ir de urgencia a la consulta del doctor Cubillo, pero justo hoy se ha ausentado por asuntos propios. Me han ofrecido que me viera otro doctor, pero me he negado en rotundo. No quiero ver más caras de pena mientras les cuento que me voy a morir, para que al final me digan que lo mejor es que espere a que me vea el doctor Cubillo, que es quien ha seguido mi caso y sabrá decirme, mejor que nadie, qué es lo que me pasa. Al menos, como me conocen de haber acudido por allí tantas veces durante estos meses, me han hecho un hueco en su agenda para mañana a primera hora. Alguna ventaja debía tener el sufrir una enfermedad terminal.

Al colgar el teléfono, comenzó a invadirme el miedo de no llegar viva a mañana.

«Quizá es por culpa del trabajo. Quizá es por el estrés de haber tenido que vivir una situación tan traumática, tal y como le dije a Aure. Tiene que ser algo de eso…».

Llevo horas tratando de convencerme de ello, pero sé de sobra que no tiene nada que ver con el trabajo, aunque me lo he repetido una y otra vez, como si por el simple hecho de repetirlo pudiera llegar a creérmelo. De hecho, desde que conocí a Aure, no he vuelto a sentirme mal por ello. Al contrario, me he quitado la mochila de piedras que era aguantar a diario a gente como Dani y Carlos, o el sentirme esclava de un horario laboral que me marcaba cuándo era libre y cuándo no, que me robaba las mejores horas del día y que me obligaba a ver cómo el sol salía y se ponía a través de un ventanal. Y todo por un triste sueldo con el que apenas llegaba a fin de mes y que me obligó a aplazar mi sueño de montar un negocio, para encontrarme con un desenlace en el que no voy a tener tiempo ni para intentarlo. Ojalá pudiera viajar al pasado para decirle a mi yo de entonces que, en lugar de aceptar la estabilidad, abrace a la locura de intentar emprender. Ese fue mi mayor error y, también, el de la mayoría: conformarse con la estabilidad por miedo a que las cosas no salgan como queremos, como si eso fuese el fin del mundo. Y no. Que algo no salga como tú quieres, no es el fin del mundo. El fin del mundo es darte cuenta de que es demasiado tarde, como me ha pasado a mí.

De pronto, miro a la mesita y veo el peluche que me regaló mi abuela. Lo cojo y lo abrazo.

—Ahora, además de a la abuela Puri, también me vas a recordar siempre a Aure —le digo mientras lo aprieto fuerte contra mi pecho.

Después de hablar con el peluche, comienzo a pensar que estoy loca. Y, tras eso, mis pensamientos se centran en Aure. Menudo ángel caído del Cielo me ha tocado con ella. Me parece increíble cómo hemos conectado y cómo me siento cuando estoy con Aure, como si la conociera desde niña. ¿Puede una persona aparecer en tu vida y encajar de un modo tan perfecto como lo ha hecho ella? Hay un detalle que me ha encantado y que quiero decirle la próxima vez que la vea, y es que, mientras estábamos juntas, no ha cogido el móvil en ningún momento, salvo cuando salí del baño, que lo tenía en la mano. Lo mismo es un detalle tonto y fruto de lo mal que me siento ahora mismo, pero me da mucha rabia cuando estoy tomando algo con alguien y esa persona no para de mirar el móvil, me hace sentir que mi presencia y conversación son insuficientes para ella. Y más ahora que, en teoría, me queda tan poco tiempo… No, no es un detalle tonto. Es un detalle maravilloso por parte de una persona maravillosa, y confirma lo que ya sé: que Aure es la mejor noticia que he tenido en los últimos meses.

Mientras estoy inmersa en mis pensamientos, Luca aparece por casa.

—¡Perse, ya estoy en casa! —me grita con alegría desde la puerta de la entrada.

«Sigo teniendo que decidir qué hago contigo…», pienso al escucharle.

22

—¿Qué haces ya acostada? —me pregunta Luca al entrar en la habitación.

—Es que estoy regulinchi. Llevo toda la tarde con diarrea y vómitos.

—¿Quieres que vayamos al médico? Tienes mala cara. Quizá has cogido un virus o algo —me propone preocupado, mientras se sienta a mi lado en la cama y me pone la mano en la frente.

—No, no te preocupes, de verdad. No es para tanto. Seguro que mañana me encontraré mejor. Será que me ha sentado algo mal y ya está. —Lo último que necesito ahora mismo es ir con Luca al médico y que se entere de todo. Si lo descubre, que sea porque yo he decidido contárselo, no sin mi consentimiento y a través de terceras personas.

—¿Seguro? En principio no parece que tengas fiebre. Pero, vaya, que no me importa coger el coche y llevarte en un momento a urgencias. Tardamos nada.

—Anda, Luca, no seas exagerado, que pareces mi madre. Que no es para tanto —replico tratando de quitarle hierro al asunto.

—Bueno, como prefieras. Yo voy a darme una ducha rápida y enseguida estoy contigo. Y si necesitas lo que sea, me das una voz para que pueda escucharte desde el baño —dice dándome un beso en la frente.

—Vale, mamá —le respondo bromeando y forzando una sonrisa para que se vaya tranquilo al baño.

Pensaba que, estando acompañada por Luca, estaría mejor y más tranquila, pero acabo de descubrir que no. Ahora, además de los retortijones y de las náuseas, también tengo que soportar el aparentar ante él que no me encuentro tan mal para evitar que vayamos al médico.

De pronto, poco después de entrar Luca al baño, comienzo a sentir unas ganas de vomitar muy fuertes e incontrolables. Me levanto a toda risa de la cama y me dirijo al inodoro.

—¿Perse? —pregunta Luca desde dentro de la ducha al escucharme entrar.

—Estoy bi… Uhgg. —Una fuerte arcada me delata mientras vomito.

Luca sale desnudo de la ducha y se agacha junto a mí.

—Perse, estás vomitando sangre —dice asustado echándose las manos a la cabeza—. ¡Vamos a urgencias ahora mismo!

—No es sangre, será algo que he comido.

—Pero ¿qué dices, Perse? Es sangre, no me jodas. ¡Vamos a urgencias ya!

—¡Que no quiero ir a ningún sitio, Luca! —le digo mientras rompo a llorar.

Él se queda paralizado durante un instante, y luego se reactiva para recogerme el pelo tras las orejas. Después me ayuda a incorporarme.

—No es normal vomitar sangre, Perse. Puede ser algo muy grave. No es un simple dolor de cabeza que se arregla con una aspirina.

Comienzo a ver imposible el impedir que me lleve al médico.

—Estoy bien, de verdad. Confía en mí, por favor —le digo sollozando.

Luca no me responde, sino que se limita a secarse por encima con una toalla y a acompañarme a la cama.

—Perse…

—Por favor, te lo pido, confía en mí y respeta mi decisión —le digo cortándole con el llanto casi calmado—. Por ahora no quiero ir al médico. Además, ya llamé antes y me han dado cita para mañana a primera hora.

—Mañana voy contigo entonces.

—No, déjame ir sola. Ya sabes que no me gusta ir acompañada al médico.

—Eso es una tontería.

—Me da igual. Mañana iré yo sola porque quiero ir sola. Además, seguro que es una tontería —mientras digo esto, los sollozos se transforman en un tono duro y agresivo.

—Como prefieras. Voy a limpiar por encima el baño y a pasarle un poco una fregona, que lo he dejado todo mojado. Enseguida vengo, ¿vale? —responde serio.

Según desaparece de mi vista, mi corazón se acelera por culpa del miedo. Estoy de acuerdo con Luca: vomitar sangre no es ninguna tontería, y su reacción ha hecho que me asuste aún más. ¿Voy a encontrarme así de mal de aquí en adelante? ¿O será algo puntual?

«Si voy a estar en este estado de forma más o menos habitual, no voy a poder hacer gran cosa, salvo estar en cama…», me lamento para mis adentros.

—¿Ya estás mejor? —dice Luca al volver a la habitación pocos minutos después.

—Sí, eso parece —le respondo más calmada y amigable. Además, lo que le digo es sincero. Tras la última vomitona, me siento algo mejor.

—¿Quieres que te prepare algo suave para cenar? ¿Algo tipo una patata cocida y un poco ensalada?

—No tengo hambre, Luca. Me da miedo comer y acabar echándolo. Con una manzana, suficiente.

—Ya. Bueno, si cambias de idea, me avisas y te preparo algo rápido —me dice él con tono conciliador—. Te daría un beso, pero… —añade a modo de broma.

—No te preocupes, lo entiendo —le contesto provocando que intercambiemos una sonrisa cómplice.

—Voy a prepararme algo rápido de cenar. Me lo traigo aquí a la cama, te traigo a ti una manzana y vemos juntos alguna serie o algo, ¿vale?

—Me parece bien —acepto lo más conciliadora posible.

Tras decirle esto, Luca me abraza y vuelve a dejarme sola en la habitación. Parece que he conseguido calmarlo y quitarle de la cabeza la idea de llevarme al médico. Ahora solo me queda cruzar los dedos para ver si el cuerpo me da un respiro y me permite pasar una buena noche.

—¿Cómo te encuentras? —me pregunta Luca un par de horas después, ya tumbados los dos en la cama, después de cenar y de haber terminado el capítulo de la serie que estamos viendo juntos.

—Bien, mejor. —No he vuelto a vomitar ni a ir al baño desde que vomité sangre delante de Luca.

—¿Estás segura de que no quieres que te acompañe mañana, Perse? —insiste.

—Sí, sí, muy segura.

—Pero ¿por qué? No entiendo por qué no quieres que tu pareja te acompañe al médico tras algo así… —me dice con un tono triste y de decepción.

—Porque no me gusta dar pena, Luca. Ya lo sabes. No me gusta ser la pobrecita indefensa, incapaz y a la que hay que salvar o proteger. Además, tampoco quiero meterte en jaleos en el trabajo o que faltes por mi culpa. Bastante tienes tú con lo tuyo.

—Jaleo, ninguno. Que les den, Perse. Me importas más tú.

Al oír eso, le acaricio la mejilla con la mano derecha.

—Te lo agradezco mucho, de corazón. Pero es que no hace falta. Tú, tranquilo, no va a ser nada. Yo mañana al salir del médico te llamo y te cuento, ¿vale?

—Bueno, como prefieras. Y si cambias de idea, yo encantado de acompañarte. Por cierto, recuerda que el sábado vamos de comida con mi familia para celebrar el cumpleaños de mi madre. A ver si para entonces estás bien y puedes venir.

—No lo sé, Luca. Lo vamos viendo. Primero, mañana, a ver qué me dicen en el médico y cómo me voy sintiendo. Pero ahora mismo es pensar en grandes comilonas y se me revuelven las tripas —le digo bromeando y tratando de esquivar el tema.

Lo había olvidado por completo, pero no hay mal que por bien no venga. No me apetecía nada asistir a esa comida y, así, al menos, ya tengo una excusa para no ir sin necesidad de discutir con él. No es que la familia de Luca me trate mal o me lleve mal con ellos, pero no voy a emplear ni un solo minuto, del poco tiempo que me queda, en cosas que no me interesan, no me aportan o no me apetecen. Al salir del hospital decidí que no iba a volver a dejarme llevar por ningún compromiso y pienso cumplirlo.

—Oye, ¿y mañana vas a ir a trabajar? —me pregunta Luca de pronto.

—Pues... tenemos que hablar de eso —le digo preparando el melón que acaba de abrir.

—¿Por?

—He dejado el trabajo —le digo de golpe.

—¿Cómo? —me pregunta sorprendido e incorporándose sobre la cama.

—Digamos que mi situación con el pelota de Dani y el cuadriculado de Carlos ha sobrepasado los límites de lo que podía soportar.

—Pero ¿qué ha pasado?

—Técnicamente, me han despedido; es una suerte porque así voy a cobrar indemnización. El resumen rápido es que Dani se ha quejado de mí porque me voy a mi hora y no me quedo a echar horas extra gratis para la empresa. Y Carlos me ha despedido excusándose en que soy poco profesional por ello.

—¿En serio? ¡Mañana voy a ir a la oficina y...!

—¡Luca! ¡Luca! Calma —le digo incorporándome a su lado y cogiéndole de los hombros con ambas manos—. Ya estamos otra vez poniéndome en la posición de víctima y de pobrecita que no puede valerse por sí misma. Ya he discutido con ellos, me he quedado a gusto y se ha quedado todo cerrado. No quiero perder más tiempo con este tema.

—Pero es que eso es de ser unos sinvergüenzas y unos explotadores.

—Pues sí, pero no es algo que no supiéramos ya. Son los dos típicos compañeros tontos que se creen que van a heredar la empresa el día de mañana. Ellos sabrán lo que hacen con sus vidas y cómo emplean su tiempo. Yo, desde luego, ya sé que es lo que voy a hacer con la mía.

—¿El qué?

—Voy a retomar aquella idea de negocio que te he comentado tantas veces.

—Perse, no. No es el momento. Necesitamos dinero para poder comprarnos un piso más grande, para poder tener hijos y para poder dejar de pagarle un sueldo mensual Nescafé, en forma de alquiler, a nuestro casero —argumenta con un tono serio que no me gusta un pelo.

—Y, si no es ahora, ¿cuándo? —le respondo con el mismo tono.

—Más adelante, Perséfone. Más adelante. Hacer eso es muy egoísta por tu parte. Tendrías que hacerte autónoma, contratar una gestoría, alquilar un local, comprar muebles e invertir en un montón de cosas. Va a ser un gasto muy grande que consumirá nuestros ahorros.

—¿De verdad me estás diciendo que soy egoísta? ¿En serio?

—Sí, porque ambos teníamos planes en común de formar una familia. Y de pronto quieres hacer las cosas por tu cuenta, empezar un negocio abocado al fracaso, y sabes que teniendo a Amazon como rival es casi imposible triunfar en nada.

—¡Esos planes de tener familia eran impuestos por ti! Yo nunca he tenido claro si quería ser madre, y eres tú quien lo daba por hecho —le espeto enfadada.

—¿Ahora me vienes con esas? —me pregunta haciéndose el ofendido.

—Sí, ahora te vengo con esas. Y tonta he sido de no pararte los pies antes. He tirado mi vida a la basura posponiendo mis planes durante años. A la puta basura.

—Perséfone, ¿te estás oyendo? Tienes treinta años. ¿Cómo vas a haber tirado tu vida a la basura? ¿Estás tonta? Solo tienes treinta años. Tienes toda la vida por delante.

—¡Tú qué sabrás, Luca! ¡No tienes ni puta idea de nada! —le grito instantes antes de volver a romper a llorar. Tras esto, me tumbo en la cama y me giro para darle la espalda a Luca.

—Ey, ey, no llores —me dice mientras me abraza por detrás.

—Perdóname, Luca. Llevo unos días malísimos con mucha presión, estrés y agobios —le digo entre sollozos.

—No, perdóname tú, Perse. No sabía cómo te sentías, y ahora me siento fatal por ello. Te dejo descansar. Si quieres, mañana o cuando quieras, lo hablamos, ¿vale?

—Vale.

Permanecemos así un buen rato, al menos hasta que acabo dormida.

23

De nuevo me encuentro en la sala de espera del hospital, mirando cómo transcurre el tiempo en el mismo dichoso reloj mientras le doy vueltas a la multitud de cosas que me han pasado en los últimos días. Por un lado, está mi antiguo trabajo, lo que esperaba que fuese una dimisión épica se acabó convirtió en un despido vergonzoso. Por otro lado, está Luca, al que quiero con locura, pero hay algo dentro de mí que me pide, a todas horas, que me aleje de él para poder ser feliz disfrutando del tiempo que me queda, como si ambas cosas no pudieran ser compatibles. Y, por último, está lo mal que me sentía ayer y lo bien que me he levantado hoy. ¿Cómo se puede pasar de vomitar sangre a estar fresca como una rosa en tan pocas horas?

De pronto, la puerta del doctor Cubillo se abre.

—¡Perséfone! —me llama desde el marco de la puerta mientras me invita a entrar con un movimiento de su cabeza—. ¿Qué tal? ¿Cómo te encuentras? —me pregunta con el rostro serio mientras tomo asiento frente a él.

—Lo primero de todo, gracias por haberme hecho un hueco a primera hora. Sé que tu consulta empieza un poco más tarde y que lo has hecho por hacerme el favor.

—No te preocupes, Perséfone. No hay que darlas. ¿Qué te pasó ayer? Me dejaron el recado de que llamaste muy preocupada, comentando que te sentías fatal. —Le noto serio. Diría que hasta un poco enfadado.

—Sí, tal cual. Ayer, mientras estaba desayunando con una amiga, comencé a sufrir fuertes mareos y a toser sangre, hasta el punto de tener que pedirme un taxi y volver a casa. Acabé pasando el resto del día en la cama, con diarrea y náuseas. Y lo peor es que, cada vez que vomitaba o iba al baño, echaba sangre.

—¿Mucha?

—La suficiente para hacerse notar. Lo peor es que me entraron ganas de vomitar estando con Luca y acabó descubriendo la sangre. Él quería que fuéramos a urgencias, pero logré quitárselo de la cabeza. Si llego a acceder, se hubiera enterado de todo.

El doctor frunce el ceño mientras me escucha.

—Ya sé que hemos hablado muchas veces de este tema, pero te sigo aconsejando que se lo cuentes. Te vendría bien no soportar tú sola esta carga, psicológicamente hablando.

—Prefiero no hacerlo, doctor. No quiero que me mire con pena a todas horas ni que me trate con condescendencia —le respondo decidida.

—Eso ya es tu decisión. Yo solo te digo que te vendría bien.

—Por ahora no lo voy a hacer, pero gracias de todos modos —sentencio.

—Bueno, como prefieras. Volviendo a lo de la sangre, no te voy a engañar ni voy a maquillarlo: me temo que es algo normal, dada tu enfermedad. Es uno de los síntomas que aparecen como fruto de la degeneración que va a experimentar tu cuerpo. Lo que me sorprende un poco es que se dé ya..., tan pronto... —Esto último me lo dice a mí, pero es como si lo si se cuestionara a sí mismo.

—Es decir, ¿que de aquí en adelante voy a vivir con estos síntomas?

—No puedo decirte nada con seguridad, porque lo tuyo es una enfermedad rara de la que no sabemos mucho. Tampoco contamos apenas con historiales bien documentados de otros pacientes, pero… tiene pinta de que sí. Al menos, de forma intermitente y con tendencia a ir a peor.

Su respuesta y la contundencia con la que me lo suelta me hacen polvo. Aun así, no siento ganas de llorar. Ayer, dándole vueltas al tema, sabía que los tiros iban a ir por aquí y me mentalicé para ello.

—¿A peor? —le pregunto mientras trago saliva—. ¿Hay algo peor que tener que estar metida en la cama, cagando y vomitando sangre?

—Sí, a peor, Perséfone. Seguramente acabes postrada en una cama, sin fuerzas y sin apenas poder comer, porque todo te va a sentar mal. Y eso si no sufres antes un colapso porque algún órgano vital te falle… Siento ser tan duro, pero llevamos ya muchos meses juntos y creo que te conozco lo suficiente como para saber que eres de las personas a las que les gusta que sean sinceras con ella.

Ambos nos quedamos callados durante unos segundos, mirándonos fijamente en un angustioso silencio.

—Y… ¿cuánto tiempo me queda? —le pregunto de forma directa.

—Pues… —En lugar de terminar la frase, deja de mirarme a los ojos y desvía su mirada hacia el teclado de su ordenador.

—¿Cuánto? —insisto

—Meses, Perséfone. Según los datos que tiene la comunidad médica, la opinión de otros compañeros y lo que he podido averiguar por mi cuenta, lo más normal es que te queden meses.

—Meses... —repito en voz baja.

—Lo siento —me dice el doctor mientras algunas lágrimas comienzan a recorrer sus mejillas.

Ver las lágrimas del doctor, en lugar de contagiarme las ganas de llorar, me llena de rabia. «¿Por qué lloras, si la que se muere soy yo? ¿Por qué lloras, si todavía estoy aquí? Estoy harta de que sintáis pena de mí. Hartísima. Vuestra pena no va a conseguirme más tiempo de vida».

—¿Y puedo hacer algo para ganar algo de tiempo o para que estos síntomas no sean tan dolorosos? —pregunto con una frialdad fruto de la rabia que me da verle llorar.

El doctor, viendo mi reacción estoica, se limpia las lágrimas y coloca las gafas contra la frente.

—Podemos ingresarte aquí, en el hospital, para tenerte controlada en todo momento. Así podremos seguir haciéndote pruebas e ir reaccionado con rapidez a los diferentes síntomas que tengas. De este modo podríamos probar diferentes tratamientos para que este proceso te sea más liviano.

—O sea, pasar el tiempo que me queda en cama y encerrada en un hospital.

—Técnicamente, sí.

—No, no voy a pasar mis últimos meses de vida así.

La contundencia de mi respuesta provoca un silencio incómodo.

—Hay otra opción... —me dice él.

—¿Otra opción?

—Ayer me cogí un día de asuntos propios porque fui a visitar a un compañero de profesión. Tiene una clínica privada y está desarrollando un tratamiento que podría servir para tu enfermedad.

—¿Un tratamiento? —pregunto esperanzada.

—Sí, pero no es tan sencillo. No quiero ilusionarte con esto.

—¿Por qué?

—Porque las posibilidades de que salga bien son de un quince por ciento. Veinte, siendo optimistas.

—¿Y qué tendría que hacer?

—Tendrías que ingresar en su clínica y someterte a un tratamiento muy fuerte y agresivo. Algo parecido a la quimio.

—Ya... Deduzco que durante el tratamiento estaría hecha polvo, ¿verdad?

—Sí, seguramente.

—Entonces lo que me propones es que apueste lo que me queda de vida a ese quince o veinte por ciento, ¿no?

—Eso es. ¿Estarías dispuesta? Si me dices que sí, lo muevo inmediatamente. Y por el dinero no te preocupes. Estaría todo subvencionado y no tendrías que poner ni un euro.

De pronto, siento que todo a mi alrededor se para, como si fuese capaz de detener el tiempo. La ilusión comienza a invadir mi cuerpo. La idea de curarme y de tener una segunda oportunidad se imponen con claridad ante el tumulto de dudas y emociones negativas que reinan en mi cabeza. «Puedo curarme. Puedo curarme. Puedo curarme». Esas dos palabras resuenan una y otra vez en mi mente. Puedo curarme. Pero el coste..., el coste es demasiado alto. ¿Tú apostarías lo que te queda de vida a cambio de un veinte por ciento de posibilidades de ganar más? El corazón me dice que sí, que lo intente. Que va a salir bien. Mi mente me dice que no. Me recuerda que no soy la protagonista de ninguna película. Que de cada cien veces, ochenta va a salir mal. ¿Quién tiene razón? ¿A quién apoyo?

—¡Perséfone! —me dice el doctor reclamando mi atención y sacándome de mi ensimismamiento.

—Sí, perdona.

—¿Estarías dispuesta a someterte a ese tratamiento?

—No lo sé. Sí y no. Como te dije, no quiero pasar encerrada en un hospital el tiempo de vida que me queda. Pero tampoco quiero morirme. Tengo que pensarlo.

—Claro. Date un par de días para aclarar tus ideas y me dices. No me tienes que dar tu respuesta ya, aunque cuanto antes, mejor. El tiempo va en nuestra contra.

24

Después despedirme del doctor Cubillo, prometiendo llamarle en cuanto tome una decisión, salgo de su consulta a toda prisa con rumbo a la calle. Su propuesta del tratamiento experimental me ha provocado un tsunami de emociones que soy incapaz de procesar. Necesito urgentemente un cigarrillo para relajarme un poco. Ya en la puerta del hospital, me lo enciendo. No tengo claro si aquí se puede o no fumar, pero a estas alturas me da igual todo.

«Madre mía. ¿Qué hago?», me pregunto mientras me echo ambas manos a la cara.

Me siento invadida por una ola de esperanza y de ilusión que no me gusta un pelo, sobre todo, porque mi subconsciente ya da por hecho que, si me someto a ese tratamiento, va a salir bien sí o sí. Y pensar de ese modo es peligroso, especialmente si se tiene en cuenta que el precio que pagar por intentarlo puede ser carísimo. Por triste y pesimista que suene, el escenario más probable es que, si acepto intentarlo, pasaré el resto de mi vida en una cama. Está claro que tengo que decidirlo tras pensarlo muy bien y sin dejarme llevar por mis emociones.

De pronto, me da por mirar al frente y al otro lado de la acera veo el bar de Diego. ¿Y si me paso por allí y le pregunto? Por un lado, me apetece mucho. La otra vez me ayudó a aclarar mis ideas y a que le encontrase algún propósito a lo de morirme tan joven. Pero es que, por otro lado, ya removí bastante la historia de su mujer al contarle la mía, y no quiero que vuelva a sufrir por mi culpa. Además, tampoco creo que me vaya a ayudar en esta cuestión. Ya me lo dejó claro cuando me dijo que su opinión daba igual ante mi duda de si contarle o no lo de mi enfermedad a mis seres queridos. Que era yo, y solo yo, quien tenía que decidirlo… Si se lo cuento y le pregunto, me va a responder de nuevo lo mismo. Además, no creo que mi visita le aporte nada, así que lo voy a dejar para otro momento.

De repente, me suena el teléfono. Es mi madre.

—Hija, ¿estás embarazada? —me pregunta con una voz que desprende alegría y júbilo.

—¿Cómo? —pregunto sorprendida.

—Me ha dicho mi vecina Dolores, la que está casada con Juan el mecánico, que te acaba de ver en el hospital. Y como Lucas nos dijo que ya os lo estabais planteando…

—Mamá, no. No estoy embarazada.

—Vaya… ¿Y entonces qué te pasa? ¿Estás mala? —responde decepcionada.

—Nada, que llevo unos días que me duele mucho la cabeza y he venido a que me receten algo. Será el estrés del trabajo, pero nada grave, no te preocupes. —Ojalá fuera cierto.

—¿Seguro que no estás embarazada?

—Que no, mamá. Que no.

—Bueno, no pasa nada. Cuando te quedes embarazada, dímelo, ¿eh?

—Sí, no te preocupes.

—¿Seguro?

—Cuenta con ello. Serás la primera en saberlo.

—Bueno, te dejo, que tengo que hacer unos recados. Pásate luego por casa y nos ponemos al día, que llevamos mucho sin vernos, hija. Un beso.

—De acuerdo, esta tarde me paso un rato. Un beso, mamá. Adiós.

Tras colgar, se ha esfumado toda la ilusión que tenía con la propuesta del doctor. La pregunta de si estaba embarazada me ha hecho volver a poner los pies en el suelo y me ha recordado la clase de persona en la que me estoy convirtiendo: alguien que no para de mentir, de callarse cosas o de contarlas a medias. Yo muriéndome y mi madre pensando que estoy embarazada. La voy a destrozar en cuanto se entere. Esta breve conversación con ella me ha hecho verlo todo desde una nueva perspectiva: ¿y si estoy siendo demasiado egoísta por no querer contárselo a los demás? ¿Me recordará con rencor por no habérselo contando? Esto último es algo en lo que no había reparado hasta ahora, pero me aterra. No me gustaría que me recordaran así.

De nuevo suena mi móvil. Esta vez es Luca.

—Perse, ¿cómo estás? ¿Ya has ido al médico?

—Hola, Luca. Sí, acabo de salir.

—¿Y qué tal? ¿Qué te han dicho?

—Me van a hacer algunas pruebas, pero en principio no es nada grave y que no me preocupe.

—¿Seguro? —me pregunta con un tono que denota desconfianza.

—Sí, seguro. Ayer estuve toda la tarde vomitando y, cuando vomitas mucho, se hacen algunos pequeños desgarros que hacen que salga un poco de sangre. Digamos que es algo muy escandaloso, pero para nada grave. Me han dicho que, en principio, tiene toda la pinta de ser un simple cólico, así que, con dieta blanda y un par de días de reposo, debería ser suficiente —le explico inventándomelo todo y cruzando los dedos para que se lo crea.

—Guay. Genial. Me dejas más tranquilo. Ayer me asusté un montón, Perse.

—Yo también, pero por lo menos ya nos han dicho que en principio no es nada grave, así que a olvidarnos de esto y listo —le digo para intentar dejar el tema por fin atrás.

—Pues sí. Te veo esta tarde por casa, guapa. ¿Tú qué vas a hacer?

—Pues creo que voy a dar un paseo hasta casa, que me va a sentar bien el aire fresco, y luego me tumbaré un rato. Me siento un poco floja.

—Genial. Cualquier cosa, llámame, ¿vale?

—Vale, luego hablamos.

—Te quiero mucho, Perse.

—Yo también.

Con la llamada de mi madre, ya comenzaba a sentirme un poco mal conmigo misma. Con la de Luca, he terminado de hacerlo por completo. ¿Qué pensará él de mí cuando yo no esté? ¿Cómo me recordará? ¿Me estoy ganando el rencor de todos mis seres queridos?

25

Tras abandonar el hospital, doy un largo paseo de más de una hora. Mientras camino sin prisa y sin destino alguno, hay dos temas que se van alternando entre ellos para torturarme. Por un lado, la duda sobre qué es más egoísta: contarle a mis seres queridos que me voy a morir y compartir esta carga con ellos, a costa de destrozarles sus vidas; o callármelo y que me acaben odiando por no habérselo contado. Haga lo que haga, me siento mal. Luego, además de esto, tengo la duda del tratamiento. Hay algo dentro de mí que me pide que lo intente, aunque solo tenga un quince o un veinte por ciento de posibilidades. Que la vida es demasiado bonita como para no intentar curarme. Pero, al mismo tiempo y con ese mismo argumento, hay otra parte de mí que también me dice que la vida es demasiado bonita como para malgastar el poco tiempo que me queda en una apuesta que es muy probable que acabe perdiendo.

Por suerte, veo a Aure a lo lejos. Imaginando que iba a estar así de rayada toda la mañana, la llamé al poco de salir del hospital para contarle que ya estaba mejor y para preguntarle si le apetecía que retomásemos lo de ir al estudio de Jaco para que se hiciera un nuevo tatuaje, a lo que ella me respondió que sí, que se vestía y quedábamos cerca de la zona del estudio en un rato. Sigo sin estar muy convencida de volver tan pronto al estudio de tatuajes y ver a Jaco, pero prefiero eso a estar toda la mañana dándole vueltas a lo mismo. Además, así me distraigo e intento contagiarme con un poco de la alegría y del optimismo de Aure.

—¡Qué guapa vas! —le digo al verla venir. Lleva unas botas altas marrones, un vestido blanco y una chaqueta verde oscura.

—El secreto es no tener que ir a trabajar, que me sienta muy bien —bromea mientras me da dos besos—. ¿Ya estás mejor?

—Sí, no te preocupes. Ayer estuve toda la tarde echada, y hoy me he levantado como nueva.

—Me alegra, que ayer me dejaste un poco preocupada.

—Por cierto, me ha sorprendido que me dijeses que sí a lo del tatuaje.

—Estaba muerta del asco en mi casa, así tenía una excusa para salir a dar una vuelta. Como todo el mundo está trabajando a estas horas, no tenía con quién quedar. Menos mal que entre desempleadas nos entendemos.

—Totalmente de acuerdo —respondo riéndome.

—Lo que me preocupa es que alguna de las dos encuentre curro. Va a ser como la típica historia de dos amigas solteras que están todo el día juntas para arriba y para abajo, hasta que una de las dos se echa novio y dejan de quedar de la noche a la mañana—dice Aure risueña.

—Propongo que vayamos a las entrevistas de trabajo en pack. O nos contratas a las dos, o nada —contesto siguiéndole la broma.

—Pues sí, podemos hacer un currículum conjunto. Desde luego, llamaríamos la atención —me dice riéndose.

—Ya ves.

—Bueno, ¿dónde está ese famoso estudio de tatuaje? Me tienes en ascuas con el sitio, con ese tatuador misterioso y con todo. Me da miedo que sea como cuando te dicen: «Tienes que ver esa peli, que te va a flipar». Y luego es un tostón.

—Te apuesto lo que quieras a que no —replico confiada.

—¿Una cerveza? —me pregunta desafiante.

—Que sean dos —propongo ofreciéndole la mano para cerrar el trato.

—Hecho —me dice mientras me sacude la mano.

Tras esto, ambas comenzamos a reírnos.

—Está por allí, vamos —digo mientras le señalo la dirección y comienzo a caminar.

Mientras nos dirigimos al estudio de Jaco, seguimos charlando sin parar sobre multitud de temas. Las sensaciones que tenía con ella ayer, en la cafetería, se confirman cada segundo que pasamos juntas. Estamos llegando a un punto en el que cada vez me siento más tentada de contárselo todo. Lo de mi enfermedad, lo del posible tratamiento, mis dudas sobre si contárselo a mis seres queridos... Por su forma de ser, creo que Aure sería una gran consejera y un gran apoyo para afrontarlo todo. Me hace incluso dudar sobre si ese dichoso virus de condescendencia y pena también se instalaría en su cara y en su forma de mirarme tras escucharme. Pero es que, en momentos como este, en el que ambas caminamos sin prisa, charlando y bromeando con lo de que no tenemos trabajo, por ejemplo, siento como si todo fuera un mal sueño y aún tuviera toda la vida por delante. Diría que estar con Aure es el único oasis de felicidad que tengo en esta situación de mierda que me ha tocado vivir. Con ella no tengo que fingir, no tengo que justificarme, no tengo que rendir cuentas de mi pasado, ni tampoco de mi futuro. Simplemente ha aparecido en mi vida y hemos conectado como si fuéramos amigas desde siempre. Hemos conectado tanto, y tan bien, que siento que no puedo contárselo y arriesgarme a contaminar este vínculo tan bonito que estamos creando.

—Mira, ahí está —le digo señalándole el local.

26

—Pues tenías razón cuando me contabas que era un sitio peculiar... —dice Aure impresionada mientras observa con detalle el vinilo de la chica inmovilizada con cuerdas que hay en el ventanal del estudio de tatuaje.

—Viendo tu reacción, creo que ya es oficial: he ganado la apuesta —le digo riéndome.

—Bueno, a ver, que esto no deja de ser un simple dibujo.

—Ya. Si quieres alargar la agonía...

Comenzamos a reírnos y acabamos dentro del local. De nuevo, escucho la campanilla de la puerta anunciando nuestra llegada. La misma que hace un par de días me puso los pelos de punta. Vuelvo a sentirme nerviosa como entonces, aunque con la diferencia de que aquel día era por que no sabía con quién me iba a encontrar dentro y, ahora, es justo al revés. Aun así, hay algo que no sé si tiene que ver con este sitio o con la situación, pero que me excita y me hace sentir viva, como si por el mero hecho de entrar ya estuviese viviendo una aventura.

Mientras esperamos a que aparezca Jaco, miramos las fotos del local.

—Mira esta, tía —le digo señalando la foto que más me llamó la atención el otro día, aquella en la que aparece una chica completamente atada, suspendida en el aire gracias a las cuerdas y bocabajo, la postura de las piernas y el orgullo en el rostro recuerdan a una bailarina de danza.

—Debe tener su morbo lo de que te aten, ¿eh? —me pregunta Aure.

—Puede ser... —le respondo pensativa.

—¿Puede ser? —pregunta ella riéndose con voz pícara.

—Puede ser —repito riéndome.

Mientras tanto, Jaco aparece desde la habitación en la que tiene el estudio de fotografía.

—Hola, chicas, ¿en qué puedo ayudaros? —nos pregunta con su magnética voz.

Va vestido de forma muy sencilla, con unas zapatillas Nike blancas, unos pantalones de color verde oscuro y una camiseta negra básica que cede todo el protagonismo de su look a la cuidada barba y a sus fuertes brazos tatuados.

Aure me toca varias veces en la espalda, de forma disimulada y cómplice, mientras ambas nos giramos. Eso es señal de que a ella también le ha gustado.

—Hola, ¿qué tal? —saludo con timidez.

—Hombre, si eres tú, ¿qué tal? ¿Cómo va ese tatuaje? —me devuelve el saludo al reconocerme.

—Bien, bien.

—A ver, ¿me dejas verlo? —pregunta mientras me hace gestos para que me acerque.

—Sí, claro. —Voy hacia él y Jaco me toma el brazo con suavidad.

—Aún está un poco inflamado, pero tiene buena pinta. Te lo estás curando bien, ¿no? —Mientras me dice esto, comienza a acariciar la zona del tatuaje con cuidado. En el momento en el que la yema del dedo toca el tatuaje, un rayo de placer recorre todos los centímetros de mi cuerpo, poniéndome la piel de gallina.

—Eh, sí, sí —respondo totalmente avergonzada.

—Por cierto, perdona que no te llame por tu nombre, pero es que no lo recuerdo —dice mirándome a los ojos, mientras me suelta la muñeca.

—Es que no te lo dije. Me llamo Perséfone.

—Perséfone... Bonito nombre. ¿Te lo pusieron por la diosa de la mitología griega?

—Sí, ¿la conoces? —le pregunto sorprendida.

—Por supuesto. Es una de las diosas griegas más conocidas: Perséfone, la reina del inframundo. Era hija del dios Zeus y de la diosa Deméter.

—Eso es —contesto impresionada.

—Yo no conozco esa historia —nos dice Aure.

—¿Se la explicas tú o se la explico yo? —me dice Jaco con una mirada cómplice.

—Lúcete, a ver si es verdad que te la sabes —le reto.

—Pues, según los griegos, Hades, el dios del Inframundo, vio a Perséfone un día recogiendo flores. Era tal la belleza de Perséfone que Hades se enamoró perdidamente de ella y la raptó para llevársela al Inframundo con él. Cuando Deméter, la diosa de las cosechas, se enteró de esto, le exigió a Zeus que la trajera de vuelta o, si no, los humanos no volverían a tener buenas cosechas y se morirían de hambre. Al final, Zeus, al que le daba igual la historia, se vio obligado a convencer a Hades para que la dejara libre, pero Hades, antes de que Perséfone abandonase el Inframundo, le ofreció seis semillas de granada como aperitivo para el camino. Cuando Perséfone regresó con su madre, se descubrió que Hades había hecho trampa en el trato con Zeus, ya que Perséfone debería pasar un mes al año con Hades en el Inframundo por cada semilla que se tomó.

—Hala... —dice Aure impresionada.

—Digamos que, con esta historia, los griegos explicaban las estaciones del año, pues los seis meses que Perséfone estaba con su madre, Deméter era feliz y había buenas cosechas: primavera y verano. Y los seis meses que Perséfone estaba con Hades, Deméter estaba triste y no había cosechas: otoño e invierno.

—Vaya, vaya —musito.

—A ver, creo que la historia era así. Me he saltado bastantes cosas y quizá me he permitido alguna licencia poética —añade Jaco riéndose.

—No, no, lo has clavado. Normalmente tengo que ser yo quien explica esta historia —le digo con una sonrisa de oreja a oreja.

—Es que soy un apasionado de la historia y de la mitología. Mirad —nos dice mientras nos señala un tatuaje de su brazo izquierdo: un puño hacia arriba que sostiene un rayo—. Este es en honor a Zeus, el dios del Olimpo y del trueno.

Ambas nos acercamos a verlo.

—¡Qué guay! —dice Aure.

—También hay que decir que cualquier excusa me sirve para hacerme un tatuaje. Pero vaya, me gusta leer sobre las historias de los dioses griegos. Darían para una buena serie.

—Eso seguro —le respondo con gusto al ver que ambos tenemos una pasión en común—. Por cierto, y ¿tú cómo te llamas? —Aprovecho la situación para preguntar y fingir que no lo sé, tratando de confirmar que se llama Jaco.

—Llamarme, me llamo Javier. Pero todo el mundo me llama Jaco.

—¿Y eso? —le pregunto con curiosidad.

—Es una larga historia. Además, Jaco tiene más marketing que Javier.

Ambas le damos la razón mientras los tres nos reímos.

—Por cierto, perdonad que no pueda entretenerme mucho, pero me habéis pillado empezando a preparar una sesión de fotos. Justo iba a cerrar la puerta para que no entrase nadie a interrumpirnos. ¿En qué puedo ayudaros? —nos pregunta.

—Pues venía a acompañar a mi amiga Aure, que se quiere hacer un tatuaje. Ya te dije el otro día que te iba a recomendar a mis amigas.

—Me parece genial, Perséfone. Lo único que hoy no puedo. Tengo toda la mañana hasta arriba. Además, me está esperando ahí atrás una chica.

—¿De lo del *shibari*? —le pregunto llena de curiosidad.

—¿Lo de las cuerdas? —pregunta Aure también curiosa.

—Sí, de lo de las cuerdas. Veo que me has hecho publicidad —responde Jaco mientras me mira.

—¿Podemos verla? —le pregunta Aure de pronto.

—¡Aure! ¡Que eso es algo muy íntimo! —le recrimino.

—¿Qué? A mí me daría igual que me vieran —afirma.

De repente, un pequeño silencio invade la habitación. Jaco parece pensativo.

—Esperad —nos dice mientras nos deja solas y entra en la habitación del estudio de fotografía.

—¿Qué pasa? —pregunta Aure, sorprendida.

—No sé… Pero le has puesto en un compromiso, Aure.

—Perséfone, a la vida hay que echarle cara —replica dándose leves palmadas en la mejilla mientras me sonríe.

—Eso desde luego, pero…

Antes de que termine la frase, Jaco aparece de nuevo.

—A ver, chicas, he hablado con Carolina y, como apenas estábamos con los preparativos y es de mis mejores amigas, le he preguntado si no le importaba que os enseñara un poco todo para hacerme el favor, y me ha dicho que por ella sin problema. Pero esto no es muy profesional por mi parte, así que va a ser entrar y salir, ¿vale? Lo hago por ti, Perséfone, porque el otro día me caíste genial y porque te veo como potencial clienta de una sesión —me dice riéndose.

Me siento incapaz de responder a eso, ya que una ola de vergüenza me invade de los pies a la cabeza. Seguro que me he puesto roja como un tomate.

—Venid por aquí —nos indica él.

Ambas le seguimos intrigadas.

—Hola, chicas —nos dice con simpatía Carolina al vernos entrar.

Ambas le devolvemos el saludo escueta y tímidamente.

«Esta chica es la del otro día, la de la gabardina», pienso al verle la cara.

Tanto Aure como yo nos quedamos impresionadas ante la escena que tenemos frente a nosotras. La chica, guapísima y con cuerpazo, como ya intuí cuando la vi con la gabardina, está casi desnuda, salvo por unas bragas lenceras, un liguero y unas medias de encaje, todo muy sexy y de color negro. La parte superior de su cuerpo está invadida por multitud de nudos y de tramos de cuerda que se enrollan alrededor de sus hombros, cuello y pecho, formando una especie de sujetador que realza y estiliza su figura.

—Pues en esto consiste el *shibari*, chicas. Carolina es una modelo y buena clienta mía con la que trabajo a menudo, y...

—De hecho, soy tu mejor clienta —le interrumpe Carolina corrigiéndole con tono bromista.

—Modelo y mi mejor clienta. ¿Contenta?

—Mucho mejor —asiente ella, risueña.

—Como os iba diciendo, justo acabo de terminar el *takate kote*, que es uno de los amarres más icónicos del mundo del *shibari* y con el que he atado el tronco de Carolina pasando la cuerda por sus hombros, cuello y pechos. Ahora faltaría atar sus brazos y sus piernas —nos explica a ambas.

—¿Y no te hace daño estar así atada? —pregunta Aure.

—No, para nada. A ver, si te atan con una cuerda de mala calidad o lo hace alguien que no sabe hacerlo bien, la piel se irrita y te puedes hacer algunas heridas superficiales. Pero con maestros como Jaco, no hay ningún problema. Es el mejor. Me ha dicho que os pica la curiosidad por este mundillo y mi consejo es que probéis. Es una experiencia muy curiosa y liberadora. Además, yo me estoy forrando en OnlyFans con esto —explica Carolina.

—¿En serio? —pregunta Aure, embobada.

—Ni te lo imaginas —le responde ella.

—Bueno, si no os importa, vamos fuera, que se nos está haciendo tarde —dice Jaco, algo agobiado.

—Hasta luego, chicas. ¡Y animaos! —se despide Carolina.

Ambas nos despedimos también de ella y le damos las gracias por habernos permitido verla.

—Como os decía, voy un poco mal de tiempo, así que hacemos una cosa, chicas. ¿Os viene bien venir mañana sobre las doce y vemos lo del tatuaje?

—Sí, claro —confirmo sin consultarlo con Aure por culpa de la emoción del momento.

—Pues nos vemos mañana a esa hora.

Los tres nos despedimos, y Aure y yo salimos a la calle. Jaco echa el pestillo y cuelga el cartel de cerrado.

—Tía, vámonos ya a un bar a comentar todo esto. Claramente he perdido la apuesta y te debo esas dos cervezas.

—Te lo dije.

27

—JACO ESTÁ BUENÍSIMO —ME DICE AURE TRAS DARLE UN TRAGO largo a la cerveza.

—No está mal, no.

—Venga ya, Perséfone. No te hagas la digna. ¡Si saltaban chispas entre vosotros!

—¿Cómo? —le pregunto sorprendida.

—Cuando estaba contando la historia de tu nombre, te salían mariposas de los ojos. O cuando te ha mirado el tatuaje, que te has puesto tensa. O cuando ha dicho que nos iba a enseñar lo del *shibari* porque eres una posible clienta, que te has puesto rojísima...

—Lo estás exagerando todo —replico sonrojándome.

—Piensa lo que quieras. Pero yo tengo talento para estas cosas y te aseguro que tú a ese chico le gustas, Perséfone. Lo noto. A mí apenas me ha mirado o dirigido la palabra. Incluso cuando nos despedíamos ha quedado mañana contigo para lo del tatuaje, en lugar de conmigo, y eso que soy yo la del tatuaje.

—Eso ha sido culpa mía, que he respondido por ti —me disculpo tratando de normalizar esa escena.

—No, querida, eso ha sido culpa de los dos, que os estorbaba y me habéis usado de excusa para quedar. Di lo que quieras, pero ni uno ni otro me habéis mirado siquiera. Os mirabais como dos tortolitos, fijamente y sin pestañear.

No quiero admitirlo, pero creo que Aure tiene un poco de razón. Cuando nos ha propuesto lo de posponerlo a mañana, he respondido como si fuera para mí, sin reparar en ningún momento en si le venía bien a ella. La verdad es que cada vez me siento más atraída por Jaco, por su voz, por su presencia, por sus brazos tatuados y por todo lo que no sé de él y estoy deseando descubrir. Y, como decía Aure, el momento en el que me ha tocado el tatuaje ha sido… uff.

—¿Será verdad lo de que esa chica se está forrando en OnlyFans con las sesiones de fotos? —me pregunta Aure pensativa.

—Sí, seguro. Jaco me enseñó su perfil. Tenía, si no recuerdo mal, mil suscriptores a cinco euros al mes. Haz números.

—Joder…, todavía me hago yo también un OnlyFans.

—Podría ser tu oportunidad para ser emprendedora —le sugiero en broma.

—Pues no es tontería. ¿No tengo yo también cuerpazo para ello? —dice ella mientras se levanta de la silla y comienza a girar sobre sí misma con gracia.

—No lo dudo. Cuenta con mis cinco euros mensuales. Te faltan los otros novecientos noventa y nueve suscriptores.

—Ya… Eso quizá es más complicado.

—Poco a poco. Muchas veces lo más importante es empezar.

Mientras le digo esto último, comienzo a sentirme un poco mal. ¿Qué hago yo dándole a nadie consejos de emprendimiento y de que lo importante es empezar, cuando llevo toda la vida haciendo lo contrario?

—¿Te imaginas siendo atada por él para una sesión de fotos?

—me pregunta Aure de repente, sacándome de mi ensimismamiento.

—Pues… sí, pero me muero de vergüenza.

—Pero ¿te gusta lo que te imaginas?

—Sí, bastante.

—Pues hazlo.

—No es tan fácil.

—¿Por qué? ¿Te da vergüenza?

—Miedo, más bien.

—¿Miedo a qué?

—No sé… Miedo a estar inmovilizada e indefensa. Al final no le conozco, no sé si es una buena persona o un zumbado.

—Perséfone, Jaco es un profesional que se dedica a eso. Además, según me contaste ayer, puedes ir acompañada. A unas malas te puedo acompañar yo.

—No, si voy es sola, eso lo tengo clarísimo —le respondo con rotundidad.

—¿Lo ves? ¡Jaco te gusta y hoy os estorbaba! ¡Jaque mate! —me dice alzando la voz.

—Te mato —le digo echándome las manos a la cara.

—¿Te atreverías a posar desnuda para él? —me pregunta riéndose.

—No sé. Hasta hace un rato pensaba que sí, pero tras haber vuelto a estar allí… Desnuda, no creo.

—¿Y por qué no? Es arte.

—¿Te parece poco estar dispuesta a dejar que me aten y que me fotografíen?

—Perséfone, esas fotos, con mallas de gym o con ropa deportiva, por ponerte un ejemplo, estoy segura de que quedan horrorosas. Mínimo tienes que estar en ropa interior sexy, como la Carolina esa.

—¿Tú te atreverías a posar desnuda para él? —pregunto a modo de contrataque.

—Yo sí… —Admito que no me esperaba esa respuesta. Al escucharla, me siento celosa. De nuevo, me invade el miedo a que Aure me lo puede quitar. Pero ¿quitarme qué? Si yo tengo pareja…—. Pero creo que te robaría esa experiencia con él. Así que mi objetivo de aquí en adelante es convencerte de que lo hagas tú. Es mi nuevo propósito de vida. Además, algo me dice que necesitas que alguien te empuje para lanzarte a ello, y ese va a ser mi papel —añade.

Yo me quedo callada y avergonzada, al mismo tiempo que aliviada. Insisto en que no tengo motivos para estar celosa de Aure, pues Jaco no es nada mío, pero me ha relajado mucho esta última aclaración.

—No vas a conseguirlo. Para empezar porque tengo pareja —rebato decidida.

—¿Y qué? Yo no he dicho nada de que os lieis o de que pase algo más entre vosotros, sino que no voy a parar hasta que poses para él.

—¿Cómo que «y qué»? Posar desnuda para otro hombre, que además te atrae, son cuernos.

—O sea, ¿que admites que te gusta? —me pregunta ella.

—A ver, gustarme, gustarme…

—Que te pone burra, vaya…

—¡Aure!

—Las cosas por su nombre. No pasa nada por fantasear con otros —me dice riéndose.

—No sé, puede ser. Es que Luca y yo estamos regular y menos. Bueno, no estamos mal como tal, pero sí que la llama está un poco apagada entre nosotros. Al menos por mi parte. Y Jaco es todo lo contrario, me enciende un montón de emociones por dentro, me excita y me pone los pelos de punta al mismo tiempo. No sé hasta qué punto lo de Luca y yo tiene solución.

—Pero ¿qué os pasa? —pregunta Aure, preocupada.

—Me voy a tener que ir ya, que quería pasarme por casa de mi madre. Luego te cuento —le digo mirando el reloj—. Pero, pues eso, que la llama está muy apagada... Ya te contaré bien —añado.

—Ya... Y ¿qué plan tienes hoy? ¿Hacemos algo esta noche? Mi madre se va con un noviete de viaje y estoy sola todo el finde. Podemos pedir pizza y ver alguna peli. O ponernos en plan pibón y salir a darlo todo a algún pub lleno de chicos universitarios jóvenes e inexpertos. Lo bueno de estar desempleadas es que mañana viernes no tenemos que madrugar.

—Lo de que tengo novio no terminas de asimilarlo, ¿eh? —le pregunto sorprendida por su respuesta.

—A unas malas me acompañas. Si ven a una tía buena sola, se asustan de acercarse a ella. Pero si ven a dos, se envalentonan entre amigos y vienen juntos. Luego ya nos separamos y listo.

—Estás loca, Aure —le digo riéndome.

—Y, aun así, no puedes separarte de mí desde que me conoces.

—Eso es verdad —reconozco mientras le ofrezco la mano para chocar—. Pues mi plan es salir a cenar con algunas amigas, que hace mucho que no las veo y han quedado hoy. Aún no les he dicho que me apunto, pero he leído por un grupo de WhatsApp que estaban quedando. ¿Te quieres venir?

—Gracias, pero no. En estas cenas soléis hablar de hijos, de novios o de momentos juntas del pasado, y con las tres cosas me aburro. Pero gracias por la invitación.

—Como prefieras. Si al final cambias de idea, me avisas, y yo encantada.

—Genial.

—Bueno, luego hablamos —le digo mientras me levanto y la abrazo.

—Venga, sí. Cuídate, guapa —se despide mientras me devuelve el abrazo.

Me alejo del bar pensando que Aure es maravillosa. Quizá debería contarle todo, creo que ella lo afrontaría de un modo muy diferente al de los demás y podría serme de gran ayuda para tomar decisiones y para soportar lo que está por venir. ¿Tú qué opinas? ¿Te arriesgarías a contárselo?

28

—Hija, ¿qué haces aquí? —me pregunta sorprendida mi madre tras abrirme la puerta de la que ha sido mi casa durante muchos años.

—Cuando hablamos por teléfono hace un par de horas, te dije que iba a venir a verte, así que aquí estoy. ¿No me vas a dar dos besos? —le pregunto sonriendo.

—Sí, claro. Pasa, pasa. Vamos al salón —dice mientras me abraza.

Mi madre es una persona muy suya. Es un sol, un pedazo de pan, pero también tiene un genio que no hay quien la pare. Conmigo ha sido una madre de nueve. Digo de nueve y no de diez porque siempre ha pecado de pesimista y de ir sobre seguro, y eso me lo ha contagiado. No quiero culparla de nada, ni mucho menos. A mí me gusta pensar que, cuando somos adultos, cada uno tiene la culpa de sus virtudes y sus defectos. Pero eso no quita que demasiadas veces haya acudido a ella cuando tenía alguna duda, miedo o decisión por tomar, y siempre me he topado con ese pesimismo conservador que me desanimaba, en lugar de con un buen abrazo y un «hazlo, que tú puedes». Eso es algo que eché mucho de menos durante mi adolescencia y que ha provocado que, durante estos últimos años, nuestra relación se haya distanciado un poco, pues yo también he ido ganando genio y me he esforzado por volverme valiente, lo que ha desembocado en varias discusiones y en que dejase de acudir a ella para pedirle consejos.

—¿Cómo estáis papá y tú? —le pregunto.

—Tu padre trabajando como una mula, como siempre. Y yo bien también. Ahora mismo haciendo unas lentejas. ¿Te quieres quedar a comer?

—Gracias, pero no. Nunca he sido muy fan de las lentejas. Además, es una visita rápida.

—Siempre con prisas, hija mía. Pues que sepas que mis lentejas te sentarían genial, porque te veo pálida y delgada. ¿No estarás anémica o algo? —pregunta preocupada.

—No, mamá, no te preocupes —respondo riéndome.

—¿Y cómo es que no estás trabajando ahora mismo?

—Es que me he cogido un par de días de asuntos propios que me debían.

De pronto, mi madre me coge de la cara con ambas manos.

—Ay, hija mía, qué contenta estoy de que hayas venido a verme —me dice irradiando felicidad. Después se aleja hasta la cocina.

—Yo también estoy contenta de haber venido —le digo siguiéndola hasta allí.

Ambas nos quedamos calladas un momento. Ella levanta la tapa de la olla y mueve las lentejas, y yo me limito a observarla. El olor de la comida me recuerda a mi niñez.

—Oye, lo del embarazo…, perdóname si te he molestado. Es que me ha dicho la Dolores que te había visto por el hospital, y como estás bien he pensado que solo podía ser por eso. ¿Por qué has ido? ¿Te pasa algo?

Trago saliva, aunque no sirve para deshacer el nudo que se

me acaba de formar en la garganta. «Ojalá pudiera contártelo, mamá. Ojalá pudiera dejarme enredar en uno de tus abrazos y liberar todas las lágrimas que se me acumulan tras los ojos mientras tú me dices que todo va a salir bien. Pero no puedo. Ya no soy aquella niña ni tus abrazos son aquellos que todo lo arreglaban».

—Sí, estoy bien, no te preocupes. Era para hacerme un análisis de sangre, que me lo ha mandado el médico porque últimamente me duele la cabeza cada dos por tres. Seguramente sea el estrés.

—Si es que lo que tienes que hacer es darme ya un nieto y quedarte en casa cuidándolo, y que trabaje Lucas. Como se ha hecho siempre.

—Mamá, eso es muy machista. Yo no voy a dejar de trabajar para criar a un hijo. No me he matado durante todos estos años a estudiar y a trabajar para acabar así.

—¿Y qué pasa por acabar así? ¿Qué tiene de malo? —me pregunta un poco enfadada.

—Pasar, no pasa nada, pero no es la vida que quiero, mamá.

—Pues mejor es eso a que se críe como los crían ahora, que los meten en una guardería sin tener ni siquiera un año. Y como los padres están trabajando a todas horas, los niños están siempre fuera de casa y los crían los abuelos, los de la guardería, los del colegio… Todos menos ellos.

—Yo también pienso como tú. Los hijos deben ser criados por los padres y no estar siempre en guarderías, colegios, abuelos y demás. Pero es muy complicado conseguir eso hoy en día y es precisamente por eso por lo que hasta ahora no he visto claro tener hijos. ¿Para qué? Si voy a tener que trabajar durante toda mi vida, sin poder disfrutar de mucho tiempo de calidad con ellos. No sé, mamá. Lo mismo no te doy nietos.

—No me digas eso, Perséfone, que me das un disgusto.

—¿Y qué te digo, mamá? ¿Te miento? No siento que merezca la pena traer un bebé a este mundo. A todo lo que hemos hablado antes, súmale el cambio climático, las guerras y todo lo que pueda estar por venir…

Mi madre se queda callada tras escucharme, pensativa.

—¿No dices nada? —le pregunto.

—Haz lo que quieras hija, es tu vida. Yo he sido feliz con la mía, pero si quieres otra cosa para ti, hazla y ya está.

Su respuesta me sorprende. Lo normal habría sido que se encabezonase en su postura y acabáramos discutiendo.

—No esperaba que me dijeras eso, mamá.

—Tienes tus motivos para no querer tener hijos, y yo no quiero obligarte o forzarte a nada. Aunque si cambias de idea, prometo ser la mejor abuela del mundo.

—Eso no lo dudo —le digo mientras nos fundimos en un abrazo.

—Quédate a comer conmigo —insiste.

—Tengo que irme, mamá. Ya te lo he dicho.

—Venga, quédate y dame el gusto, mujer. Si quieres te cocino otra cosa —me pide mirándome con ilusión.

—Bueno, vale. Pero no hace falta que cocines nada más. Probaré esas lentejas.

—No sabes cuánto me alegro de escuchar eso —dice con alegría.

De pronto, me siento fatal al ver esa cara de felicidad, porque sé que, en cuanto le cuente lo que me pasa, se la voy a borrar para siempre. Me siento incapaz de contárselo ni aunque quisiera. A ella no. Una madre nunca debería enterrar a su hija. Y el día que lo haga, toda su alegría e ilusión por vivir serán enterradas conmigo.

—Voy un momento al baño —le digo disculpándome. No me aguanto las ganas de llorar y no quiero hacerlo delante de ella.

—Sí, claro.

Antes de llegar al baño, las primeras lágrimas recorren mis mejillas.

29

Ya en casa, mientras me ducho y me arreglo para salir a cenar con las chicas, reflexiono sobre la visita de esta tarde a casa de mis padres. Al final me sentí muy a gusto acompañando a mi madre y comiendo juntas. Tras permanecer durante un par de minutos encerrada en el baño, llorando en silencio, me enjuagué la cara con un poco de agua y salí de allí forzando la mayor de mis sonrisas. Me propuse no llorar más y tratar de disfrutar del momento, y lo acabé logrando. Tras el desahogo en el baño, la visita acabó siendo una bonita experiencia en la que las dos nos hemos puesto al día, al mismo tiempo que hemos recordado viejos momentos con algunos álbumes de fotos antiguas que tenía ella por casa. Incluso sus lentejas me supieron más ricas de lo que las recordaba. En un principio tenía planeado que fuese una visita rápida, pero al final me he quedado con ella hasta las cinco de la tarde, más o menos. He querido regalarle, por si acaso, un pedazo de mi tiempo para que pueda tener un buen recuerdo de las dos juntas. Algo a lo que ella pueda agarrarse en el futuro.

La cara de felicidad de mi madre me ha hecho replantearme que quizá sí merezca la pena someterme a ese tratamiento, aunque lo más probable sea que no sirva para nada. Sigo sin parar de darle vueltas a lo duro que va a ser para ella en caso de que pase lo peor, y solo por evitarlo, quizá debería llamar al doctor para decirle que estoy dispuesta a intentarlo. Lo que pasa es que, cuantas más vueltas le doy, más siento que esto lo haría, una vez más, pensando en terceros y no en mí.

Yo, tras todas las vueltas que ya le he dado, creo que no quiero someterme al tratamiento. Seguramente cambiaré de idea multitud de veces durante los próximos días, pero hoy por hoy, no es lo que quiero. Me gustaría experimentar algunas cosas más. Pero… ¿qué cosas son esas? No le he vuelto a hacer ni caso a la lista de cosas que escribí. Solo pienso en Jaco. ¿Me excita tanto como para estar dispuesta a morirme, con tal de ver si surge algo entre nosotros? Qué tontería por mi parte, ¿no? Seguro que suena espectacular siendo una quinceañera, pero tengo treinta y sé que eso, de por sí, es una tremenda estupidez. Aunque en mi defensa diré que quizá no es algo tan simple, sino que estoy dispuesta a hacerlo por todo lo que conlleva esta decisión: el sentimiento de libertad, de aventura, de ver que me atrevo, de hacer lo que me apetece (con indiferencia a que pueda destrozar mi vida), de decidir por mí misma, de poner mi opinión, lo que quiero y mi vida por delante de terceros… No lo sé. En cualquier caso, estoy emocionada con Aure y con los planes que podamos hacer juntas, estoy expectante con Jaco e intrigada con respecto a cómo se irá desarrollando todo con él y, por fin, estoy valorando intentar mi loca idea de negocio, aunque solo sea para ver hasta dónde llego.

Si me someto al tratamiento, renuncio a todo esto para experimentar una durísima tortura que, seguramente, solo servirá para acabar igual de muerta. Sí, definitivamente no se trata de estar dispuesta a morir por la excitación que puedo sentir por alguien, sino por la excitación que me da disfrutar por fin de la vida. Algo que, por desgracia, no he sabido apreciar hasta que ha sido demasiado tarde.

Cuando el reloj marca las ocho de la tarde, ya estoy lista para salir a tomar algo con Eva, Lucía y Marina, mis amigas de toda la vida. En principio es cenar y ya, aunque con ellas nunca se sabe, así que me he un puesto un precioso vestido negro, elegante, pero sin llegar a ser demasiado formal, junto a unos taconazos del mismo color y que, como Luca y yo apenas salimos, tenía muy abandonados. Mientras me miro al espejo por última vez para confirmar que está todo perfecto, Luca llega a casa.

—Perse, ya estoy aquí —saluda desde la entrada. No percibo en su voz la alegría y el entusiasmo que suele mostrar cuando llega a casa.

Ambos nos cruzamos en el pasillo del piso.

—Hola, Luca, ¿qué tal? —le digo antes de darle un piquito.

—¿Dónde vas tan guapa? —me pregunta sorprendido.

—He quedado con las chicas para salir a cenar.

—No sé yo si deberías salir hoy…

—¿Por qué? —le pregunto sorprendida.

—Porque ayer estaba vomitando sangre. ¿No sería mejor que te quedases en casa y cenaras algo ligero? —me sugiere él.

—No te preocupes, cenaré algo ligero por ahí.

—¿Y a qué hora vas a volver? —pregunta con un tono de recriminación que no me gusta nada.

—No lo sé, imagino que no muy tarde —contesto con indiferencia. No me gusta nada que me controlen. Y menos ahora.

Tras esa respuesta, ambos nos quedamos callados por un instante.

—¿Has empezado ya a buscar trabajo? —me suelta de pronto.

—No —niego con contundencia.

—¿Y a qué esperas? —me dice de malos modos.

—¿Perdona?

—No sé. ¿Qué has estado haciendo hoy?

—He estado en el médico y luego en casa de mi madre, Luca. ¿Qué pasa? ¿Que has tenido un mal día y lo estás pagando conmigo o qué?

—Me pasa que no te entiendo, Perséfone. Que el piso apesta a tabaco. Que ayer vomitabas sangre y hoy te vas de fiesta. Que no te veo con ganas de buscar otro trabajo, ni preocupada por ello. Me pasan muchas cosas. Y no me parece justo que llegue yo, harto de trabajar, y resulta ahora que voy a estar solo porque no has tenido tiempo de irte antes con tus amigas. Pero, vaya, vete a donde quieras, Perséfone. Llevo todo el día en la puta oficina cagado de miedo por si te pasaba algo grave, porque no me has dejado acompañarte, lo que me ha destrozado y me tiene rayado a más no poder, y ahora llego a casa y te encuentro aquí, como si nada, a punto de irte de fiesta. No sé qué nos pasa, estamos fríos y distantes. Y sé que por mí no es. Pero, eh, vete a donde quieras y ya está.

Tras decir eso, cruza el pasillo hasta llegar a la cocina y me deja atrás, sin oportunidad de réplica.

—Luca… —musito mientras le veo quitarse el traje para ponerse cómodo.

—Perse, si te pasa algo conmigo, dímelo. Pero no me castigues con la indiferencia y poniendo un muro entre tú y yo.

Sin decir nada, me acerco a él y le doy un abrazo.

—Sé que llevo unos días que voy muy a lo mío, y te pido perdón si me notas dispersa, distraída o encerrada en mi mundo. Me están pasando muchas cosas en muy poco tiempo y solo necesito unos días para aclararme y ponerlo todo en orden.

—¿Y por qué me apartas a mí de todo eso y no me dejas ayudarte y estar contigo? —me dice separándose de mi abrazo.

—Porque necesito hacerlo sola.

—Ya... Bueno, vete, que vas a llegar tarde.

—Luca...

—Yo voy a ducharme, luego nos vemos —dice mientras se dirige al baño y me vuelve a dejar atrás—. Adiós —añade mientras cierra la puerta.

30

La discusión con Luca me ha dejado bastante tocada emocionalmente, pero me obligo a que eso no me impida salir de casa. No esperaba una reacción así por su parte, porque no pega nada con su forma de ser. Desconozco si ha tenido un mal día en el trabajo y lo ha pagado conmigo, o si se la he provocado yo, tal y como me ha dado a entender. En cualquier caso, ha sido una dolorosa conversación que me ha dejado el ánimo por los suelos. Sé de sobra que Luca no es tonto y seguro que ya ha empezado a olerse que le oculto algo; también que esta discusión es un simple adelanto del precio que voy a tener que pagar por no contárselo. Y que va a ir a más. Al final, será inevitable tener que separar nuestros caminos por el bien de ambos. Aun así, decido dejar este tema más adelante y me limito a pedir un taxi e intentar pensar en otras cosas.

Pocos minutos después, el taxi me deja en la puerta del restaurante. No logro quitarme a Luca de la cabeza, pero sigo decida a conseguirlo. Según he leído en el grupo de WhatsApp, soy la última en llegar. Mientras entro por la puerta, comienzo a reflexionar sobre la barbaridad de tiempo que hace que no las veo: fácilmente, cinco o seis meses. No suelo quedar casi con ellas porque siento que ya no tenemos mucho en común.

Somos amigas desde que nos conocimos de muy niñas en la escuela, lo que ha creado una especie de vínculo de hermanas, pero el paso de los años, en especial los últimos, ha hecho que tengamos unos intereses, objetivos y filosofías de vida muy diferentes.

Eva ya está casada y tiene un bebé, y solo habla de cuidados de bebés y de sus rutinas relacionadas con ser madre. Lucía, por su parte, es de familia rica. Es buena chica, pero se nota que no ha tenido nunca presión por el dinero. Ya hace bastante tiempo que, cada vez que hablo con ella, siento que lo hago con una persona que no tiene una perspectiva real de la sociedad ni de lo que es la vida. Por último, está Marina. Marina siempre ha sido la que más autoestima tenía de las cuatro (o al menos la que más autoestima aparentaba tener). Fue la primera en dar el estirón y en llamar la atención de los chicos, lo que a las otras tres nos hizo sentir que ella siempre iba un paso por delante de nosotras. En cierto modo, hizo de hermana mayor y nos ayudó en muchas facetas de la vida. Pero hubo algún momento concreto en el que descarriló. Creo que fue cuando dejó de estudiar la carrera de Periodismo para trabajar en una empresa de mensajería. Ella se excusaba en que no le veía futuro a esa carrera y que serían solo unos meses para ahorrar y volver a empezar otra carrera, pero ya lleva casi diez años trabajando allí. Desde entonces, se ha vuelto bastante más criticona, chismosa y experta en decirle a los demás lo que tienen que hacer, como si comportándose de este modo pudiese seguir manteniendo esa imagen de ir por delante de nosotras.

Sé que te estarás preguntando que por qué me sigo juntando con ellas si parece que ninguna de las tres me interesa o me cae bien. Pues, bueno, todas estas fricciones, por llamarlas de algún modo, han surgido durante estos últimos años, según nos hemos perfilado como personas adultas, pero también hemos sido muy felices creciendo juntas y hemos compartido multitud de historias y experiencias. Siempre que me junto con ellas, lo hago con la esperanza de sentirme como me sentía a su lado cuando éramos niñas o adolescentes, pero nunca pasa. Por eso, no vuelvo a tener interés en quedar con ellas hasta pasados varios meses, cuando se repite el ciclo. Así, una y otra vez. Y supongo que, por lo de mi enfermedad, hoy será la última vez.

—Hola, chicas —les digo según me acerco a la mesa donde están las tres sentadas.

Tras los saludos y los besos de bienvenida, tomo asiento con ellas.

—Cuánto tiempo sin verte, Per, ¿cómo te va todo? —me pregunta Lucía.

—Bien, bien. Como siempre. ¿Vosotras qué tal?

—Yo bien. Disfrutando de mi pequeño, que en nada cumple un añito —cuenta Eva.

—Yo muy ilusionada. Justo ahora Jorge y yo estamos ultimando los detalles de un viaje por Estados Unidos. Queremos visitar en un mes Washington, Filadelfia, Nueva York y Boston. Como todas están todas relativamente cerca, haremos el recorrido en caravana. A tiempo estáis de apuntaros —nos explica Lucía.

—A mí se me va un poco de presupuesto —le digo bromeando. Estos son sus típicos comentarios por los que digo que me parece que vive en un mundo aparte.

—Yo, con el bebé, imposible —dice Eva. También muy típico de ella desde que es madre. En todas las frases tiene que meter al bebé.

—¿Y vais a ir en caravana a chuparos kilómetros y kilómetros de carretera? Es un poco tontería. Me parece bastante más inteligente que viajéis en avión, si no, vais a perder mucho tiempo —le dice Marina en un tono que a mí me suena a envidia.

—Es que preferimos no pasar tanto tiempo en las grandes ciudades para poder comer en bares de carretera y para alojarnos en moteles. Así es una experiencia americana auténtica —le responde Lucía.

—Pudiendo irte con lujos, vas a viajar para penar. Tú sabrás —la reprende Marina con un tono que, ahora sí que estoy segura, esconde un montón de envidia.

Esta miniconversación, por tonta que parezca, resume a la perfección por qué apenas me junto con ellas. Siento que no me aportan nada. No tenemos ningún interés en común, tampoco vemos la vida del mismo modo ni tenemos nada que nos una más allá de los recuerdos. Comienzo a pensar que, quizá, ha sido una estupidez y una pérdida de tiempo quedar con ellas, pero, ya que estoy aquí, decido que lo mejor es intentar pasármelo bien.

Tras ponernos al día, comenzamos a rememorar historias del pasado, ligues de unas y de otras, y a bromear con despertarnos mañana y volver a tener dieciocho años. A la que más le entusiasma la idea es a Marina, pues creo que, de las cuatro, es a la que peor le ha ido. Yo tengo mis cosas (dejando a un lado lo de mi enfermedad), pero ha sido más bien un letargo respecto a mis sueños. Infelicidad, como tal, no. Mi familia me quiere, Luca me quiere, y mi antiguo trabajo, aunque no era nada del otro mundo, al menos estaba relacionado con lo que he estudiado y, en cierto modo, me gustaba. Marina, por su parte, odia su trabajo, está peleada con su familia y tiene una relación tóxica con un novio que la trata regular. Y creo que eso se refleja en su agrio carácter.

—Por cierto, chicas. Tengo que contaros algo. He dejado mi trabajo.

—¿En serio? —pregunta emocionada Eva.

—Cuenta, cuenta —dice Lucía.

—¿El puesto aquel que nos contaste que te pagaban dos duros y que tenías un compañero de trabajo que era insufrible? —pregunta Marina haciendo hincapié en todos los detalles malos, como para hacerlo parecer una mierda.

—Sí, Marina. Ese —le respondo seria—. Como os iba diciendo, lo he dejado porque quiero intentar emprender aquella idea de negocio que siempre he querido.

—Ole y ole —exclama Eva.

—Di que sí, Per, los sueños están para perseguirlos —me anima Lucía.

—¿Ahora? ¿Con Amazon y con la multitud de tiendas digitales que hay? Te va a ir fatal, no te lo recomiendo —me espeta Marina.

Este último comentario se convierte en la gota que colma el vaso de toda una vida escuchando cómo intenta desanimarnos a mí y a las demás. Me da por mirarme el tatuaje: *memento mori*. Y siento que esta será la última vez que esta niñata ha pisoteado mis sueños.

—¿A ti qué te pasa? Vamos a ver —le suelto enrabietada.

—Ey, que no quería enfadarte, Per. No te pongas así.

—Ni Per, ni leches. Me tienes hasta las narices. No tires la piedra y luego escondas la mano. Llevas tirándonos pullitas así toda la vida. Toda la puta vida.

—¿Qué mierdas hablas? —me pregunta agresiva mientras se levanta.

—Pues la verdad. Que eres una amargada en vida. Una mediocre que siempre se ha creído la mejor de las cuatro, y eres la única que está sola, la única que no ha terminado una carrera, la única que no se dedica a lo que quiere y la única que critica y pisotea a los demás para así apagar la luz que desprenden y evitar ser consciente de que prefieres verte por encima de los demás, destrozándolos, en lugar de ser la persona que quieres ser. Me das pena. Y te tenía que haber dicho esto hace mucho tiempo.

—¿Y tú qué? Eres una interesada de mierda que solo te juntas con nosotras cuando te interesa. Que te piensas que eres especial con tu idea de negocio y tus sueños, y lo que en realidad eres es una medio tonta que siempre ha ido por detrás de mí. ¿A quién acudiste a pedirle consejo cuando habías quedado con el feo ese para darte tu primer beso? ¿A quién volviste a acudir antes de perder la virginidad con el mismo feo? Per, eres una desagradecida y una maleducada.

—¿Eso es lo que has aportado a mi vida? Porque yo sí recuerdo todas las veces que me has desanimado y me has hecho sentir menos. Incluso me has llegado a decir que me pusiera mejor un bañador y no un bikini para esconder la tripa. ¿Eso lo hace una amiga? Mira, Marina, yo aquí había venido a rememorar los buenos tiempos, pero eso es imposible. Eres una gilipollas amargada, y no pienso pasar ni un segundo más contigo. Chicas, lo siento por vosotras dos, pero yo me voy —les digo mientras cojo el bolso y dejo un billete de cincuenta euros—. Adiós —añado mientras me giro y abandono el restaurante. De pronto me doy cuenta de que el resto de los comensales me están mirando. Me da igual, me he quedado muy a gusto.

- ~~Ir en persona a la oficina para dejar el trabajo y quedarme a gusto con el estúpido de mi jefe.~~ A medias, pero conseguido.
- ~~Hacerme un tatuaje.~~
- Escribir un libro.
- Alquilar una sala de cine para mí sola.
- Volver a ir de viaje con mis amigas a Ámsterdam.
- ~~No volver a dejar que nadie me trate mal respondiendo con contundencia.~~
- Decirle "te quiero" a las personas que más amo.
- Ser voluntaria en una ONG.
- Plantar un árbol.
- Hacer feliz a alguien.
- Saltar en paracaídas.

31

Ya en la calle, llamo por teléfono a Aure.

—¿Sigue en pie esa invitación de pizza y peli? —le pregunto.

Mientras me dirijo en taxi al piso de Aure y, tras hacerle un resumen por WhatsApp de lo que me ha pasado con mis amigas, voy dándole vueltas a los casi setenta euros que me va a costar el trayecto. Me parece una locura que sea tan caro y hasta dudo y me pregunto si me estarán estafando, porque vale que ella viva bastante lejos respecto a donde me ha recogido, pero ¿tanto? Aunque, qué más me da el dinero a estas alturas. Lo he perseguido durante toda mi vida y he tomado todas las decisiones importantes en función de él y no de lo que yo quería, pensando que no siempre sería así. Me he dejado engañar por él para vender mis ilusiones, mis sueños e incontables horas de mi, ahora, escaso tiempo, y todo a cambio de un sueldo fijo con el que apenas llegaba a final de mes. Y lo que más rabia me da es que todos esos ahorros que tanto esfuerzo me ha costado acumular, esos que tanta seguridad y tranquilidad me iban a aportar de cara al futuro, no me sirven para nada. No puedo comprar más tiempo, no puedo comprar una cura para mi enfermedad, no puedo comprar una máquina para viajar al pasado, no nada…

Ahora mismo tengo en mi cuenta unos quince mil euros. No es que sea nada del otro mundo, pero son todos mis ahorros después de muchos años de duro esfuerzo. Tengo muchas dudas sobre qué hacer con ellos. No sé si escribir un testamento y dejárselos a mis seres queridos, si donarlos a alguna causa benéfica… o invertirlos en emprender mi idea de negocio y ver hasta dónde soy capaz de llegar, pero quizá es una tontería. No sé…

—Perdone, ¿puedo preguntarle algo? —le digo de pronto al taxista.

—Sí, claro —responde con un tono agradable. Es un señor ya mayor, que tendrá casi sesenta años.

—Si yo le ofreciera un millón de euros a cambio de todo el tiempo de vida que le queda, dejándole una semana para que pueda disfrutar de ese dinero y despedirse de sus seres queridos, ¿lo aceptaría?

—Vaya pregunta rara. No, claro que no. ¿Por qué me pregunta eso? —me responde él con curiosidad.

—¿Y si le diera diez millones de euros?

—Tampoco.

—¿Y si le diera cien?

—No insista, señorita. Ni por todo el oro del mundo le vendería el tiempo que me queda —me explica riéndose.

—Eso es porque usted es rico —le digo.

—¿Yo? Pero si llevo ya siete horas seguidas de turno. Si fuera rico, no estaría hoy conduciendo este taxi.

—Entonces eso es porque usted es rico, pero no lo sabe.

—En ese caso, espero que me diga dónde está mi fortuna, para así dejarle a otro, con sumo gusto, mi licencia de taxista.

—Me acaba de decir que su vida vale más que todo el oro del mundo. ¿Le parece poco?

—Visto así... —me dice mirándome a los ojos, a través del espejo retrovisor, con una sonrisa de oreja a oreja.

Tras esta breve conversación, ambos nos sumimos en el silencio y vuelvo a sumergirme en mis pensamientos.

«No sé qué me da más pena: que el tiempo pueda convertirse en dinero y no al revés, o que malgastemos el tiempo de toda una vida persiguiendo algo tan vacío como el dinero».

Media hora después, estoy por fin montada en el ascensor del piso de Aure.

—¿Qué te ha pasado? —me pregunta ella, en pijama, nada más abrir la puerta de su piso. No me sorprende que incluso con ropa de estar por casa esté guapísima.

—Nada que no arregle una copita de vino. Dime que tienes, por favor —le respondo mientras la abrazo.

—Eso ni se pregunta.

Me invita a entrar y la sigo hasta el salón, donde me deja sola durante unos segundos para que me acomode mientras ella prepara las copas de vino. El piso es sencillo y humilde, con las clásicas paredes blancas de gotelé y algunos muebles con aspecto antiguo, aunque cuidados y limpios. También hay algunas fotos por aquí y por allá, y en todas aparecen juntas Aure y su madre (lo deduzco por el contexto y porque ambas son muy parecidas en rasgos y belleza).

—Esa es mi madre —me dice ella confirmándome el dato mientras aparece con las dos copas vacías y una botella de vino abierta.

—Parece tu hermana mayor, más que tu madre.

—Es que es muy joven. Se quedó embarazada a los dieciséis.

—Ostras... Tuvo que ser difícil para ella.

—Sí, tiene que ser difícil que un cabrón te deje embarazada y desaparezca... —me explica seria—. Pero vaya, que mi madre se ha bastado ella sola para sacar adelante y esculpir a un bombón como yo —añade bromeando y quitándole hierro al asunto mientras ambas tomamos asiento en el sofá.

—Creo que eso se merece un brindis —le digo mientras le quito la botella y comienzo a servir dos copas.

—¡Por mi madre! ¡Chinchín! —me dice ella ofreciéndome brindar.

—¡Chinchín!

El vino me sabe delicioso y con un toque afrutado.

—¿Es un vino bueno? —le pregunto sorprendida.

—Sí. Cosecha del supermercado de abajo. Casi dos eurazos la botella. La más barata que había, no te digo más.

—¡Vaya! Y yo que quería quedar de culta... —le explico riéndome.

—¿Eres experta en vinos?

—Qué va. Si los compro en función de si me gusta o no el diseño de la pegatina de la botella.

—Yo estoy entre eso y la que sea más barata —responde Aure.

Ambas rompemos a reír.

—Oye, ¿y tu madre dónde está ahora? —le pregunto.

—De escapada romántica. Y envidia que me da. Lleva un par de meses conociendo a un chico, al que le gustan un montón las motos, y ha ido con él a un evento de carreras de no sé qué, que se celebra en un pueblo de aquí al lado. Está a tope, quemando las primeras etapas del amor —me explica Aure.

—Que disfrute, que luego llega la rutina…

—¿Lo dices por experiencia?

Me quedo callada durante un instante. ¿Hay rutina entre Luca y yo? O sea, claro que hay rutina. Pero ¿rutina de la mala? Pasión nos falta, eso está claro. Y disfrutar de tiempo de calidad juntos también. Pero…, pero nada. Si no hay pasión ni tiempo de calidad juntos, ¿qué hay? ¿Un compañero de piso? ¿Un amigo? ¿Un fuego ya apagado?

—No sé, Aure. Lo mío es complicado.

—¿Por qué dices eso?

—Necesito un poco más de vino para hablar de ese tema.

De repente, Aure coge su copa de vino y le da un trago largo hasta acabársela.

—Ahora te toca a ti —me dice ofreciéndome mi copa—. Y te aviso de que tengo otras cuatro botellas como esta, así que no te cortes y bebe todo lo que necesites.

—Vale, vale. Acepto el desafío —le digo instantes antes de imitarla y beberme toda mi copa.

—Eso es. ¡Buena chica! —me anima mientras rellena mi copa sin darme tiempo ni a soltarla.

«¿Y si se lo cuento todo? ¿Qué pasaría? ¿Cómo reaccionaría Aure? Hay algo en mí que me dice que ella no se va a comportar como el resto y que va a ser capaz de imponerse al dichoso virus de la tristeza del que todos se contagian tras enterarse de lo mío…», pienso.

—Ey, ¡que te empanas! ¿Pongo música? —me dice Aure.

—Pero pon algo tranquilo, que me apetece estar de tranqui. Y, por cierto, ¿dónde puedo fumar? ¿Tienes balcón?

—Fumamos aquí, no te preocupes. Un día es un día.

—Me da cosa…

—Nada, en serio. Luego ventilo todo y listo. Toma un cenicero.

—Bueno, de acuerdo —digo mientras me enciendo el cigarrillo.

De pronto, comienza a sonar *Bohemian Rhapsody*, de *Queen*.

—¡Temazo! —grito de inmediato.

—Me encanta tumbarme en la cama a escuchar música de este estilo y rayarme con mis cosas. Hoy lo he puesto para que nos rayemos juntas.

—¿Tienes ganas de rayarte? —le pregunto.

—Más bien de no rayarme sola —responde.

—Venga, va, comienzo yo con las rayadas. ¿Tú quieres ser madre?

—Empiezas duro, ¿eh? Pues… te diría que… no.

—¿Seguro? ¡Has dudado un montón!

—Es que es una pregunta para la que es complicado dar una respuesta tan rotunda. Yo creo que no quiero ser madre. Conlleva demasiados sacrificios, y yo quiero vivir una vida enfocada por completo en mí. Quizá te parezca egoísta, pero…

—No, no me lo pareces —digo sin dejarla terminar—. Te entiendo y, si es lo que quieres, haces bien. No tienes que justificarte por hacer lo que quieres. De hecho, es lo mejor que puedes hacer.

—Denoto, por tu contundente respuesta, que ya le has dado muchas vueltas al tema —me dice riéndose.

—Luca quiere tener hijos. Yo…, bueno, querría, pero tal y como está el mundo, y tal y como preveo el futuro, creo que mejor no.

—¿Te sientes lista para hablar ya de lo de Luca? ¿O necesitas que nos bebamos otra copa de vino a trago? —me pregunta Aure bromeando.

—Aún no. Pero tranquila, que hay noche por delante.

Seguimos contándonos cosas personales, abriéndonos más y más con cada copa de vino, lo que hace aún más atractiva la idea de sucumbir a la tentación y contarle todo, pero decido esperar y verlo claro. Mientras tanto, Aure me ha contado que su primer tatuaje se lo hizo tras dejar a un novio que la trataba mal, que la hacía sentirse poca cosa y que intentaba controlarla hasta niveles enfermizos. Por eso se tatuó una mariposa, como homenaje a la liberación que sintió al escapar de una relación tan tóxica. La segunda mariposa se la tatuó cuando terminó la carrera, pues gracias a ello ya podía optar a trabajos de calidad, permitiéndose abandonar el ser camarera en el mundo de la noche y de los bares, donde me ha contado que siempre le han pagado mal y poco.

—¿Y la tercera mariposa? —le pregunto mientras ambas nos encendemos otro cigarrillo.

—Para contarte eso, yo también necesito más vino —reconoce con una sonrisa torcida fruto de lo ya bebido.

—Pues yo creo que ya ha llegado el momento de contarte algo… —le digo con seriedad.

—¿Lo de Luca?

—No, otra cosa diferente. Algo aún más importante para mí.

—¿Más importante que una relación de tantos años? —Noto que la curiosidad se dispara en su rostro.

De pronto, siento cómo el corazón se acelera como si quisiera salirse del pecho.

32

—¿TÚ QUÉ HARÍAS SI DE PRONTO TE DIAGNOSTICARAN QUE TIEnes una enfermedad rara y que te quedan pocas semanas de vida? —pregunto para ir tanteándola.

—Imagino que vivir e intentar aprovechar al máximo el tiempo que me quede. Pero no entiendo muy bien qué tiene que ver esto con lo que me ibas a contar —responde Aure sorprendida.

—Sé más concreta, porfi. ¿Qué cosas harías? ¿Qué cosas dejarías de hacer? —insisto.

—Pues así, de sopetón, no sé. Supongo que me limitaría a pasar todo el tiempo posible con mi madre, con mis amigas de siempre, contigo… También cometería algunas locuras y llevaría a cabo cosas que por a o por b no he hecho. Pero, vaya, ahora mismo, no necesito más, la verdad. ¿Por qué me preguntas esto? De pronto te has puesto muy rara, Perséfone.

—¿Qué locuras?

—Olvidarme del dinero por una vez en la vida y pegarme un viaje a todo tren con mi madre, por ejemplo. Quizá saltar en paracaídas, que es algo que me llama y me aterra a partes iguales. Cosas así.

—Ya… Y… ¿se lo dirías a tus seres queridos?

—Sí, claro. ¿Cómo no voy a contarles algo así?

—¿No te daría miedo que empezasen a tratarte con pena y condescendencia tras saberlo? O, dicho de otro modo, ¿se lo contarías aun sabiendo que, tras contárselo, todos vuestros momentos juntos van a estar manchados de tristeza y lastima hacia ti?

—A ver, visto así, supongo que es cierto que debería de darle una pensada sobre a quién se lo cuento y a quién no…

—Y si te dijeran que hay un tratamiento que puede curarte, pero que, si te sometes a él, solo tienes un quince o un veinte por ciento de posibilidades de que salga bien, ¿aceptarías intentarlo? Ah, se me olvidaba decirte que ese tratamiento es doloroso y muy agresivo. Algo parecido a una quimio.

—Humm… Creo que, solo por lo bonita que es la vida, creo que lo intentaría.

—¿Seguro?

—No sé, Perséfone. Hay que estar en esa situación para poder decidir algo tan importante. ¿Por qué me preguntas todo esto? Me estás empezando a preocupar. Te lo digo en serio.

Aure comienza a mirarme fijamente a los ojos, al mismo tiempo que su cuerpo se gira por completo hacia mí. Yo permanezco en silencio, me estoy planteando cuál ha de ser mi siguiente acción. Sus respuestas no me han convencido mucho, tampoco han ido en la misma línea en la que yo lo veo todo, aunque ha habido rayos de esperanza. En especial, cuando me ha dicho: «Hay que estar en esa situación para poder decidir algo tan importante». Mientras tanto, percibo que su rostro se llena de… ¿pena o preocupación? No lo sé. Creo que es lo segundo y quiero pensar que es lo segundo. En cualquier caso, ¿qué hago ahora? ¿Se lo digo o no? En mi cabeza se escuchan a la vez mil argumentos para callarme y otros mil para contárselo.

—¿Perséfone? No me asustes. ¿Te pasa algo? —pregunta mientras me coge con suavidad del brazo izquierdo.

Ese toque de su piel con mi piel, ese leve contacto que me transmite cariño y miedo, a partes iguales, provoca una pequeña chispa que me recorre todo el cuerpo hasta desembocar en la cabeza, activándome, de forma inesperada, las ganas de llorar. De inmediato, las primeras lágrimas se lanzan a conquistar mis mejillas. Aun así, sigo en silencio.

—Perséfone, ¿estás llorando? ¿Qué te pasa? —la preocupación de Aure se dispara en su rostro y en su pose corporal.

Yo sigo negando con la cabeza.

—¡Perséfone! ¡Me estás asustando!

—Me muero, Aure. Y, en principio, solo me quedan unas pocas semanas de vida… —tras decir esto, rompo a llorar.

—¿Qué me estás contando? Dime, por favor, que es una broma y que te estás quedando conmigo. ¿Cómo te vas a morir, si yo te veo estupenda?

En lugar de pronunciar palabra alguna, me limito a seguir negando con la cabeza mientras mi llanto se intensifica. Aure reacciona a mi gesto rompiendo también a llorar y abrazándome.

—Tía, dime que te estás riendo de mí, por favor —me suplica entre sollozos.

—No… Ojalá, pero no…

Permanecemos abrazadas, en silencio y llorando durante unos cuantos segundos. Me arrepiento de habérselo contado.

«La he perdido, ahora ya solo me va a mirar con pena. La he perdido…», me repito una y otra vez.

Aure deja de abrazarme para cogerme de la cabeza con ambas manos y darme un beso en la frente.

—¿Y qué te pasa? —me pregunta entre sollozos.

Antes de responder, cojo un cigarrillo y me lo enciendo.

—Una enfermedad rara. Una de esas que solo les pasa a cuatro gatos en todo el mundo y que nunca piensas que te puede pasar a ti…

Durante un buen rato, le cuento con detalle todo lo relativo a mi enfermedad: lo de ir de médico en médico sin que nadie supiese qué me pasaba, le enumero a las pocas personas que lo saben y cómo comenzaron a mirarme tras enterarse de ello, la tarde que pasé ayer expulsando sangre, mis dudas sobre si contárselo o no a mis seres queridos, mi dilema sobre si someterme o no al tratamiento, mis problemas con Luca a raíz de la enfermedad, lo de mi lista de cosas por hacer antes de morir…

—Me da un montón de miedo que no vuelvas a mirarme con la alegría y la luz con la que me has mirado hasta ahora —le confieso.

—¿Por qué dices eso?

—Porque es complicado estar feliz y alegre al lado de una persona que sabes que se va a morir. Y porque las pocas personas que lo saben, en cuanto se enteraron, comenzaron a mirarme con lástima y condescendencia, lo que hace que me sienta desahuciada.

—Dame un rato para procesar todo esto y te prometo que yo no te voy a mirar de ese modo. Solo concédeme un pequeño rato —suplica entre sollozos instantes antes de lanzarse a abrazarme.

—¿Me lo prometes? —le pregunto mientras le devuelvo el abrazo.

—Te lo prometo —responde con decisión mientras aumenta la fuerza del abrazo.

33

Permanecemos abrazadas durante diez o quince minutos, rindiéndole culto a un absoluto silencio que solo se rompe con los sollozos de una, de la otra o de las dos a la vez. Inmóviles. Juntas, pero separadas por lo mucho que tenemos que procesar cada una por nuestra cuenta: yo que, por fin, me he arriesgado a contárselo a alguien, pese a todo lo que conlleva; ella sufriendo el trago de descubrir y aceptar mi difícil y dolorosa realidad. Es un abrazo extraño para mí, uno que no había vivido antes. No es un abrazo momentáneo de saludo, de cariño o de despedida como los muchos que he experimentado durante toda mi vida, sino más bien un gesto que me transmite que ella está conmigo pase lo que pase, y que me inocula paz, sosiego y calma. Uno que simboliza el gesto de aceptar parte de mi carga, y de que yo acepto habérsela dado. Me siento inmensamente afortunada por haber descubierto que este tipo de abrazos existe.

—Gracias por este abrazo —le digo mientras me suelto de él cuando me siento más recuperada emocionalmente. También lo hago porque me da miedo que a Aure le dé reparo ser la primera en soltarse.

—Para ti tengo todos los que quieras y necesites —dice dándome otro abrazo, esta vez mucho más breve y estándar.

—Gracias… —le respondo mientras empiezo a llorar de nuevo.

—¡Pero no llores más, que vamos a estar así toda la noche! —me reprende llorando de nuevo, aunque esbozando una sonrisa—. Tenemos que dejar de llorar y empezar a alegrarnos de estar aquí hoy y ahora, juntas, de que te has podido liberar contándomelo y de que aún hay muchas cosas por decidir, por planear y por vivir.

—Vale, vale —le digo sonriendo un poco mientras me limpio las lágrimas y trato de calmar el llanto.

—Te propongo algo: fuma y relájate. Este cigarrillo, llamémosle el de la ilusión, va a ser un antes y un después en nuestras vidas. Y en cuanto se termine de consumir, todo, de aquí en adelante, va a ser tomar decisiones necesarias, planear cosas y hacer todo aquello que te haga feliz. Y yo voy a estar ahí para empujarte y para ayudarte a conseguirlo.

—Si sigues así, no voy a poder parar nunca de llorar —le digo agradecida, mientras mi llanto se reactiva un poco.

—Si lo prefieres, puedes intentar volver a conseguir trabajo en la oficina para pasar tiempo con Dani —bromea.

—No, no, te prefiero a ti.

—Pues eso —me responde riéndose.

Ambas nos encendemos el cigarrillo y nos dejamos caer sobre el sofá.

—¿Sabes una cosa que me da mucha rabia? —le pregunto.

—¿El qué?

—Que todo me ha salido como el culo. Con Luca estoy fatal. En el trabajo, lo que tenía que ser una dimisión épica, ha sido un despido bochornoso. Con mis amigas he acabado a malas…

—Todo ha salido como el culo porque todo era una mierda, Perséfone.

—¿Cómo? —pregunto sorprendida.

—Con Luca, con indiferencia de quién haya tenido la culpa y demás, parece que la cosa estaba muerta. Y no pasa nada, llevabais muchos años juntos y la llama se apagó. No quiero enfadarte con esto, pero, aunque no dudo que le quieres, una pareja necesita un proyecto en común que os ilusione a ambos, necesita pasión, necesita momentos compartidos… y según me has contado, no había ninguna de esas tres cosas.

—No, si tienes razón, lo que pasa es que duele escucharlo.

—Ya; sé que duele, Perséfone, pero eso no quita que sea la verdad. Luego, sobre el trabajo, ¿qué más da? El trabajo era una mierda que tenías porque en teoría era «de lo tuyo», pero que ni te motivaba, ni te hacía feliz ni te autorrealizaba. Y, vale, fue una escenita que no va a pasar a la historia como una de las mejores dimisiones, pero recuperaste tu peluche y me conociste a mí. ¿No es eso mejor que engordar un poco tu orgullo con ego?

—Visto así…

—Por último, tus amigas. Se resume en que habéis crecido y ya no tenéis nada en común. Punto. Sé que cuesta aceptarlo, pero no es lo mismo estar todos los días juntas que separaros durante años para estudiar y para comenzar cada una sus proyectos de vida y después juntaros dos o tres veces al año. Ya no tenéis los mismos intereses, no estáis en las mismas etapas vitales y ya no compartís ni las mismas aficiones. No hay nada que os una, más allá del pasado. Así que recuérdalas con cariño, guarda esa etapa de felicidad con ellas en tu corazón, y hoy siéntete bien por haberle cantado las cuarenta a la asquerosa esa de Marina. Eso sí ha sido épico, ¿no?

—Sí, me he sentido muy digna —le respondo riéndome.

—Pues ahí tienes la pequeña victoria que no has conseguido dejando el trabajo.

—Te voy a contratar de *coach* emocional.

—Contigo estoy mejorando mi currículum por momentos. Hace dos días era solo administrativa y ahora soy *coach* motivacional y ninja con habilidades de infiltración en oficinas para rescatar peluches.

—Una semana conmigo y llegas a presidenta del Gobierno —le digo.

—No lo dudo —afirma entre risas—. Y, ya en serio, para terminar, que me estoy poniendo muy intensa —dice mientras apaga el cigarrillo—, todo te ha salido como el culo porque tenías cosas en tu vida que no estaban bien o que no te hacían feliz por no haber tomado a tiempo las decisiones que tenías que haber tomado. Pero no pasa nada. Piensa que así vive la gran mayoría, incluso yo también he cometido errores hasta hace nada. Cuando los cimientos de nuestra vida están mal o deteriorados por el paso del tiempo, es complicado que el final sea bueno. Pero, vaya, que da igual, porque ponerle fin a todo eso nos permite poder hacer aún muchas cosas bien. De eso va la vida: de intentar cosas y de tomar decisiones continuamente.

—En ese caso, quiero que me ayudes a tomar decisiones —le digo motivada tras su pequeño discurso.

—Pues vamos a ello —me responde con una mirada que me transmite alegría y esperanza.

—Vale, pero antes sírveme una copa de vino, que se vienen curvas.

34

—¿Por dónde quieres que empecemos? ¿Qué cosas te preocupan más? —me pregunta Aure con actitud constructiva.

—Por preocuparme, me preocupan mil cosas, la verdad, así que creo que lo mejor será que empecemos por lo más importante: ¿me someto al tratamiento?

—Yo ahí no puedo ayudarte —responde tajante.

—Pues empezamos bien —le digo decepcionada.

—Perséfone, eso es muy personal. Eres tú, y solo tú, quien tiene que decidirlo, no yo.

—Ya, pero ¿tú qué harías?

—Yo ya te lo dije antes..., creo que intentarlo. Pero es que, ni siendo tú quien lo sufre, soy capaz de meterme en tu piel. Lo que yo te pueda decir es desde la barrera y sin sufrir las consecuencias de mi decisión.

—Si yo te entiendo, pero me interesa mucho tu opinión, así que no te preocupes por compartirla —le insisto.

—No lo sé, necesito pensarla bien. De todos modos, aún queda noche por delante para hablarlo todo, así que a ver si dentro de un rato lo vemos con más claridad. Por cierto, hay una pregunta que no me quito de la cabeza desde que decidiste sincerarte conmigo: ¿seguro que no hay ninguna otra opción?

—Nada —respondo con contundencia.

—Algo tiene que haber.

—No lo hay, Aure. Lo mío, según el doctor, le pasa a menos de una persona por cada millón y apenas hay historiales clínicos o investigaciones previas. Tampoco hay recursos destinados para encontrar una cura. No te imaginas la cantidad de personas que hay sufriendo situaciones parecidas a la mía en todo el mundo, con enfermedades raras que sufren solo unos pocos y sobre las que no se investiga nada. Es lo de siempre, si afecta a pocos, a la mayoría les da igual y no se le da importancia. Tampoco sale nunca en las noticias.

—Joder... ¿Y has buscado en internet sobre ello? Quizá haya gente que también la sufre y puede ayudarte... —me pregunta llena de una impotencia que se nota en su voz.

—Qué va, ni sale. Un par de necrológicas, en inglés y muy genéricas, en los que solo se menciona a mi enfermedad como causa de la muerte de la persona en cuestión.

—¿Y si se han equivocado en el diagnóstico? También está esa posibilidad, ¿no?

—Tampoco. Me han hecho un montón de pruebas y, además, es que lo estoy sufriendo ya. Justo ayer, que pasé toda la tarde vomitando y cagando sangre. Más allá de ese tratamiento, no hay esperanza.

—Ya..., entonces la única oportunidad es someterte al tratamiento.

—Eso es..., ¿qué hago, Aure?

—No lo sé..., tú, ahora mismo, ¿qué piensas?

—Pues en no someterme al tratamiento. Según me dijo el doctor, las probabilidades de éxito son bajas. Creo que, partiendo de eso, prefiero disfrutar de la vida que me queda.

—¿Cuánto tiempo tienes para decidirte?

—Poco. Cuanto más tarde en hacerlo, peor.

—Ya... Bueno, insisto en que lo dejemos en el aire y mientras le vamos dando una pensada, ¿va?

—Me parece bien.

—¿Hablamos de lo de Luca? —propone Aure.

—Sí, genial. ¿Tú qué opinas?

—A ver, yo, por lo que me has contado, y respetando tu decisión de no contárselo a nadie, creo que lo más honesto por tu parte es dejarle. Dile la verdad sobre la relación y sobre cómo te sientes, omitiendo lo de tu enfermedad. Si no, va a ser como tú dices: discusión tras discusión y sin que él llegue a entenderte en ningún momento.

—Va a ser duro... —le digo mientras se me forma un nudo en la garganta.

—Duro, pero honesto con él. Si no estás dispuesta a contárselo, es lo mejor, porque, si no, vas a hacerle daño y a volverle loco.

—Ya... Si yo también, por más vueltas que le doy, acabo llegando siempre a la misma conclusión.

—Y ya que hablamos de esto, ¿y si se lo cuentas a la gente y ya está? Entiendo tu postura, pero la veo exagerada, la verdad.

—Si Luca o mis padres se enteraran de esto, mi vida giraría en torno a la enfermedad, la lástima y la compasión. Prefiero que gire en torno a mí, mis decisiones e intentar disfrutar del tiempo que me queda. Esta mañana he visitado a mi madre y hemos estado genial. Eso hubiera sido imposible si supiera lo que me pasa. Si la gente no lo sabe, no me van a mirar con pena.

—Yo no te voy a mirar con pena —garantiza Aure, decidida.

—El mero hecho de estar aquí conmigo, dedicando todo tu tiempo y atención a intentar analizar y solucionar mis problemas, es un acto de condescendencia y lástima.

—No, es un acto de amor, Perséfone. Yo estoy aquí contigo

porque te quiero, no porque me des pena. Creo que estás un poco obsesionada con esto, ¿eh?

—No sé, supongo que la línea que separa el amor de la compasión es muy fina.

—Ya, pero es que una cosa no es incompatible con la otra —insiste.

—Sí, puede ser. Pero no es lo mismo. Y ya no es solo eso, sino que en cuanto se lo diga a mi madre, por ejemplo, la voy a matar en vida. Y esto se aplica a todo el mundo. Prefiero no hacerlo. Al menos, por ahora. De hecho, creo que cuanto más intento defender esta postura contigo, más claro lo estoy viendo —le confieso.

—De todos modos, lo bueno es que en esto puedes cambiar de opinión en cualquier momento.

—Sí, aunque no creas que es tan bueno, porque estoy siempre con las mismas rayadas…

—Ya… Por cierto, no me has enseñado esa lista de cosas por hacer que hiciste —me dice cambiando de tema.

—Sí, es cierto, aquí está —le digo mientras la saco del bolso y se la doy.

- ~~Ir en persona a la oficina para dejar el trabajo y quedarme a gusto con el estúpido de mi jefe.~~ A medias, pero conseguido.
- ~~Hacerme un tatuaje.~~
- Escribir un libro.
- Alquilar una sala de cine para mí sola.
- Volver a ir de viaje con mis amigas a Ámsterdam.
- ~~No volver a dejar que nadie me trate mal respondiendo con contundencia.~~

- Decirle "te quiero" a las personas que más amo.
- Ser voluntaria en una ONG.
- Plantar un árbol.
- Hacer feliz a alguien.
- Saltar en paracaídas.

—Pero esta lista es una mierda —me dice Aure riéndose.

—¿Perdona? —le respondo también riéndome.

—Falta acción. Faltan locuras. Faltan cosas épicas. Y faltan cosas conmigo. Espérate, que te la arreglo en un momento. —Repasa la lista mientras se levanta para coger un boli del salón.

—¿Qué vas a hacer? —le pregunto intrigada.

—Espera, no mires —me responde ella mientras escribe cosas dándome la espalda.

Poco segundos después, me devuelve la lista.

—Te la he arreglado —explica mientras me la devuelve.

—A ver —le respondo expectante.

- ~~Ir en persona a la oficina para dejar el trabajo y quedarme a gusto con el estúpido de mi jefe.~~ A medias, pero conseguido.
- ~~Hacerme un tatuaje.~~
- Escribir un libro.
- Alquilar una sala de cine para mí ~~sola~~. **Y PARA AURE.**
- Volver a ir de viaje ~~con mis amigas~~ a Ámsterdam. **ESTA VEZ CON AURE.**
- ~~No volver a dejar que nadie me trate mal respondiendo con contundencia.~~
- Decirle "te quiero" a las personas que más amo.
- Ser voluntaria en una ONG.

- Plantar un árbol.
- Hacer feliz a alguien.
- Saltar en paracaídas. CON AURE.
- HACERME UN SEGUNDO TATUAJE CONJUNTADO CON AURE.
- HACER UNA SESIÓN FOTOGRÁFICA, DE ESAS DE CUERDAS, CON JACO.
- ACOSTARME CON JACO.

—Tía, te mato —le digo mientras leo las cosas que ha añadido en la lista.

—Yo la veo mucho más emocionante, qué quieres que te diga. Y conmigo en la ecuación, que siempre multiplico. ¡Chistaco! Por si no lo pillas… —me dice partiéndose de risa.

—Sí lo pillo, sí. ¡Eres lo peor! —le respondo riéndome con ella.

35

—Si yo fuera tú, Perséfone, dedicaría ya un día entero a tachar varias cosas de la lista de golpe. De hecho, espera... —me dice quitándome la lista de las manos para echarle una foto con el móvil—. Déjamelo a mí, que yo me encargo de todo. El sábado te recojo bien temprano en tu casa y le damos caña.

—Pero, a ver, que tenemos que analizar muchas cosas —respondo intentando poner cordura al asunto.

—Te sobra análisis y te falta acción, Perséfone. Tú déjame hacer —me dice Aure mientras vuelve a rellenar las copas de vino.

—Puede ser... —le respondo pensativa mientras me enciendo otro cigarrillo y le ofrezco uno.

—¿Crees que Jaco tendrá novia? —pregunta de pronto.

—No lo sé...

—Por cómo te miraba y tonteaba contigo, yo creo que no. Vamos, es eso o es un cabrón, pero hay un par de detalles que me dicen que no es de los que cometen infidelidades.

—¿Qué detalles?

—Dos tatuajes. En uno ponía: «Fuerza y honor». Y en el otro: «Lealtad».

—¿Dónde tenía tatuado eso?

—En los brazos.

—Pues no lo vi…

—Normal, bastante tenías con no mojar las bragas —dice riéndose.

—De verdad te lo digo, eres lo peor —respondo avergonzada—. De todos modos, no entiendo qué tiene que ver una cosa con la otra.

—¿Sabías que la gran mayoría de los hombres piensan a diario, o casi a diario, en el Imperio romano? Lo vi en Twitter.

—No. Pero, vamos, que sigo sin saber a dónde quieres llegar —le digo mientras le doy un trago al vino.

—Pues que los hombres que son así, como Jaco, de ir al gimnasio, emprendedores y que se esfuerzan por su desarrollo personal, suelen ser personas de moral y convicciones fuertes. Y si sumas esto al tatuaje de «Lealtad» y al de «fuerza y honor», que es una cita de la película *Gladiator*, pues ya está. Todo encaja y los detalles lo dejan muy claro: es una persona que tiene principios férreos y que jamás le pondría los cuernos a nadie, porque valora el honor, la lealtad y la disciplina.

—¿Y a esta fumada has llegado por dos tatuajes? —pregunto partiéndome de risa.

—¡Ay, Perséfone! Tienes que aprender a analizar los detalles, dicen mucho más de una persona que lo que pueda decirte ella misma. Además, tú hazme caso y ya está, que ya me he cruzado con demasiados tíos que no merecían la pena y te aseguro que este es bueno.

—Vale, vale. Tomo nota. De todos modos, te aviso de que hablar de Jaco o fantasear con él me hace sentir mal. Me parece un gesto feo de mi parte hacia Luca.

—Pero es que no tienes tiempo para sentirte mal por nadie, Perséfone. Siento decirlo de forma tan cruda, pero es que es la verdad. Mañana habla con Luca y, cuando seas libre, si te apetece y tienes ganas, intenta probar con Jaco a ver hasta dónde llegáis.

—Ya… —murmuro quedándome callada.

Durante unos instantes, ambas experimentamos un silencio un tanto incómodo.

—Por cierto, cuando te he explicado lo de los detalles, pensaba que me ibas a preguntar por los que vi en ti cuando nos conocimos. —Noto que me dice esto para cambiar de tema, y lo agradezco.

—Pensé que no había mucho que preguntar. Tan solo viste a una loca gritando en una oficina.

—El análisis de los detalles va un pelín después. Además, enseguida entendí el contexto, por lo que no lo tuve ni en cuenta.

—¿Entonces? —le pregunto confusa.

—Verte llorar por el peluche.

—¡Ay, Dios! Eso suena peor —respondo echándome las manos a la cara.

—Bueno, a mí me pareció un gesto entrañable y auténtico. Ver eso despertó mis ganas de conocerte.

—Vaya…, pues gracias —digo sonrojada—. Tú también tuviste un gesto que me encantó cuando te conocí.

—¡Ah!, ¿sí? ¿Cuál?

—Que cuando estábamos en la cafetería, no miraste el móvil ni por un instante. Ahora mismo, es un gesto que valoro mucho en otra persona.

—En realidad era por vergüenza y por quedar bien, pero me moría de ganas por mirarlo —responde guiñándome un ojo y después me da un abrazo.

—Muchas gracias por aparecer en mi vida —le digo.

—No, las gracias a ti.

Noto que Aure empieza a sollozar, y yo con ella.

—Tía, somos tontas, aquí las dos llorando otra vez… —dice al separarse de mí.

—Pues sí, un poco sí —le doy la razón mientras me seco las lágrimas.

Ambas nos volvemos a abrazar y luego nos limpiamos las lágrimas con un pañuelo.

—Oye, aún no me has dicho lo de por qué te quieres tatuar tu tercera mariposa. Yo creo que ya toca —le digo.

—Pues… me vas a matar.

—¿Por?

—Tía, ¿recuerdas la primera mariposa? Te conté que fue porque por fin acabé dejando a un chico, Hugo, con el que tuve una relación tóxica. Pues esta tercera mariposa iba a ser porque volví a quedar con él durante una temporada. Al principio, bien, pero al final todo volvió a ser tan tóxico como antes, llegó a agobiarme, controlarme o mirarme el móvil, por ejemplo.

—Joder, Aure…

—Ya, ya. Sí, sé que soy tonta por haber vuelto a verme con alguien así. Pero ya se acabó y es parte del pasado. Y tampoco quiero, ni querré nunca, volver a saber nada de él. Esta vez es definitivo. Por eso me quería tatuar una segunda mariposa junto a la que ya tengo, para recordarme que no quiero caer una tercera y para que no se me olvide nunca que, por muchas veces que me equivoque o tropiece, siempre puedo volver a volar.

—Me gusta esa manera de interpretar esa tercera mariposa. Pero no vuelvas más con ese imbécil, que te va a faltar cuerpo para tanta mariposa —bromeo intentando alegrarle el rostro.

—Te lo prometo. De todos modos, al final no quiero tatuarme esa tercera mariposa por él.

—¿Y entonces qué te quieres tatuar mañana?

—Una mariposa.

—No te entiendo.

—Quiero, si te parece bien, claro, que las dos nos tatuemos una mariposa que simbolice lo que ha significado conocernos.

—¿Así? ¿A los tres días de conocernos? —pregunto riéndome sorprendida.

—¿Necesitas más?

—La verdad es que no.

—Entonces, ¿hay trato? —me pregunta ofreciéndome la mano para estrecharla.

—Hay trato —le respondo estrechándole la mano y apretando con fuerza.

36

A LA MAÑANA SIGUIENTE, AURE Y YO NOS DIRIGIMOS EN SU COche al barrio donde se encuentra el estudio de tatuaje de Jaco. Aunque habíamos quedado con él a las doce, hemos preferido salir un buen rato antes para poder desayunar con tranquilidad en algún bar de la zona. Dentro del vehículo, ambas permanecemos en silencio.

—Pon la radio, si quieres —me dice ella.

—Nada, no te preocupes. Prefiero ir así. Me duele un poco la cabeza.

—¿Será por lo tuyo? —me pregunta seria.

—No, qué va. Es por resaca.

—¿Seguro?

—Cien por cien seguro.

—Tía, si bebimos lo mismo y yo estoy como una rosa.

—No estás tan como una rosa, que vas igual de callada que yo. Además, tú estás más acostumbrada a los malos vicios… —le digo riéndome.

—No te preocupes, que te voy a volver a poner en forma durante estos días —responde riéndose también.

Anoche, el reloj del móvil marcaba casi las cinco cuando decidimos que ya era hora de irnos a dormir. Yo quería llamar a un taxi para volver a casa, pero Aure insistió una barbaridad en que me quedase a dormir con ella excusándose en que a esas horas era peligroso, que sería muy caro, que le hacía ilusión que me quedara... Total, que acabé aceptando. Aure me prestó un pijama limpio, una sábana, una manta y dormimos las dos en su salón (cada una en un sofá) con la película *Princesa por sorpresa* de fondo, que resulta que no solo es de mis películas favoritas, sino también de las suyas.

Hacía mucho tiempo que no dormía así, en un sofá y en plan fiesta de pijamas. Ha sido divertido y me ha hecho sentir como cuando tenía veinte años y dormía en los pisos de mis amigas. Antes de dormirme, le escribí un mensaje a Luca para avisarle de que dormiría en casa de una amiga y esta mañana he visto su respuesta, en la que me decía que soy una irresponsable por quedarme por ahí a dormir siendo jueves, que podía haberle llamado para venir a recogerme, que estaba preocupado por mí... Entiendo su reacción, pero en cuanto llegue a casa esta tarde voy a cortar con él. Es lo mejor para ambos.

A las doce del mediodía, puntual, cruzo la puerta del estudio de Jaco, acompañada de Aure. Ir con ella me hace sentir segura, pero también siento que me roba algo de intimidad con él. Que lo mismo soy yo quien está haciéndose ilusiones sin razón, pero, vaya, le tengo expectativas a lo de hoy.

—Hola, chicas —saluda Jaco sonriente cuando aparece instantes después de que suene la campanilla de la puerta. Hoy lleva unas zapatillas negras, un pantalón beis y una camiseta negra sin mangas y capucha. Es la típica camiseta que, o te queda perfecta, o te queda horrible, y él es de los primeros gracias a sus grandes brazos llenos de tatuajes.

—¡Hola, Jaco! Al final hemos decido que las dos queremos hacernos el mismo tatuaje —le digo sonriente.

—Qué guapa vienes tú hoy, ¿no? —me suelta de repente Jaco.

De pronto, toda la soltura y confianza que tenía en mí misma se desvanecen ahuyentadas por la vergüenza que siento ante ese comentario.

—Se ha puesto así para la ocasión —dice Aure poniendo la puntilla.

Ahora ya no es vergüenza lo que siento, sino ganas de volverme invisible para siempre. Inmediatamente le echo a Aure una mirada de esas que matan.

—Es que ayer salimos a cenar y me quedé a dormir en su piso. Y como no tenía más ropa… —le digo intentando excusarme por ir con vestido de noche y taconazos.

—Así subes el caché del local. Además, acabo de tener una idea. Espera… —dice Jaco mientras entra en el estudio de fotografía.

—Aure, te mato. En serio que te mato —le digo en voz baja.

—Anda, tonta, si para eso he venido. Como no esté yo aquí, no os vais a dar ni dos besos.

—Aure, te lo pido…

De pronto, antes de que me dé tiempo a terminar la frase, aparece Jaco con la cámara.

—He pensado, aprovechando que vienes arreglada, si quieres y te apetece, que podría hacerte alguna foto luciendo tu tatuaje. Para añadirla al archivador, vaya.

—¿Ahora? —pregunto nerviosa.

—Sí, sí, adelante. Ella encantada. Le gustan mucho las fotos —responde Aure.

—Venga, vale… —accedo.

—Venid por aquí al estudio, por favor, que en la entrada hay mucha luz. Tardamos un segundo.

—Como sigas así, te voy a poner un bozal —le digo a Aure.

—¿Estás ya mojada o no? —me susurra ella al odio mientras me hace cosquillas en la cintura.

—Aure, esta te lo devuelvo… —susurro enfadada mientras me giro y comienzo a darle ligeros manotazos para que deje de hacerme cosquillas.

En el fondo no estoy enfadada con ella, al contrario. Y Aure lo sabe. Me está haciendo sentir viva, el problema es que lo está haciendo a base de terapia de choque.

—Mira, ponte aquí —me dice Jaco cogiéndome de los hombros y moviéndome despacio. Yo me dejo hacer, como si fuera su marioneta. Mientras tanto, nuestras caras se quedan muy cerca la una de la otra y mi corazón se acelera. Además, los taconazos ponen nuestras bocas casi a la misma altura.

—¿Así? —le pregunto por decir algo.

—Sí, y, ahora, a ver…, pon así los brazos… —De nuevo, me dejo hacer mientras él me coloca. El izquierdo se queda justo debajo de mis pechos y con la mano sostengo el codo del brazo derecho, con cuya mano derecha me cojo la barbilla, con los dedos apuntando hacia el cuello y la muñeca hacia fuera, exhibiendo al completo el tatuaje.

—Te ves guapísima, Perséfone —dice Aure.

—No te muevas —advierte Jaco mientras coge la cámara y empieza a enfocarme con ella—. Vale, ahora, sin cambiar la posición de los brazos, vamos a jugar un poco con tu cara y con la mirada. ¿De acuerdo?

—Sí —respondo con timidez.

—Gira la cabeza levemente hacia la izquierda, y mira a tu izquierda.

—¿Así? —le pregunto.

—Mira un poco más arriba.

—¿Así?

De pronto, el flash de la cámara se dispara varias veces.

—Ahora igual, pero a la derecha.

Más flashes se vuelven a disparar.

—Y, ahora, de frente. Mírame.

—Esperad —dice Aure. Ella se acerca a mí y me coloca un mechón de pelo que se había descolocado.

—Mucho mejor —dice Jaco—. Vale y, ahora, mírame sexy.

—¿Cómo sexy? —le pregunto.

—Enfadada, como si te creyeras superior a mí.

—¿Así? —le pregunto al tiempo que intento seguir sus indicaciones.

Jaco se cuelga la cámara del cuello y se acerca a mí.

—Alza un poquito más la barbilla para reflejar confianza en ti misma —me dice mientras me toma de la barbilla para elevarla un poco—. Y no sonrías. Cuanto más seria estés, más imagen de exclusividad y de lujo transmites —añade.

Más flashes iluminan la estancia. Al acabar, Jaco se pone de inmediato a mirar las fotos en la cámara.

—Sabía que iban a quedar espectaculares… —musita más para sí que para nosotras—. Mirad, chicas —nos dice mientras nos acercamos.

Él comienza a pasar las fotos.

—Sé que te dije que solo sería una foto, pero estabas tan perfecta que no he podido evitarlo. ¿Os gustan?

—Estás guapísima, tía.

—Están perfectas, Jaco… —le digo asombrada.

—Cuando las edite, se van a ver aún mejor. En cuanto las tenga, te las paso. Y son un regalo de la casa, por supuesto —ofrece mientras me mira fijamente a los ojos.

37

—Y BIEN, ¿QUÉ TATUAJE TENÉIS EN MENTE? —NOS PREGUNTA Jaco cuando ya estamos de nuevo en la recepción.

—Queríamos tatuarnos una mariposa como esta, exactamente igual en tamaño y forma —le explica Aure mientras le enseña la que tiene entre su pecho y hombro derecho.

—Vale, es un tatuaje muy sencillo. Sin problema. ¿Y dónde lo queréis?

—Yo en la muñeca izquierda —respondo sin necesidad de pensarlo demasiado.

Me ha gustado mucho el *memento mori* en la muñeca derecha y quiero lo mismo, pero en la otra muñeca, para que me recuerde siempre a Aure y a las ganas de vivir que me ha insuflado.

—¿Y tú? —le pregunta a ella.

—Yo…, venga, va, en el mismo sitio. Me ha gustado mucho la idea de Perséfone.

—Pues no se hable más, chicas. Venid por aquí —nos dice Jaco guiándonos al estudio de tatuaje.

La primera en tatuarse es Aure. No sé por qué, pero ha insistido mucho en ello. A mí me da igual, así que me limito a sentarme en la camilla que hay al fondo de la habitación mientras esperamos a que Jaco lleve a cabo todos los preparativos.

—¿Estás nerviosa? —le pregunto a Aure.

—Guapa, que es mi tercera mariposa. Como decía Chenoa: «Cuando tú vas, yo vengo de allí».

—Mírala ella, que se ha tatuado dos mariposillas y ya se cree una rapera americana salida del Bronx.

—A ver qué pías, que tú llevas tres días tatuada —replica riéndose.

—Chicas, si vais a querer más tatuajes, que sepáis que ofrezco bonos, ¿eh? —bromea Jaco.

Mientras Jaco tatúa a Aure, los tres seguimos charlando y bromeando. Jaco es una persona agradable, bromista e ingeniosa, y percibo que, poco a poco, según coge confianza con nosotras, se está mostrando tal y como es. Por mi parte, cuanto más sé de él, más me gusta. Quizá es por ese comportamiento humano, del que casi todos pecamos en algún momento, que consiste en fijarnos en todo lo positivo de alguien que ya nos gusta, omitiendo lo que no. Nos ha contado, por ejemplo, que tiene un perrito, que hace poco se ha comprado un piso cerca del estudio de tatuaje, que le gusta mucho la literatura fantástica... Aunque no nos cuenta nada tan relevante hasta que Aure comienza a sonsacarle con una pregunta demasiado directa, en mi opinión.

—Oye, Jaco, ¿y tú de novias cómo vas? Porque, vamos, no te tienen que faltar pretendientas con lo exótico que eres.

—¿Exótico? —responde él riéndose.

—Tío, eres fotógrafo, tatuador, emprendedor, estás mazado, dominas lo del *shibari* ese... Lo que se dice normal, comparado con el resto de los tíos, no eres.

—Pues gracias por el piropo, Aure. Pero no, no tengo novia. Está la cosa fatal.

—¿Y eso?

—Aure, que le estás incomodando —le digo por echarle un capote a Jaco.

—No te preocupes, Perséfone, que no me incomoda. Y respecto a tu pregunta, Aure, pues, bueno, en estos momentos es complicado encontrar el amor, al menos para mí. Todo el mundo está obsesionado con las redes sociales, con aparentar, con no cerrarse puertas con otros, incluso me da la sensación de que no está ni siquiera mal visto lo de ser infiel… —Según dice esto, Aure me echa una mirada que equivale a un «te lo dije»—. Y, luego, además, tengo la sensación de que la gente no sabe estar sola y busca llenar sus vacíos estando con terceros. O tienen problemas emocionales y heridas que no se preocupan por arreglar y pagan con terceros.

—¿A qué te refieres exactamente? —le pregunto intrigada.

—Pues, por ejemplo, hace poco estuve conociendo a una chica durante algunas semanas. En una de nuestras citas, ella, de pronto, me pidió perdón por adelantado por si en algún pecaba de celosa. Me explicó que antes no era así, pero que le habían puesto los cuernos y eso le había hecho tanto daño que se había vuelto insegura. Cuando me lo contó de primeras, lo vi como un gesto tierno, honesto y que demostraba madurez al ser capaz de abrirse y contármelo, pese a sus inseguridades. Pero, en realidad, era un aviso de que era celosa, tóxica y quería utilizarlo para controlarme. De hecho, un día se enfadó conmigo porque Carolina, la chica que os presenté el otro día, me llamó mientras estaba con ella para invitarme a un café y contarme algunas ideas que había tenido de cara a nuevas sesiones fotográficas. Eso no es amor, ni tampoco tengo que pagar yo los platos rotos de otros. Entiendo que es una putada que te pongan los cuernos, pero yo no he sido y no estoy dispuesto a aceptar menos de lo que yo ofrezco en una relación, que es confianza total y plena. Entonces, en resumen, está todo fatal, no siento que aparezca la adecuada y, viendo el percal, creo que prefiero seguir soltero y centrado en mis proyectos.

—Pues haces muy bien, Jaco. Perséfone justo lo ha dejado con su pareja —le responde Aure.

Yo permanezco incrédula por la mentira que acaba de soltar. Es cierto que lo tengo planeado, pero me pilla de sopetón.

—Ah, ¿sí? Lo siento mucho, Perséfone —me dice Jaco.

—No te preocupes, no pasa nada. Pero gracias de todos modos —le respondo.

Percibo en él alguna reacción, aunque no logro interpretarla.

—Y ¿qué ha pasado? Si no es mucho preguntar, claro —se interesa.

—Pues un poco de todo: rutina, diferentes planes de futuro, diferentes filosofías de vida... Había amor, pero era un amor apagado, sin pasión. Quizá han sido demasiados años juntos o que empezamos demasiado jóvenes... No lo sé. Todavía estoy asimilándolo.

—Ánimo con ello, ya verás como acaba saliendo el sol —me alienta Jaco.

—Seguro que sí —le respondo.

Tras esta pequeña conversación, los tres volvemos a los temas triviales de los que hablábamos antes, aunque yo me quedo un poco tocada. Desconecto de la conversación y son solo ellos quienes hablan mientras yo me sumerjo en mis dilemas internos. No me siento cómoda respecto a Luca. Siento como si no le estuviera respetando. Pero, al mismo tiempo, me tortura aquello que dijo Aure anoche: «no tienes tiempo para sentirme mal por nadie». Y es verdad, me guste o no, no tengo tiempo. Al final, entre tanta duda, miro el tatuaje de *memento mori* y lo único que me pide el cuerpo es seguir adelante haciendo todo aquello que me apetezca. Y creo que, remordimientos aparte, es lo que voy a hacer.

—Bueno, pues esto ya está —le dice a Aure tras cubrir el tatuaje con plástico—. Siguiente —añade mirándome a mí.

—Muchas gracias, Jaco. Ha quedado genial —contesta Aure—. Por cierto, te queríamos preguntar, bueno, más bien Perséfone, sobre la posibilidad de dejar agendada hoy una sesión de fotos *shibari.*

—Aure… —le digo con una mirada inquisidora.

—Queríamos la *full experience,* la más cara. Esa que incluye maquilladora profesional y todo todito. Perséfone ahora mismo está muerta de vergüenza y te va a decir que es mentira, pero explícale bien cómo funciona y en qué consistiría.

—¿Sí? —nos pregunta Jaco, sorprendido, pero mirándome a mí.

—A ver, me interesa, pero aún no lo tengo claro —respondo roja como un tomate.

—Que sí, seguro cien por cien, Jaco. Es solo que es demasiado vergonzosa, pero ya la traigo trabajada de casa. Por cierto, tengo que hacer una llamada, así que salgo a la calle y aprovecho para fumar. Os dejo solos —nos dice Aure.

—Pues si quieres, mientras te hago el tatuaje, te cuento, sin compromiso ninguno, aunque ya, más o menos, lo viste todo el otro día —me propone mientras me indica que me siente en la silla.

«Así que por esto insistías tanto en ser la primera. Lo tenías todo planeado, cabrona…», pienso mientras la veo salir por la puerta.

38

Mientras me siento en el sillón de tatuaje, lo único que quiero es que se abra un agujero en el suelo y me trague. En la habitación se respira un ambiente tenso y raro, al menos para mí, por culpa de todas las cosas que Aure ha dejado en aire antes de irse: lo de la sesión de *shibari*, mi supuesta soltería, la de Jaco y las múltiples indirectas que Aure, en mi nombre y sin avisarme o pedirme permiso, le ha lanzado a Jaco.

—Voy a tardar unos cuantos minutos en desinfectar las herramientas y prepararlo todo. Si quieres, puedes salir a fumar con Aure y ahora volvéis las dos —propone Jaco.

—Vale, perfecto —le respondo encantada mientras salgo disparada por la puerta.

Cuando salgo a la calle, me encuentro a Aure fumando apoyada en el ventanal del local.

—Aure, un día de estos te voy a matar —digo mientras me enciendo un cigarrillo.

—¿Por qué? Si te lo he dejado a punto de caramelo.

—¿A punto de caramelo? ¿En serio?

—Le he sonsacado que está soltero. He conseguido que se entere de que tú también lo estás. Le he tirado varias puntadas sobre ti. Te he ayudado a dar el paso parar cerrar una sesión fotografía de *shibari* con él. Y ahora vais a estar los dos solitos, en plan minicita, mientras él te tatúa. Yo diría que todo va viento en popa.

—¿Te vas a ir ya? No, no, no. Ahora entras conmigo.

—Perse, no seas tonta. Yo ahí dentro no pinto nada. Además, me ha surgido algo.

—¿El qué?

—Cosas mías. Tengo que hacer unos recados, así que me voy a ir yendo. Pídele disculpas de mi parte y págame el tatuaje, porfi. Luego, cuando te vea esta tarde o mañana, me dices cuánto ha sido y te lo pago.

—Te voy a matar, de verdad.

—¿Por qué? ¿Por ayudarte a ser feliz? Qué poco agradecida eres. Bueno, que me voy. Luego me cuentas —me dice mientras me da un beso en la mejilla y me abraza.

—Vale —le respondo mientras le devuelvo el abrazo.

—¡Ah! Importante. Cuando Jaco acabe de tatuarte, proponle tomar algo.

—¿Cómo? —pregunto sorprendida.

—Si te dice que sí, me apuesto lo que quieras a que le gustas. Si te dice que no, entonces es que mi radar ha fallado. Aunque sería raro, porque yo nunca fallo.

—¿No lo ves muy precipitado?

—No tienes tiempo para andarte con tonterías. Hazlo.

—¿Y si espero a que me lo proponga él?

—Jaco no puede proponerte nada, Perséfone. Piensa que está en su trabajo y, si te lo propone y te ofende, puedes dejarle como un baboso y destrozar su marca profesional. Tienes que hacerlo tú. De lo contrario, olvídate.

—Joder, Aure…

—Que me voy, que se me hace tarde. Haz lo que te digo y

luego me cuentas —se despide, y comienza a alejarse andando de espaldas y lanzándome un beso.

Según la veo desaparecer, cierro los ojos, hago dos respiraciones profundas y entro al estudio.

—¿Estás ya listo?

—Sí, casi. Vete sentando en el sillón.

—De acuerdo.

—¿Aure no pasa?

—Le han llamado y ha tenido que irse, pero no te preocupes que te pago yo lo de las dos y luego hago cuentas con ella.

—Eso no me preocupa, vosotras sois ya clientas de confianza de la casa, sobre todo tú —me dice dedicándome una sonrisa.

—Muchas gracias —le respondo sonrojada.

—Tu amiga Aure está un poco loca, ¿no? —pregunta riéndose.

—Un poco sí, la verdad. Pero es un sol de persona —le respondo riéndome con él.

—Tiene pinta de serlo. ¿Os conocéis de hace mucho?

—Pues la conocí hace tres días.

—¿En serio?

—Sí, una historia muy rocambolesca. De forma muy resumida, dejé mi antiguo trabajo y ella iba a ser quien me reemplazara, pero, al final, por movidas varias, acabamos las dos sin trabajo, pero juntas.

—Sí es rocambolesca, sí. Como vosotras.

—¿Y eso es bueno o malo? —pregunto con curiosidad.

—Lo diferente y auténtico siempre es bueno —dice mirándome fijamente a los ojos.

—Vaya, muchas gracias.

—Bueno, esto ya está. Vamos al lío.

—Genial.

Nos quedamos en silencio durante un momento, mientras termina de acomodarse.

—Supongo que ya no te da miedo tatuarte, ¿no? —pregunta rompiendo el silencio.

—No, ya no. Tenías razón, se le pilla el gusto. Y también la tenías con lo de que m*emento mori* es un superpoder.

—¿Ya lo has utilizado? —me pregunta deteniéndose por un instante para mirarme a los ojos.

—Sí, y el resultado es fantástico. Gracias por recomendármelo.

—Yo encantado. Pero que sea nuestro secreto. Prefiero que la mayoría se siga tatuando el *carpe diem*.

En lugar de responder, simulo que cierro una cremallera en la boca.

—Voy a empezar ya. Te digo lo mismo que el otro día: si te duele o notas alguna molestia, avísame y paro de inmediato.

—De acuerdo.

Tras esto, permanezco en silencio, dejándole hacer.

El tiempo parece detenerse en la sala. Ambos estamos callados, pero siento una conexión con él que no logro descifrar

«¿En qué estará pensando Jaco? Se le ve entregado al tatuaje, aunque no me creo que no esté pensando en algo más. ¿Estará pensando en mí? ¿Tendrá razón Aure y le gustaré? Tengo que atreverme a proponerle lo de tomar algo para salir de dudas. Desde luego, la teoría de Aure de que si acepta es que sí y si lo rechaza es que no, tiene su lógica», pienso.

—¿Va todo bien? ¿Te duele demasiado o lo que sea? —pregunta rompiendo el silencio.

—Sí, va todo bien, Jaco, no te preocupes.

—Ya nos quedando poquito.

—Genial.

—Por cierto, Perséfone, ¿es verdad que estás interesada en una sesión fotográfica de *shibari*? ¿O Aure me está vacilando? Te lo pregunto por resolverte cualquier duda que tengas o no darte la tabarra con ello.

—No, no, no te preocupes. Sí, estoy interesada en ello. Interesadísima. Me parece algo bastante original para salir de mi zona de confort, para ganar confianza en mí misma y para sentirme viva. Así que sí. Lo que pasa es que me siento como con el primer tatuaje, que son demasiadas cosas nuevas.

—Es normal, no te preocupes. Si quieres, échale un vistazo a la web y a todo lo que explico en ella. Y, cualquier duda, me llamas. Y si, en lugar de algo técnico, quieres saber más sobre lo que se siente, te puedo pasar el teléfono de Carolina para que te cuente sus impresiones y le puedas preguntar lo que quieras.

—Gracias, pero no te preocupes, no quiero molestarla.

—Nada, lo tengo hablado con ella para que lo haga en casos especiales, y además que Carolina es encantadora, así que no hay problema.

—¿Soy un caso especial? —pregunto avergonzada.

Jaco se queda durante un instante en silencio.

—Sí, algo que me dice que sí —me dice olvidándose del tatuaje por un instante y mirándome con una sonrisa.

—Ya… —Sonrío de oreja a oreja sin poder disimular.

Ambos nos volvemos a quedar en silencio. Y esta vez el silencio dura varios minutos.

—Bueno, pues esto ya está terminado —me dice mientras me lo envuelve en plástico—. Ahora que eres toda una experta, ya no hace falta que te explique cómo curarlo —añade.

—Ya ves… Dentro de nada, los brazos enteros tatuados, como tú —le respondo bromeando.

—Si te animas a tanto, recuerda que aquí me tienes como tatuador de confianza.

—Eso ni se duda —afirmo ofreciéndole chocar los cinco.

Jaco corresponde el gesto.

—Bueno, vamos fuera y luego arreglo todo esto.

—Genial —digo mientras salgo a la recepción.

—Serían ochenta euros los dos tatuajes. Pero por haber venido tan seguido y recomendarme a Aure, os lo dejo en setenta, para que os toméis algo a mi salud.

—Te propongo algo mejor —le digo.

—¿El qué?

—Lo dejamos en esos setenta, pero luego te tomas algo con nosotras y nosotras invitamos, obvio.

—Me parece bien —responde.

Varios minutos después, ya en la calle, llamo a Aure.

—Tía, le he dicho de tomar algo y me ha dicho que sí —le digo en cuanto me coge el teléfono.

—¿Cómo ha sido?

—Quería cobrarnos diez euros menos por haber ido las dos. Y le he dicho que aceptaba, pero que luego tenía que tomarse algo con nosotras.

—Muy mal, yo ahí no pinto nada.

—Ya, pero es que tú no vas a venir cuando quedemos —le digo emocionada.

—Estoy orgullosa de ti, Perséfone. Vas aprendiendo —me dice riéndose.

- ~~Ir en persona a la oficina para dejar el trabajo y quedarme a gusto con el estúpido de mi jefe.~~ A medias, pero conseguido.
- ~~Hacerme un tatuaje.~~
- Escribir un libro.
- Alquilar una sala de cine para mí ~~sola~~. Y PARA AURE.
- Volver a ir de viaje ~~con mis amigas~~ a Ámsterdam. ESTA VEZ CON AURE.
- ~~No volver a dejar que nadie me trate mal respondiendo con contundencia.~~
- Decirle "te quiero" a las personas que más amo.
- Ser voluntaria en una ONG.
- Plantar un árbol.
- Hacer feliz a alguien.
- Saltar en paracaídas. CON AURE.
- ~~HACERME UN SEGUNDO TATUAJE CONJUNTO CON AURE.~~
- HACER UNA SESIÓN FOTOGRÁFICA, DE ESAS DE CUERDAS, CON JACO.
- ACOSTARME CON JACO.

39

Cuando miro el reloj, marca casi las cuatro de la tarde, Luca debería llegar a casa de un momento a otro, ya que los viernes sale antes de la oficina. La espera se me está haciendo eterna, temerosa de lo que está por venir. Mientras tanto, el corazón me va a doscientas pulsaciones por segundo, y no es para menos. Estoy a punto de romper una relación amorosa de muchísimos años que ha marcado mi vida por completo. Una relación que pensaba que era idílica y que sería para siempre.

Sé lo que tengo que decirle. Lo he repetido una barbaridad de veces en mi cabeza, como si fuese una actriz antes de aparecer en un escenario abarrotado de espectadores. También siento la obligación de hacerlo, sí o sí, para poder ser feliz y aprovechar el tiempo que me queda. Y tras haberle dado mil vueltas, todas las veces he llegado a la conclusión de que hacerlo, por doloroso y duro que sea, también es lo más honesto para ambos. Lo veo, claro no, clarísimo. Pero todo eso no quita que esté al borde de un ataque de ansiedad. Hablándolo con Aure, parecía más fácil y me sentía más valiente. Ahora, sola en el silencio de mi piso, soy todo nervios, dudas e inseguridad.

—Perse, ¿estás en casa? —pregunta Luca al entrar en el piso.

Mi corazón se acelera como nunca lo había hecho. Para tranquilizarme y sacar fuerzas, miro el tatuaje. *Memento mori.*

—Sí, estoy en el salón —respondo mientras aplasto con nerviosismo un cigarrillo contra el cenicero.

—¿Qué haces fumando en el salón? Menuda peste a tabaco —pregunta enfadado.

—Luca, siéntate, por favor. Tenemos que hablar.

—Y tanto que tenemos que hablar. ¿Qué estás haciendo con tu vida, Perséfone? Llevas una semana que tela, ¿eh? ¿Dónde dormiste anoche? No pude pegar ojo por tu culpa. Te estás volviendo una egoísta. Vas por tu…

—Quiero dejarlo —digo cortándole, incapaz de seguir escuchando sus sermones.

Se lo digo mirando al suelo, con una voz entrecortada y débil, nerviosa y dubitativa. Pero se lo digo.

—¿Cómo? —pregunta sorprendido.

De nuevo, antes de decir nada, miro mi tatuaje. *Memento mori.*

—Que quiero que cortemos, Luca —repito decidida, y esta vez mirándole a los ojos.

—Pero ¿qué estás diciendo, Perse? —me dice sorprendido. No hay rabia o enfado en su rostro, sino sorpresa y miedo.

—Creo que nuestra relación ha llegado a un punto en el que es lo más honesto para los dos, Luca.

—No te entiendo, Perse. ¿Por qué quieres dejarlo? —me pregunta incrédulo.

—Porque te quiero, pero no como antes. Ya no hay pasión, ni tampoco tiempo de calidad, no compartimos la misma visión de futuro… No hay nada, Luca. Solo cariño, un cariño sincero que nos ha mantenido unidos hasta ahora, pero que resulta insuficiente, al menos para mí. Somos dos personas que viven juntas y que se quieren, pero no es suficiente. Falta deseo, pasión, ilusión, futuro… ¿No piensas lo mismo?

—Perséfone… Dime que esto es una broma, por favor —ruega Luca con los ojos llorosos.

—Lo siento, Luca. —A mí también me invaden las ganas de llorar.

—Pero tiene que haber algo que podamos hacer para remediarlo. Siempre lo hay.

—Esta vez no…

—¿Cómo no lo va a ver? —me pregunta con desesperación.

—Por favor, no insistas…

—¿Hay otro? —interroga de pronto.

—¿Qué? No, no hay otro, Luca. Claro que no.

—¿Entonces por qué no quieres que intentemos arreglarlo? ¿Por qué directamente te rindes, en lugar de intentar luchar?

—Porque no tengo tiempo para luchar, Luca.

—¿Cómo no vas a tener tiempo para luchar? Si solo tienes treinta años. ¿Qué tontería es esa?

—Luca, no me lo pongas más difícil… Por favor.

—Vamos a darnos un tiempo o algo. Puedo dormir en casa de mis padres y lo pensamos por separado. Pero, por favor, no seas tan rotunda.

—Lo siento, pero no. Ya he decidido.

—¿Y qué le digo mañana a mis padres cuando aparezca sin ti en la comida familiar? —Percibo en su voz que está a punto de derrumbarse.

—No lo sé, Luca. Diles la verdad.

—Vale… —responde con la voz rota y rompiendo a llorar.

De pronto, Luca se levanta, coge un cigarrillo de mi paquete de tabaco, se lo enciende y abandona el salón.

—¿A dónde vas? —pregunto preocupada mientras me levanto y le sigo.

—Déjame en paz, tengo mucho que pensar.

—Luca, por favor, no te vayas así. —El sonido de un portazo retumba por todo el piso.

De nuevo sola, me dejo caer sobre el sofá, rompo a llorar y me enciendo otro cigarrillo. Sabía que iba a ser doloroso, pero no imaginaba que tanto. Ahora mismo solo tengo ganas de meterme en la cama a llorar. Me siento sucia y rastrera por haber destrozado a la persona que más me ha amado en toda mi vida. ¿Y si la culpa es mía, que soy una egoísta que solo miraba por mí y no por los dos? ¿No se merecía Luca una oportunidad de intentar adaptarse a mi nueva realidad e intentar ser felices juntos? Tal vez soy una caprichosa que ha destrozado su vida pensando que encontraría algo mejor en una nueva, pero, por ahora, solo siento soledad y tristeza. ¿Dónde está esa felicidad prometida tras dejar a Luca? ¿Dónde está esa libertad para vivir sin sus sermones y sin rendirle cuentas a nadie? Antes formaba parte de un equipo de dos y ahora estoy sola y a las puertas de la muerte. ¿Qué he ganado? ¿Qué he hecho?

40

A LAS SIETE Y MEDIA DE LA MAÑANA, TAL Y COMO ME PIDIÓ AYER Aure, estoy en la puerta de mi casa. Al poco de irse Luca, la llamé para contarle todo y desahogarme. Insistió bastante en que fuese a su piso a dormir con ella, pero lo rechacé. Hay algo en mí que me dice que esto debo afrontarlo sola para que sane bien. Al final quedé con Aure en que me recogía hoy bien temprano. Tengo que estar ya vestida con ropa cómoda de deporte, porque había preparado una sorpresa para hoy, pero se negó a darme más detalles.

Mientras espero, no puedo parar de darle vueltas a lo que pasó ayer. Pasé una tarde y una noche horrorosas. No sé si fue por todas las emociones negativas acumuladas o si fue cosa de la enfermedad, pero fui incapaz de conciliar el sueño y de nuevo sufrí mareos, flojera, dolores de cabeza y náuseas, aunque al menos esta vez no vomité sangre. Tampoco fui capaz de pegar bocado.

No he vuelto a tener noticias de Luca. Le escribí, pero no obtuve respuesta. También le he llamado un par de veces y nada. Me tiene bastante preocupada. La idea de calcular el daño que he podido causarle me tortura. Y, al mismo tiempo, me siento egoísta. Pero ¿qué otra cosa podía esperar? A Luca no puedo recriminarle nada. No se puso violento, pesado ni tampoco comenzó a enumerar una lista de cosas que echarme en cara. Me escuchó, intentó evitar la ruptura, lo vio imposible y acabó por levantarse e irse. No le puedo pedir más, por eso la culpa me reconcome aún más.

Por fin, el coche de Aure aparece casi tan puntual como yo.

—Buenos días, Bella Durmiente —saluda Aure tras subirme al coche.

—Buenos días, Aure. ¿Qué tal?

—Tienes mala cara. ¿Estás bien?

—Ayer pasé un día horrible, pero hoy me he levantado mejor.

—Me alegra escuchar eso.

—Bueno, y ¿dónde vamos tan temprano? Me tienes en ascuas —le pregunto con curiosidad.

—Es una sorpresa. Por lo pronto, necesito que te pongas esto —responde mientras saca un antifaz de la guantera.

—¿En serio?

—Sí, es imprescindible.

—¿Y tiene que ser ya?

—Sí. Ya de ya.

—Ay, señor —suspiro mientras me lo pongo

Durante el trayecto, hablamos de cosas triviales y sin importancia, cosa que agradezco. Prefiero desconectar de Luca y de todo lo que me hace sentir mal, al menos por ahora. Es un poco raro lo de viajar sin poder ver nada, me hace sentir una secuestrada. Cuando se lo digo a Aure, bromea con que quizá vuelva con algunos órganos de menos, pero no perderé ninguno vital. Trato de sonsacarle hacia dónde vamos varias veces, pero se niega incluso a darme alguna pista.

—Ya estamos aquí, ya puedes quitarte el antifaz.

Veo frente a nosotras un cartel enorme: «Paracaidismo sin límites».

—Aure, ¿dónde estamos? —le pregunto invadida por un repentino brote de nervios.

—Pues ya lo estás viendo. Vamos a saltar en paracaídas.

—No me jodas, que tengo vértigo.

—Ponía eso en tu lista. ¿Sí o no?

—Sí, pero...

—Mírate el tatuaje de *memento mori* y dime si estás dispuesta a ello.

—Eres una cabrona.

—Hazlo —insiste Aure.

Le hago caso y miro el tatuaje. De nuevo, me lleno de valor.

—¿Qué hacemos?

—Madre mía, Aure... Vamos a ello, venga.

Ambas bajamos del coche y nos dirigimos a una especie de recepción, donde se nos presenta un tal Jorge, que será uno de los instructores del vuelo. Durante media hora, nos explica todo lo relativo al salto. En principio es muy sencillo y no tenemos que hacer nada. Jorge saltará conmigo en un paracaídas con doble arnés, y Aure saltará con otro instructor. Nos informa de que todo dura unos cuarenta y cinco minutos, aproximadamente. Primero el avión se elevará hasta alcanzar los casi cuatro mil metros de altura. Tras eso, saltaremos, experimentando una caída libre que suele durar entre unos treinta o cuarenta segundos, hasta llegar a los mil quinientos metros de altura. Ahí se abrirá el paracaídas y disfrutaremos de un agradable vuelo de unos diez minutos hasta el aterrizaje.

—¿Alguna duda? —pregunta Jorge tras terminar de explicarnos.

Las dos negamos con la cabeza y nos miramos la una a la otra. Yo soy un manojo de nervios, mientras que Aure, por el contrario, se muestra muy tranquila, lo que me ayuda a relajarme un poco.

Cuando ya estamos en el avión equipadas y listas, este comienza a elevarse. Mi corazón se acelera a medida que ganamos altura. De pronto, Aure me coge de la mano.

—Va a salir bien, ya lo verás.

—¿Y si nos matamos? —le respondo asustada.

—¿Y a ti qué más te da eso? —pregunta riéndose.

—También es verdad —respondo riéndome con ella.

De pronto, una luz verde se enciende dentro del avión.

—Ya estamos en altura, chicas —anuncia el instructor que va a saltar con Aure.

—Creo que no puedo hacerlo —le digo de pronto. Es como si de repente me hubiera dado cuenta de lo alto que estamos y de lo que estoy a punto de hacer.

—Perséfone, mírate el tatuaje —responde muy seria.

—Aure, no puedo. —Estoy a punto de ponerme histérica.

—¡Perséfone! ¡Míratelo!

Respiro hondo un par de veces y vuelvo a mirarlo. *Memento mori.*

—¿Saltamos o no? —me pregunta.

Me quedo en silencio durante un segundo, pensativa.

—¿Perséfone?

—¡Saltamos! ¡Saltamos! —contesto con el coraje que me infunde el tatuaje.

—Entonces ¿estás lista, Perséfone? —pregunta Jorge.

—Sí, sí —respondo con decisión.

Después, todo pasa muy rápido y, cuando me doy cuenta, estoy cayendo en picado a tropecientos kilómetros por hora hacia el suelo. Mi cuerpo se llena de adrenalina como no lo había hecho hasta ahora. Y me siento viva.

—¡Estoy viva! ¡ESTOY VIVA! —comienzo a gritar.

No es para nada algo que dé miedo, como pensaba mientras el avión se elevaba. Es todo lo contrario, ni se ha desplegado el paracaídas y ya lamento que se termine.

—¿Te está gustando? —pregunta Jorge.

—¡Sí! ¡Mucho! ¡Muchísimo!

Un poco más allá, veo caer a Aure y a su instructor a la misma velocidad que nosotros. Creo que logro intuir en ella una emoción parecida a lo que siento yo.

Unos segundos después, el paracaídas se abre, siento cómo tira de nosotros hacia atrás y hace que descendamos de forma paulatina.

—¿Qué te parecen las vistas? —pregunta Jorge.

—Son preciosas.

Y mientras descendemos, me da por pensar en lo pequeños que somos y en lo grandes que nos creemos. No somos más que unas diminutas hormigas es un mundo enorme. Y, aun así, nos empeñamos en vivir enfados, en tomarnos todo demasiado a pecho y en llegar a pensar que el mundo va contra nosotros. Sí, sin duda hay que saltar en paracaídas para darnos cuenta de lo equivocados que estamos en tantas cosas de la vida.

—¿Te ha gustado? —pregunta Aure despeinada cuando ya estamos en tierra.

—Todavía me tiemblan las piernas de la emoción. Me ha encantado, tía —le digo mientras me lanzo hacia ella y la abrazo.

—Me alegro mucho. De corazón.

- ~~Ir en persona a la oficina para dejar el trabajo y quedarme a gusto con el estúpido de mi jefe.~~ A medias, pero conseguido.
- ~~Hacerme un tatuaje.~~
- Escribir un libro.
- Alquilar una sala de cine para mí ~~sola.~~ Y PARA AURE.
- Volver a ir de viaje ~~con mis amigas~~ a Ámsterdam. ESTA VEZ CON AURE.
- ~~No volver a dejar que nadie me trate mal respondiendo con contundencia.~~
- Decirle "te quiero" a las personas que más amo.
- Ser voluntaria en una ONG.
- Plantar un árbol.
- Hacer feliz a alguien.
- ~~Saltar en paracaídas. CON AURE.~~
- ~~HACERME UN SEGUNDO TATUAJE CONJUNTO CON AURE.~~
- HACER UNA SESIÓN FOTOGRÁFICA, DE ESAS DE CUERDAS, CON JACO.
- ACOSTARME CON JACO.

41

—TODAVÍA TENGO EL CUERPO REVOLUCIONADO POR LA ADRENA-lina. Me tiemblan hasta las piernas —le confieso a Aure cuando ya estamos las dos subidas en su coche.

—Pues te aviso de que el día solo acaba de empezar.

—¿Cómo? —pregunto sorprendida.

—Tienes que volver a ponerte esto —me dice dándome de nuevo el antifaz.

—¿En serio?

—Sí, y póntelo ya, que vamos justas de tiempo —responde mirando el reloj mientras arranca el coche.

—¿Esta vez me vas a dar alguna pista?

—Sí, claro. Vamos a un sitio que está en España y al que la gente va a hacer cosas.

—Menuda pista... —le digo mientras me acomodo en el asiento.

No sé cuánto tiempo transcurre hasta que noto que Aure aparca el coche. Por el número de canciones que hemos escuchado, apostaría a que habrán pasado unos quince o veinte minutos.

—Nos bajamos aquí. Pero necesito que sigas con el antifaz puesto —me dice Aure tras apagar el motor del coche.

—¿Cómo?

—Tú bájate del coche, pero no te quites el antifaz. Es que estamos a un par de minutos andando.

—¿Y de verdad no puedo quitarme el antifaz?

—Que no, pesada. Que le quitas toda la magia. No te preocupes que iremos despacito y de la mano. Yo seré tus ojos.

—Seguro que me como una señal o algo.

—Confía en mí, Perséfone. Tú piensa que lo peor que te puede pasar es que pises alguna caquita de perro, pero intentaré evitarlo —me dice riéndose.

Caminamos durante unos tres o cuatro minutos que se me hacen eternos. A cada paso que doy, me da miedo chocarme con alguna farola o cualquier cosa que, en caso de golpe, sea grande, dura y dolorosa. A mi alrededor escucho a la gente que pasa por mi lado.

—Quédate aquí un momento. Y no te quites el antifaz, que te vigilo —me indica Aure.

—¿Me vas a dejar aquí sola?

—Va a ser un minuto o menos. Tú espera y confía en mí.

Mientras espero a Aure, me siento vulnerable por no saber dónde estoy ni lo que me rodea, lo que me tienta a quitarme un poquito el antifaz y echar un vistazo, pero me aguanto las ganas. Aure se lo está currando tanto que se merece que confíe en ella.

—Ya estoy aquí. Ven —dice Aure mientras me coge de nuevo de la mano y tira de ella.

Caminamos despacio y en silencio durante otro ratito.

—Vale, ya hemos llegado.

—¿Me puedo quitar ya el antifaz?

—Espera un pelín. Siéntate aquí —contesta mientras me guía—. Y, ahora, te voy a dar dos cosas. Sujétalas con cuidado.

Sujeto una con cada mano. Lo de la derecha está fría y por el tacto creo que es un vaso de plástico. Lo de la izquierda es grande, cuadrado y de cartón.

—Pues ya estaría. Te quito yo el antifaz —dice mientras me dejo hacer.

Cuando abro los ojos, descubro que estoy sentada en la primera fila de butacas de una sala de cine y lo que sostengo son palomitas y una Coca-Cola.

—Está superguay, Aure… —le digo impresionada.

—Me hubiera gustado que fuera más grande, pero no sabía que lo de alquilar cines era tan caro. Encontré este con una promoción rara, que es un cine de barrio pequeñito y venido a menos, y aquí estamos. Cine para las dos solas —dice mientras coge su bebida y sus palomitas, y se sienta a mi lado.

—No seas tonta. Es increíble. Es de las cosas más bonitas que ha hecho nunca nadie por mí.

—Muchas gracias. Me alegra que te guste.

—¿Y qué película vamos a ver?

—Lo descubrirás enseguida.

Tras esto, las luces se apagan y la pantalla se ilumina.

—¡Es *Princesa por sorpresa*! —le digo a los pocos segundos.

—Tenía que ser *Princesa por sorpresa*, que el otro día nos quedamos las dos fritas a los cinco minutos de ponerla.

—Eres la mejor —le digo mientras le doy un abrazo improvisado por culpa de las bebidas y las palomitas.

—Lo sé —me responde ella.

- ~~Ir en persona a la oficina para dejar el trabajo y quedarme a gusto con el estúpido de mi jefe.~~ A medias, pero conseguido.
- ~~Hacerme un tatuaje.~~
- Escribir un libro.
- ~~Alquilar una sala de cine para mí sola.~~ ~~Y PARA AURE.~~
- Volver a ir de viaje ~~con mis amigas~~ a Ámsterdam. ESTA VEZ CON AURE.
- ~~No volver a dejar que nadie me trate mal respondiendo con contundencia.~~
- Decirle "te quiero" a las personas que más amo.
- Ser voluntaria en una ONG.
- Plantar un árbol.
- Hacer feliz a alguien.
- ~~Saltar en paracaídas.~~ ~~CON AURE.~~
- ~~HACERME UN SEGUNDO TATUAJE CONJUNTO CON AURE.~~
- HACER UNA SESIÓN FOTOGRÁFICA, DE ESAS DE CUERDAS, CON JACO.
- ACOSTARME CON JACO.

42

—No me voy a cansar nunca de darte las gracias por lo de hoy. Ha sido espectacular —le digo a Aure al salir del cine.

—Pues aún te quedan sorpresas.

—¿Más? —pregunto asombrada.

—Varias más, de hecho. Pero tenemos que irnos ya, que he calculado mal el tiempo y se nos está echando encima. —Tira de mi mano en dirección a su coche y, una vez dentro, añade dándome de nuevo el antifaz—. Toma, póntelo.

—Yo creo que esto ya no es necesario, ¿eh?

—¡Venga! Que no tenemos todo el día.

—Voy…

—Ya puedes quitarte el antifaz —me dice cuando, un rato después, noto que de nuevo se detiene el coche.

Al quitármelo, no veo nada especial frente a nosotras.

—¿Aquí es? —pregunto sorprendida.

—Sí, aquí es. Vamos.

Sin darme tiempo a decir nada, Aure se baja del coche y comienza a caminar rápido.

—Te noto bastante agobiada —le digo.

—Es que lo del salto en paracaídas ha durado más de lo que esperaba, y vamos un poco tarde. Pero no te preocupes, creo que llegamos a tiempo —me explica mientras acelera el paso.

Yo permanezco en silencio y me limito a seguirla. Pocos segundos después, entramos por la puerta del patio de un colegio.

—¿Dónde era? —pregunta Aure en voz baja y para sí misma.

—Pero ¿adónde vamos?

—Espera, no seas impaciente. Creo que era por aquí —me explica mientras reanuda el paso a toda prisa. Comienzo a trotar para seguirle el ritmo.

—¡Sí, aquí era! —afirma eufórica tras detenerse frente a la puerta de un pequeño edificio auxiliar del colegio. Encima de la entrada hay un letrero que reza: «Comedor Social Nueva Esperanza».

Al otro lado de la puerta, descubrimos un pequeño comedor con varias mesas largas rodeadas por multitud de sillas. A su lado, una cola de al menos cuarenta o cincuenta personas adultas que, poco a poco, disminuye según la gente va tomando asiento con bandejas llenas de comida.

—Vosotras sois las voluntarias nuevas que veníais hoy, ¿no? —nos pregunta de pronto una mujer de mediana edad con tono afable. Va vestida con ropa de calle, un delantal verde y una redecilla para el pelo.

—Sí, eso es —responde Aure.

—Llegáis tarde.

—Perdona, es que hemos tenido algunos problemas.

—Por una vez no pasa nada, pero es importante que, aunque seamos voluntarios, nos tomemos esto con la misma seriedad que un trabajo. Hay que llegar puntuales, sí o sí, por respeto a los demás.

—Discúlpanos, de verdad. No volverá a ocurrir —responde Aure.

—De acuerdo. Disculpas aceptadas. Yo me llamo Teresa y soy la responsable de este comedor social, pero justo ahora me pilláis en hora punta. Pasad por esa puerta de ahí para entrar en la cocina, presentaos y haced lo que os digan los compañeros, ¿vale? Y cualquier cosa que necesitéis, buscadme.

Ambas asentimos y seguimos sus instrucciones.

Durante más de tres horas, Aure y yo ayudamos en todo lo que nos indican Teresa y sus compañeros: servimos comida, fregamos platos y limpiamos mesas… Al principio me ha parecido exagerada la intensidad con la que trabajábamos todos, pero, en cuanto he comenzado a ver la mirada de la gente que venía por un plato de comida, lo he entendido todo. Sus ojos transmitían una mezcla de agradecimiento y alegría que apenas lograban esconder un rostro que gritaba desesperanza y sufrimiento. Según nos ha contado Teresa, la gran mayoría son gente que vive en la calle o que están en una situación económica desesperada, y todos los sábados abren el comedor social para brindarles la oportunidad de comer bien y de asearse dignamente en las duchas del gimnasio del colegio. El comedor social apenas tiene recursos, pero aun así sale adelante gracias al empeño de Teresa y de los demás voluntarios, que recorren los supermercados recaudando comida a punto de caducar, de las aportaciones de las empresas locales y de las donaciones de la gente. Ninguno de ellos cobra un duro por ayudar, pero eso no les impide acudir cada sábado para darle de comer a esta gente, aprovechando que el cole está cerrado los fines de semana. En total, contando a Teresa, son seis personas.

Algunos de ellos me han sorprendido, como Óscar, el chef de un restaurante de lujo que viene todos los sábados al mediodía, antes de entrar a su trabajo en el turno de tarde y noche. O Ana, que vive a media hora en coche y, aun así, lleva viniendo todos los fines de semana desde hace año y medio porque hace no mucho sufrió una situación económica complicada, con desahucio incluido, y se vio en la necesidad de ir a comedores sociales. A mí, tras la experiencia de hoy, me encantaría venir cada sábado, pero dada mi triste realidad, es complicado. En cualquier caso, agradezco que Aure me haya traído.

- ~~Ir en persona a la oficina para dejar el trabajo y quedarme a gusto con el estúpido de mi jefe.~~ A medias, pero conseguido.
- ~~Hacerme un tatuaje.~~
- Escribir un libro.
- ~~Alquilar una sala de cine para mí sola.~~ ~~Y PARA AURE.~~
- Volver a ir de viaje ~~con mis amigas~~ a Ámsterdam. ESTA VEZ CON AURE.
- ~~No volver a dejar que nadie me trate mal respondiendo con contundencia.~~
- Decirle "te quiero" a las personas que más amo.
- ~~Ser voluntaria en una ONG.~~
- Plantar un árbol.
- Hacer feliz a alguien.
- ~~Saltar en paracaídas.~~ ~~CON AURE.~~
- ~~HACERME UN SEGUNDO TATUAJE CONJUNTO CON AURE.~~
- HACER UNA SESIÓN FOTOGRÁFICA, DE ESAS DE CUERDAS, CON JACO.
- ACOSTARME CON JACO.

Al terminar de dejarlo todo recogido e impoluto para cuando vengan los niños el lunes, salgo al patio, me siento en el suelo y me enciendo un cigarrillo. Pocos segundos después, Aure se une a mí y se enciende otro.

—Te hace ver la vida de otro modo, ¿eh? —reflexiona.

—Ya. Somos unas afortunadas —respondo.

—Pues sí. Ahora me siento tonta por la cantidad de veces que he montado un drama y me he sentido una desgraciada por cualquier tontería.

—Ya somos dos.

—Creo que voy a venir, de aquí en adelante, todos los sábados. O al menos lo voy a intentar.

—¿En serio? —le digo sonriendo.

—Sí, tía. Creo que estamos aquí para intentar hacer más felices a los demás. Y esta puede ser mi manera de aportar al mundo.

—Haces muy bien.

—Por cierto, ven. Tengo que enseñarte algo —dice mientras se levanta, tirando el cigarrillo casi entero. Yo también lo hago.

—¿Adónde vamos?

—Perséfone, me pones de los nervios con tantas preguntas. Ven y punto —me espeta riéndose.

—Es normal que te pregunte si nunca me dices a dónde vamos.

Caminamos sin prisa rodeando el comedor. Justo detrás de él, hay un pequeño jardín.

—Vamos a plantar un árbol —anuncia.

—¿Aquí? —pregunto sorprendida.

—Sí, aquí —responde mientras recoge un plantón del suelo que no había visto hasta ahora

—¿Y qué tipo de árbol es?

—Un manzano.

—¿Un manzano de los que dan manzanas?

—Sí, Perséfone. Un manzano de los que dan manzanas. Como todos los manzanos —responde bromeando.

—¡Qué guay! —le digo ilusionada.

—Toma. —Me ofrece el arbolito.

—¿Y esto cómo se hace?

—Es muy sencillo. En ese hueco —dice señalando a un espacio del suelo—, cava un agujero de unos dos o tres centímetros de profundidad. Luego deja ahí el plantón, lo cubres de tierra, lo riegas un poquito y listo. Del resto se encargarán los niños que vayan pasando por el cole.

Emocionada ante la idea, sigo meticulosamente sus indicaciones.

—Ya está —le digo orgullosa.

—Ahora solo falta la *selfie* de rigor para el recuerdo, y listo —me dice mientras saca el móvil y me invita a agacharme, cerca de donde he plantado el árbol.

—Me parece perfecto —respondo mientras paso el brazo izquierdo por su hombro y levanto el pulgar con la mano derecha.

—¡Patata!

—¡Patata!

- ~~Ir en persona a la oficina para dejar el trabajo y quedarme a gusto con el estúpido de mi jefe.~~ A medias, pero conseguido.
- ~~Hacerme un tatuaje.~~
- Escribir un libro.
- ~~Alquilar una sala de cine para mí sola.~~ Y PARA AURE

- Volver a ir de viaje ~~con mis amigas~~ a Ámsterdam. ESTA VEZ CON AURE.
- ~~No volver a dejar que nadie me trate mal respondiendo con contundencia.~~
- Decirle "te quiero" a las personas que más amo.
- ~~Ser voluntaria en una ONG.~~
- ~~Plantar un árbol.~~
- Hacer feliz a alguien.
- ~~Saltar en paracaídas. CON AURE.~~
- ~~HACERME UN SEGUNDO TATUAJE CONJUNTO CON AURE.~~
- HACER UNA SESIÓN FOTOGRÁFICA, DE ESAS DE CUERDAS, CON JACO.
- ACOSTARME CON JACO.

43

DURANTE UN BUEN RATO, AURE Y YO PERMANECEMOS SENTADAS frente al platón que acabo de plantar, charlando y descansando.

—Bueno, tenemos que irnos ya —dice mientras se levanta.

—¿A dónde? ¿Tienes más cosas preparadas? Te aviso de que estoy reventada, ¿eh?

—No te preocupes, que lo tengo todo controlado —me explica.

Antes de marcharnos, volvemos a pasar dentro para despedirnos de los compañeros del comedor social, los cuales nos agradecen haberles ayudado y nos ofrecen venir cuando queramos. Yo les respondo que me es imposible por motivos personales, pero Aure se compromete a estar de nuevo aquí el sábado que viene.

—Ponte de nuevo el antifaz —dice cuando estamos subidas al coche.

—Tía, me tienes harta con el antifaz.

—Hasta que no te lo pongas, no arranco.

—Ay, señor… —le respondo mientras me lo pongo.

Tras casi cinco canciones, percibo que Aure aparca de nuevo.

—¿Me lo puedo quitar ya? —le pregunto.

—Espera. No te muevas, enseguida vuelvo.

Noto que se baja del coche, abre y cierra el maletero, y vuelve a los pocos segundos.

—Te voy a dar una cosa grande, pero no pesa mucho. —Noto un tacto acartonado—. Espera, te quito el antifaz —añade.

En mis manos tengo una caja grandota, de cartón y de color rosa, atada con un lazo rojo. En la tapa hay pegado un sobre en el que pone Perséfone junto una carita feliz dibujada.

—¿Esto qué es? —le pregunto sorprendida.

—Antes de abrir la caja, tienes que leer lo que pone en el sobre y seguir las instrucciones que te he dejado.

—¡Qué emocionante!

—Mira, ¿ves ese hotel de ahí? —dice señalándome uno que hay a pocos metros de donde nos encontramos—. Entra y di que eres Perséfone. Y luego lees la carta.

—Y ¿ya está?

—Sí, no te preocupes, que está todo preparado.

—¿Y por qué no mejor vienes tú conmigo?

—No, esto tienes que hacerlo tú sola. Venga, bájate del coche y entra en el hotel. Te veo luego.

—Bueno, vale —le digo intrigada.

Salgo del coche con cuidado para no golpear la caja con nada y, antes de comenzar a caminar, miro a Aure con una mezcla de nerviosismo y emoción. Ella me devuelve la mirada riéndose y haciéndome un movimiento con su cabeza con el que me indica que empiece a caminar. Mientras me dirijo a la entrada del hotel, agito la caja para intentar deducir qué puede guardar en su interior, pero no saco nada en claro.

Al entrar en el hotel, quedo gratamente impresionada por el exquisito gusto con el que han decorado la entrada. Da la sensación de ser un hotel de lujo.

—¡Hola! —le digo a una chica que hay en la recepción.

—Hola, ¿en qué puedo ayudarte?

—Soy Perséfone. Me han dicho que con decirte esto sería suficiente.

—¿Perséfone? Ah, sí. Dame un segundo… —dice mientras teclea en el ordenador—. Sí, aquí está. Toma, habitación cuatrocientos trece, cuarta planta —añade dándome un pequeño sobre con un par de llaves magnéticas.

—De acuerdo, muchas gracias.

Cuando entro en la habitación, quedo sorprendida por lo que tengo ante mí: parece una suite de lujo, con *jacuzzi*, una cama gigante y, mi detalle favorito, un tocador enorme lleno de luces, como los de las películas. Dejo la caja a un lado de la cama, despego el sobre con mi nombre y me tumbo a su lado.

> Querida Perséfone:
>
> ¿Cómo van esas emociones? Sé que ya llevamos hoy mucho trote y que a estas alturas estarás agotada, pero todavía no puedes descansar porque he dejado el mejor plan para el final.
>
> Según mis cálculos, estarás leyendo esto sobre las cinco y media de la tarde, así que tienes una hora, aproximadamente, para darte un buen baño relajante, porque a las seis y media irá una maquilladora profesional a dejarte guapa (más de lo que ya eres). Por último, a las siete y media debe-

rás bajar a la entrada del hotel y tomar un taxi que te estará esperando para llevarte a un sitio muy especial.

Imagino que te estarás preguntando qué hay en la caja. Pues me temo que no puedes abrirla aún. Bueno, técnicamente puedes hacer lo que quieras, pero yo no quiero que lo hagas y no creo que lo vayas a hacer. Hoy he estado tan pesada con el antifaz porque quería ponerte a prueba y saber si me harías caso y no la abrirías, y si estás leyendo esto ahora es porque la has pasado con éxito. Sigue así y confía en mí, por favor, te prometo que merecerá la pena.

Importante: la maquilladora te dará otro sobre con más instrucciones. Hasta entonces, relájate y disfruta de un buen baño relajante a mi salud.

Aure

Posdata: En la mininevera te he dejado una caja de bombones. Aunque para bombón, tú.

Después de leer la carta, comienzo a saltar sobre la cama y a reír como una loca. Me siento feliz y dichosa como no me he sentido nunca. Aure es lo más raro y maravilloso que me ha pasado en la vida. O sea, lo de hoy ha sido de película. Pero literal. ¿Cuándo ha sacado tiempo para preparar todo esto? Se lo ha currado tanto que no se me ocurre un modo de agradecérselo ni en mil vidas. De pronto, entre tanta euforia, una pregunta invade mi mente: ¿cuál será el último plan?

44

TRAS LAVARME EL PELO Y DARME UN LARGO BAÑO, SALGO DEL *jacuzzi*, me pongo un albornoz y permanezco durante un buen rato examinando la caja. Me siento muy tentada de abrirla, aunque Aure le ha puesto tanto empeño a todos los planes que me resulta imposible. Hacerlo sin su permiso sería como traicionarla, así que al final me conformo con agitarla de nuevo para intentar averiguar qué hay dentro, esta vez con más fuerza, pero con el mismo resultado.

Mientras tanto, llaman a la puerta de la habitación.

—¿Sí? —pregunto en voz alta.

—Soy Carmen, la maquilladora.

Enseguida le abro y la invito a pasar.

—Tú eres Perséfone, la amiga de Aure, ¿no?

—Sí.

—Encantada. Yo soy Carmen —me saluda mientras me da dos besos.

Mi primera impresión sobre Carmen es que es muy enérgica, por decirlo de algún modo. Tiene un tono de voz alto y parece muy desinhibida y dicharachera. Tendrá más o menos mi edad, y va vestida completamente de negro, con un maletín bastante grande y un par de lámparas portátiles.

—¡Menudo tocador de lujo tenemos! Y yo cargada hasta con las lámparas portátiles… —dice ella con mucha gracia. No sé por qué, pero, por lo poco que veo, tiene pinta de ser una loca como Aure.

Me siento frente al tocador mientras ella empieza a preparar todos los materiales.

—¿Tú y Aure sois amigas? —le pregunto.

—Sí, desde la escuela. No estamos todos los días juntas, ni mucho menos, pero mantenemos el contacto. Buenas fiestas nos hemos pegado cuando éramos quinceañeras. Teníamos a todos los niños locos —me explica risueña—. Por cierto, ella me ha dicho que te dé esto —añade tendiéndome un sobre blanco. En él aparece otra vez mi nombre y la misma carita sonriente.

Abro la carta y comienzo a leerla mientras Carmen termina los preparativos.

Hola de nuevo, Perséfone:

Antes de nada, he de decirte que te acabas de convertir en la persona a la que más cartas le he escrito en toda mi vida. ¿Qué te ha parecido Carmen? Es una de mis mejores amigas. No me había dado tiempo de hablarte antes de ella, pero te aseguro que te va a encantar, ya lo verás. Y cómo te va a dejar, te va a encantar aún más. En una artista total.

Imagino que te estará reconcomiendo la curiosidad por saber qué demonios hay en la caja. Pues me temo que aún no lo puedes abrir. Hasta que no se vaya Carmen, nada de nada. Y no te molestes en preguntarle, que ella no tiene ni idea. Ni se te ocurra hacer trampas, recuerda que te vigilo (bueno, no te voy a engañar, no te vigilo. Pero no hagas trampas, que me enfado).

Nos vemos muy pronto. Disfruta y sé feliz.

Aure

—¿Cómo te gusta maquillarte? ¿Te gustaría que te maquillase de algún modo concreto? ¿O prefieres dejarme vía libre?

—A mí, si te digo la verdad, me gusta sencillito y natural. No suelo maquillarme mucho.

—Vale, creo que ya me hago una idea de lo que quieres. De todos modos, según avancemos, te voy ofreciendo cosillas y decidimos juntas. ¿Te parece bien?

—Me parece perfecto.

Mientras permanezco en silencio y dejo trabajar a Carmen, comienzo a rayarme por el contenido de la dichosa caja. Es cierto que me ha causado curiosidad desde el minuto uno, pero tras la carta de Aure estoy comenzando a obsesionarme con ello. ¿Qué narices habrá dentro?

—Pues ya estarías, ¿qué te parece el resultado final? —me pregunta Carmen. La verdad es que el rato con ella se me ha pasado volando.

—Me veo guapísima —le digo impresionada.

—Sí, creo que le he cogido el punto a tu cara y a tu estilo. Estás monísima —responde riéndose.

Pocos minutos después, Carmen tiene todo recogido de nuevo en su maletín y se despide de mí. Imagino que Aure le ha tenido que decir algo relativo al tiempo, porque se ha ido a toda prisa, como si estorbase. En cualquier caso, cuando ya estoy sola, me dispongo por fin a abrir la caja.

Primero desato el lazo rojo que hay alrededor de ella, con cuidado. Tras eso, destapo la caja.

«¿Y esto?», pienso sorprendida.

Dentro de la caja hay otra caja, casi igual de grande. En la tapa de la nueva caja, hay otra carta.

> Querida Perséfone:
>
> ¿Has abierto la caja antes de tiempo? Si es que sí, ciérrala, rápido. Si no lo haces, explotará. Bromas aparte, si la estás abriendo antes de que yo dijera, no me jodas y ciérrala de nuevo, Perséfone.
>
> Ahora que estás abriendo la caja cuando por fin toca (eso espero), solo me queda decirte que en esta caja tienes lo que necesitas para el próximo plan. Póntelo todo y ve abajo puntual a las siete y media para coger el taxi.
>
> Te quiero.
>
> AURE

Dejo la nota a un lado y abro la caja con intriga. En ella descubro unas bragas lenceras llenas de transparencias, un sujetador a juego con las braguitas, unos preciosos tacones y un vestido elegante, pero no demasiado formal, todo de color negro.

Un par de minutos después, ya vestida, me miro al espejo.

—Guau… —me digo a mí misma al ver mi reflejo. El vestido y toda la ropa que me ha escogido Aure me sientan como un guante. Y el maquillaje de Carmen es, simplemente, sublime.

A las siete y media, puntual, aparece un taxi en la puerta del hotel. Aure está montada atrás.

—¡Ese pibonazo! —grita bajando la ventanilla.

Yo comienzo a sonreír y me acerco al taxi.

—Sube, rápido, ¡que el taxímetro no perdona!

—¿Y a dónde vamos? ¿Vamos juntas? —le pregunto al ver que ella no está arreglada como yo.

—Tienes que ponerte esto —dice ofreciéndome unas gafas—. Tienen los cristales pintados. Es que con el antifaz te destrozaría el maquillaje

—Pero ¿no se supone que era una prueba? —le pregunto harta de tener que vendarme los ojos.

—Ya, pero esta vez es la definitiva. Prometo que no te lo vas a poner más.

—Está bien —digo aceptando a regañadientes.

Al ponérmelas, no es como el antifaz, con el que no veía nada. Aquí sí que puedo ver algo por el rabillo del ojo, y por arriba y debajo de las gafas, pero muy poca cosa. Al final opto por cerrar los ojos, porque con ellos abiertos no estoy cómoda.

De repente, Aure me da la mano.

—Te va a encantar, ya lo verás —dice ella.

45

—Ya puedes quitarte las gafas —me dice Aure.

Al hacerlo, descubro que estamos frente al local de Jaco.

—No… —le digo enseguida.

—Sí —responde riéndose.

—No, no, no. No puede ser…

«¿Cómo he sido tan tonta de no imaginarme que iba a ser esto?», digo para mis adentros.

—Que sí, pesada. Venga, bájate del coche, que Jaco te está esperando.

—¿Has hablado con Jaco para que prepare una sesión de fotos atada sin preguntarme antes?

—Qué va. Es que ahora Jaco ha reconvertido el negocio y es una cafetería de esas cuquis, con magdalenas de colores y galletitas de dibujos animados. Ah, y ha llenado el local de gatos. Ahora es la gatocafetería.

—Qué tonta eres. Ya en serio, no me siento preparada para esto.

—Tampoco estabas preparada esta mañana para saltar en paracaídas y has saltado, con dos ovarios.

—No es lo mismo.

—Eso es verdad, lo del saltar al vacío desde un avión es peor, porque podía fallar algún mecanismo del paracaídas y acabar en tragedia. Pero esto…, tía, es dejar que te aten y echarte fotos. Te vas a sentir como una modelo profesional.

—Que no, Aure, que no… —le digo con el corazón a mil por hora.

—Vale, como quieras. Pero antes de aceptarte ese no como definitivo, mírate, por favor, el tatuaje y hacemos lo que quieras.

—Pero…

—Mira el tatuaje —me responde seria.

—Vale…

Una vez más, releo el *memento mori*, recuerdo cuál es mi situación, y algo en mí me dice que salga del coche, por mucho miedo y dudas que tenga.

—Un día te voy a matar, que lo sepas —le digo tras abrir la puerta del coche.

—No creo que pudieras vivir sin mí.

—Eso es verdad —respondo sonriendo mientras me bajo del vehículo.

—Disfrútalo mucho, Perséfone. Ya me contarás.

—Eso espero…

Ya de pie, frente a la puerta del local, noto que se me hace un nudo en la garganta al intentar tragar saliva.

—Venga, no te lo pienses más y entra —me anima Aure desde el taxi, que aún permanece detenido tras de mí.

—¿Y si entras conmigo? —le propongo.

—Vaya tontería. ¿Tú quieres que entre contigo? Piénsalo.

—La verdad es que no.

—Pues ya está. Venga, que me van a clavar un pastón.

—Las locuras que me haces cometer… —le digo.

Y, sin mirar atrás, llena de incertidumbre e inseguridad, con mi corazón bombeando a máxima potencia, atravieso la puerta.

46

EL SONIDO DE LA CAMPANILLA, UNA VEZ MÁS, ME PONE LOS PELOS de punta. En la recepción estoy yo sola, aunque pronto aparece Jaco.

—Ya pensaba que no ibas a venir —dice sonriendo y mirándome a los ojos.

—Es que había mucho tráfico.

—Nada, no te preocupes. ¿Qué tal? ¿Cómo estás?

—Un poco nerviosa, pero bien —respondo apartando la mirada.

—No te preocupes, son muchas cosas nuevas y es normal. ¿Ya te ha contado Aure lo que hemos preparado?

—Sí, más o menos.

—Genial. Antes de iniciar una sesión, me gusta que nos sentemos durante un rato para charlar, explicarte qué es lo que vamos a hacer y resolver todas las dudas que puedas tener.

—Vale, perfecto —le respondo algo más tranquila.

—¿Quieres agua o un café?

—Agua está bien.

—Genial, enseguida vengo. Toma asiento y enseguida estoy contigo —me dice señalándome uno de los dos sillones que hay en una esquina.

Pocos instantes después, vuelve con dos botellitas de agua.

—Aquí tienes, Perséfone. Si te parece bien, te explico un poco lo que tengo en mente y me das tus impresiones. Y, si en algún momento quieres cortarme para preguntarme algo, hazlo.

—Perfecto.

—Como sé que eres nueva en esto, no voy a agobiarte con nombres de nudos, técnicas de amarre ni nada por el estilo. Tu amiga Aure quería que te colgase del techo, como en la foto que te quedaste mirando el otro día. En mi opinión, eso es para modelos más avanzadas, que ya tienen experiencia en esto y saben cómo reacciona su piel al tacto de la cuerda y a la fuerza de la gravedad sobre su cuerpo, entonces yo te aconsejo empezar por algo sencillo, pero no deja de ser vistoso, elegante y sensual. Y ya, si le pillases el gusto, en próximas sesiones podríamos ir subiendo de nivel.

—Sí, yo pienso como tú.

—Imagino que te preguntarás cómo va a ser la sesión. Es muy simple. Te quedas con la ropa que quieras. En este aspecto decides tú al cien por cien. Mi consejo es que te quedes en ropa interior de color negro, porque es elegante, sencillo y nos favorece a todos, en especial si dejamos las fotos en blanco y negro. Pero vaya, que, si quieres estar vestida de calle en la sesión, doy libertad total, como es obvio. ¿Esto lo traes ya decidido?

—Sí, había pensado quedarme en ropa interior de color negro. Voy ya preparada debajo del vestido.

«No se te escapa una, Aure», pienso.

—Perfecto. Antes de iniciar la sesión, nos arrodillaremos sobre las colchonetas que tengo en el suelo del estudio y haremos algunos ejercicios de respiración que nos ayuden a relajarnos y a conectar. A partir de ahí, comenzaré a atarte del modo que ambos acordemos, con cuidado para no hacerte ningún daño y dándole prioridad siempre al *feedback* que me des sobre tus emociones y cómo te sientes en cada momento. Hasta aquí todo claro, ¿no?

—Sí.

—Una vez termine de atarte, comenzaremos con la sesión fotográfica. Durante la sesión, jugaremos con la luz, los ángulos y las posturas. También aprovecharé el amarre principal para hacer ligeras variaciones. Por ejemplo, con las piernas atadas y sin atar, o de pie y sentada. Te iré proponiendo cosas todo el rato para que lo puedas evaluar en función de lo cómoda que te sientas y de si te gustan o no mis ideas. También aprovecharemos el amarre que escojas para hacer variaciones y que las fotos puedan ser diferentes entre sí. Todo esto con comunicación fluida entre ambos y contando siempre con tu opinión. ¿Cómo lo ves?

—En principio me suena genial.

—Otro aspecto importante es la palabra de seguridad. Si por lo que sea quieres que paremos, simplemente di la palabra «rojo», y yo te libero a toda leche cortando todas las cuerdas con unas tijeras. Insisto una vez más en que vamos a estar todo el rato hablando e intercambiando sensaciones, pero no olvides la palabra «rojo». Es importante —me explica mirándome serio.

—Rojo. De acuerdo.

—Ya poco más. Te voy a enseñar a través de fotos los amarres que te quiero proponer, y nos ponemos manos a la obra.

—De acuerdo.

Tras esto, se levanta para coger un archivador, parecido al que me enseñó cuando estaba decidiendo qué tatuaje hacerme, solo que, en lugar de fotos de tatuajes, aparecen fotos de chicas atadas.

—¿Qué fin tienes en mente con las fotos? —me pregunta Jaco mientras hojeamos las páginas del archivador.

Antes de responder a su pregunta, sintiéndome abrumada por lo que estoy a punto de hacer, miro de nuevo el tatuaje de *memento mori.* Una vez más, noto su fuerza invadiendo todo mi cuerpo y llenándolo de decisión y valentía.

—Mi fin es quitarle el sitio a la foto que tienes colgada ahí y que me contaste que era tu favorita —le respondo mirándole a los ojos con decisión.

—Eso no solo depende de ti, también importa mucho lo acertado que esté yo como *rigger* y como fotógrafo.

—Pues intentémoslo juntos —respondo mientras me levanto y me dirijo hacia la habitación donde está el estudio de fotografía.

—Pero aún no hemos decidido los amarres.

—Da igual, confío en ti —le digo apoyada en el marco de la puerta.

Tras decir esto, entro en el estudio, me bajo los tirantes del vestido del hombro y lo dejo caer, quedándome en tacones y ropa interior.

47

—VAYA. TE VEO DECIDIDA —DICE JACO TRAS ENTRAR EN EL estudio de fotografía y descubrirme en ropa interior.

Por un instante, noto que me echa un vistazo de arriba abajo que es más del Jaco personal que del Jaco *rigger*. Y ese pequeño vistazo me hace sentir sexy y deseada.

—No te voy a engañar, Jaco. Ahora mismo estoy llena de inseguridad. Pero el *memento mori* me ha traído hasta aquí —le digo sonriendo mientras le miro a los ojos.

—Es lo que tienen los superpoderes. Que nos llevan a hacer cosas que nunca imaginaríamos —responde sosteniéndome la mirada.

Permanecemos así durante uno o dos segundos, suficientes para que todo mi cuerpo se excite y se me ponga la carne de gallina. Al final, acaba siendo él el que deja de mirar primero.

—Ponte de rodillas sobre la colchoneta. Y quítate los tacones —me indica con un tono autoritario mientras se gira y comienza a hurgar en un armario.

—De acuerdo —le respondo con las emociones a flor de piel.

—Más adelante puede ser interesante que usemos los tacones para alguna foto, pero ahora mismo son peligrosos por si te caes o pierdes el equilibro —explica desde el fondo de la sala mientras sigue rebuscando.

Yo permanezco sobre la colchoneta, de rodillas, esperando a que acabe con los preparativos. De pronto, me siento vulnerable, me lleno de inseguridad y comienzo a taparme el pecho cogiéndome los brazos con la mano contraria. Después me miro las braguitas y comienzo a rayarme porque son demasiado transparentes, aunque en la zona más íntima, por suerte, se vuelven opacas.

«Sí, definitivamente lo tenías todo pensado», cabrona, me digo pensando en Aure.

Varios focos se iluminan a la vez, dejándome un poco cegada y sacándome de mi ensimismamiento.

—¿Cómo vas? —me pregunta Jaco cerrando la puerta de un armario.

—Bien.

—¿Tienes frío o algo?

—No, no te preocupes.

—De acuerdo. Cualquier cosa que necesites, lo que sea, me vas diciendo. Lo más importante para mí es que estés cómoda y a gusto conmigo —me explica al tiempo que se coloca de rodillas a mi lado con una cuerda enrollada en la mano.

—Gracias —le digo con la timidez que me provoca estar a su lado casi sin ropa.

—Mira, este es el tipo de cuerda que voy a usar para atarte. Cógela. Con esta cuerda, en concreto, voy a atarte el tren superior. Después, en función de cómo te sientas y de lo que prefieras, usaré una o dos más para tus piernas.

Mientras Jaco me explica, acaricio la cuerda y mi imaginación comienza a volar y me veo completamente inmovilizada con ella.

—No sé cómo me he metido aquí. Quiero hacerlo, pero ahora mismo me muero de vergüenza, de miedo y de todo. Tengo la cabeza que es un festival de emociones —le confieso a Jaco.

—Ey, no pasa nada. Recuerda que puedes usar cuando quieras la palabra de seguridad y paramos de inmediato. Piensa que esto es como lo del tatuaje, que te daba miedo y al final te hiciste dos en tres días. Es parecido, solo que más caro —bromea—. Ya en serio, Perséfone, paramos cuando quieras, no te preocupes. Sé que uno se siente muy vulnerable cuando está inmovilizado frente a otra persona, precisamente por eso, mi responsabilidad es que tú estés bien, a gusto y segura en todo momento. Y te aseguro que en eso soy el mejor. Así que, si me das tu visto bueno, nos ponemos ya con los ejercicios de respiración.

—De acuerdo, Jaco. Vamos con ello, venga.

—Perfecto. Empezamos de rodillas, con el trasero apoyado sobre los talones y los brazos relajados sobre por tus piernas —me explica él.

Yo asiento imitando la postura.

—Ahora necesito que cierres los ojos para comenzar los ejercicios de respiración.

—Ya estamos con lo de cerrar los ojos… —susurro pensando en el antifaz de Aure.

—¿Cómo? —pregunta Jaco sorprendido.

—Nada, cosas mías. Perdona —le respondo siguiendo sus indicaciones.

—Bien. Vamos a inspirar lentamente. Y, ahora, expiramos. Inspiramos. Expiramos.

Permanecemos haciendo este ejercicio durante un par de minutos.

—Ahora, Perséfone, sigue sin abrir los ojos. Te voy a ayudar a que te familiarices con el tacto de la cuerda: la voy a pasar con suavidad por tus brazos, parte superior del pecho, cuello y cara, ¿de acuerdo?

Yo asiento sin decir nada.

De pronto, percibo el tacto áspero de la cuerda sobre mi mano derecha, siento como sube lentamente por el brazo, para continuar su camino por la parte superior de mi pecho y, luego, descender por el brazo contrario. La cuerda hace un par de veces este recorrido, con un ritmo errático e irregular que, más que relajarme, me está poniendo a mil. En una de las veces que la cuerda alcanza mi pecho, comienza a escalar por mi cuello hasta acabar en una de las mejillas, volviendo al cuello para después terminar en mi otra mejilla. Seguimos con este ejercicio durante unos cuantos segundos más.

—Con este ejercicio conseguimos que tomes consciencia de tu cuerpo. Ahora voy a pasar la cuerda por tu espalda, ¿te parece bien?

De nuevo, sin decir nada y sin abrir los ojos, asiento.

Siento un leve cosquilleo cuando noto el tacto áspero de la cuerda en la parte superior de mi espalda, que se intensifica según va bajando, lo que hace que la postura de mi cuerpo se incline ligeramente hacia delante. La cuerda hace este recorrido un par de veces, para después volver a mis brazos y cuello.

—Ya puedes abrir los ojos.

Al abrirlos, me deslumbran los focos.

—¿Cómo estás? —me pregunta con una sonrisa.

—Relajada y no relajada al mismo tiempo —contesto sonriéndole.

—¿Y eso cómo es?

—El roce de la cuerda y los ojos cerrados… Digamos que despierta los sentidos.

—Ah, ya. Bueno, digamos que el *shibari* despierta muchos sentidos. Ya lo verás —me dice mirándome a los ojos.

—Ya lo estoy viendo… —le respondo haciendo un esfuerzo titánico por ganarle la batalla a mi vergüenza y aguantarle la mirada.

—Bueno, voy a empezar ya con los amarres, dibujando una estrella en tu pecho. Es un amarre sencillo, pero muy estético. Además, con él no te ato aún los brazos, así que es ideal para iniciarte y que experimentes sensaciones sin dejar de sentirte libre. Por cierto, antes de empezar, voy a poner algo de música ambiental —me explica mientras se levanta.

—Genial.

Instantes después, Jaco vuelve y se coloca detrás de mí, conmigo mirando al frente y con la habitación sumida en un ambiente que me resulta extremadamente sensual, potenciado por la situación, por la poca ropa que llevo y por la música que acaba de poner, suena como de ascensor, pero sexy. No sé muy bien cómo describir esta extraña combinación musical de géneros.

Mientras le doy vueltas a todo, Jaco me pasa una cuerda doblada en dos alrededor de la cintura y hace el primer nudo en la parte baja de mi espalda. Después la cuerda sube por la espalda y se acomoda en el hombro izquierdo, haciéndome notar una leve rigidez que estremece mi cuerpo. Luego la cuerda baja entre mis pechos y provoca, con su roce, que dé un leve respingo al mismo tiempo que mi respiración se acelera. Al final, mete la cuerda por debajo del tramo que ya rodea mi cintura, muy cerca de mi ombligo, para después subir de nuevo entre mis pechos hasta alcanzar el otro hombro y desembocar de nuevo en la espalda, lo que hace que las cuerdas se tersen y tomen la forma de un sujetador improvisado que abraza mi pecho tanto por la parte inferior como por la interior. Ahora, la cuerda vuelve a partir de mi espalda, que funciona como su cuartel general, para cruzar por la parte superior del pecho y regresar al punto de partida. Ahora sí que siento que la cuerda es como un sujetador, pues me abraza y realza por completo. Sin darme tregua, realiza un nuevo ataque, sube por una axila hasta rodearme la nuca y el cuello, después baja por la axila contraria hasta desembocar, por última vez, en la espalda.

—Pues ya estaría esto —dice Jaco dando por terminada su conquista.

—¿Ya? —pregunto sorprendida.

—Sí. Mira —me dice levantándose y cogiendo un espejo de tamaño mediano.

—Dios… —exclamo sorprendida. Las cuerdas dibujan una estrella perfecta de cinco puntas sobre mi cuerpo, aprovechando la forma de mis pechos. Los cuales, por cierto, se ven preciosos.

—Valga de antemano que esto te lo digo profesionalmente, Perséfone, pero tienes un cuerpazo y van a salir unas fotazas, como puedes ver.

Tras el comentario, me ruborizo.

—¿Sólo profesionalmente? —le digo.

—Te miro y veo un cojín, ya te lo dije —me responde riéndose—. ¿Seguimos?

—Sí, claro —le respondo más relajada, viendo que esto no es tan aparatoso como me imaginaba. Eso sí, cada vez estoy más excitada por el roce de la cuerda, por escuchar la respiración de Jaco en mi espalda, por el tacto de sus dedos en mi piel, por el comentario que me acaba de hacer y por la situación en general.

48

—AHORA VOY A ATARTE LAS MANOS POR DETRÁS. LO VOY A HAcer con cuidado de no rozarte las zonas de los tatuajes, que aún estarán sensibles. Sobre todo, la del de ayer.

—Vale.

Según me dice esto, trago saliva. Ahora sí que voy a estar indefensa ante él.

De pronto, noto que me coge con cuidado por las muñecas y que me junta los brazos a la altura de la cintura. Instantes después, comienza a atármelas.

—Cuando acabe este amarre, lo uniré al de tu espalda, de modo que apenas podrás mover tus brazos. Si aprieto demasiado o estás en una postura incómoda, avísame —me explica mientras lo hace.

—Por ahora estoy bien.

—Genial.

Ambos permanecemos en silencio. Jaco parece concentrado en su tarea, por lo que prefiero no molestar. Mientras tanto, el continuo roce de sus dedos por mi piel me está haciendo estragos.

—Esto también estaría ya. Prueba a mover los brazos —me dice poniéndose a mi lado.

Siguiendo sus indicaciones, trato de hacerlo, y descubro que, de cintura para arriba, estoy completamente inmovilizada.

—No puedo. Es como si llevara una camisa de fuerza, solo que con los brazos en la espalda —le digo mientras lo intento.

—Vale. Y ¿cómo te sientes? ¿Estás cómoda?

Y ¿cómo me siento? Me siento todo a la vez. Me siento vulnerable, extraña, excitada, sexy, indefensa y con ganas de que me suelte y de que me siga atando, al mismo tiempo.

—Son muchas cosas… —respondo a modo de resumen mientras sigo forcejeando con las cuerdas, sin éxito. Lo de intentar soltarme y no conseguirlo tiene un algo que me pone, y mucho.

—Pero ¿buenas? —pregunta preocupado.

—Sí, sí. Buenas. Digamos que son muchas emociones nuevas para mí.

—¿Quieres continuar entonces?

Esta pregunta me recuerda a cuando Luca me ató al cabecero de la cama y no paraba de preguntarme, lo que me enfada un poco. Que sí, que se me verá insegura, pero aquí estoy.

—Me dijiste que había una palabra de seguridad, ¿no? —le pregunto desafiante.

—Sí, rojo.

—Pues mientras que yo no te la diga o te indique lo contrario, tú no te preocupes y sigue adelante. Sé que lo haces por mí, pero, de verdad, estoy bien y lo estoy disfrutando.

—Es mi trabajo, Perséfone —me responde.

—Lo sé, Jaco. Y por eso estoy aquí, atada y casi desnuda. Por eso y porque confío plenamente en ti y en tus habilidades. Así que tú confía también en mí y en que, si algo no me gusta, me molesta o me hace daño, te lo voy a decir al momento. Que me preguntes a todas horas si estoy bien, me hace sentir que me ves como si no tuviera personalidad para decirte que algo no me gusta. Del mismo modo que me pides confianza, dámela tú también, ¿vale?

—De acuerdo, Perséfone. Perdona si parecía que no confiaba en ti, es que, al ser primeriza, quiero ir despacio y tenerlo todo controlado...

—Por ahora lo estás haciendo genial, así que no te preocupes tanto y deja que fluya —le digo con una sonrisa cómplice.

—Vale. Lo mismo te digo —responde devolviéndome esa sonrisa.

Tras esta breve conversación, comenzamos con las primeras fotos. Me las hace de frente, de lado, de espaldas, arrodillada, sentada en el suelo... Todo esto con un continuo cambio de luces y jugando incluso con mi propia sombra. Después de cada foto, Jaco siempre me da alguna orden sobre cómo mirar, si abrir o cerrar los ojos, cambiar algo de mi postura... Si Jaco es bueno atando, parece aún mejor como fotógrafo. Me está haciendo sentir una *top model*. Durante los cambios de postura, hay ocasiones en las que él me coge y me mueve con sus fuertes brazos tatuados, como si no le costase ningún esfuerzo. En esos momentos, mi imaginación vuela potenciada por el tacto áspero de la cuerda, la fuerza de sus manos y la situación de indefensión en la que me encuentro.

—Ya tengo suficientes fotos así. Vamos a subir de nivel, ¿ok?

—De acuerdo.

—Ahora te voy a atar las piernas. Puedo atártelas por separado, cada una con una cuerda, o hacerlo juntas y con una solo. ¿Qué prefieres?

—No sé... Lo que prefieras y pienses que va a quedar mejor para las fotos.

—Vale… —responde pensativo—. Si te parece bien, por ahora, te las voy a atar juntas y con una sola cuerda, y ya vemos.

Asiento.

Jaco comienza a atarme las piernas desde los tobillos hasta llegar casi a la cintura. Las cuerdas se enredan una y otra vez sobre ellas, inmovilizándome con la misma eficacia con la que me ha atado el tren superior. Cuando termina, las piernas están unidas con tal firmeza que me siento como una sirena.

Iniciamos otra minisesión de fotos en la que jugamos con todas las posturas posibles y en la que Jaco ordena y yo obedezco. Con cada minuto que paso atada frente él, mi excitación crece más y más. Cuando termina de hacerme fotos, acordamos que me va a desatar las piernas para hacerme más fotos de pie. Mientras lo hace, permanecemos callados. Él deshaciendo los nudos, con maestría y destreza; yo observándole impresionada, pensando en lo extremadamente atractivo que me parece cuando está tan serio y concentrado.

—Te voy a poner de pie, ¿vale? Cuando lo haga, intenta apoyar tu cuerpo sobre el mío hasta que te sientas con equilibrio.

—Vale.

Me coge por los hombros y, de nuevo, como si no pesase nada, me levanta. De pronto soy consciente de que tengo los brazos atados y siento algo de miedo a caerme, aunque estén las colchonetas, así que sigo sus indicaciones y apoyo mi pecho sobre él. Durante unos instantes, los cuerpos de ambos están unidos, lo que hace que se me erice la piel. Jaco, mientras tanto, me coge por los hombros y me ayuda a recuperar el equilibrio, separando nuestros cuerpos.

—¿Ya? —pregunta.

—Sí —contesto sonrojada.

—Vale. Aguanta así un segundo, te voy a amarrar a la anilla, para que no te caigas en caso de perder el equilibrio.

Un par de minutos después, hay una cuerda que conecta la anilla con el nudo principal de mi espalda.

—Ya no puedes caerte ni aunque te desplomes —me dice Jaco para tranquilizarme.

—Ni tampoco puedo salir corriendo —respondo en tono de broma.

—Eso es. Ni caerte ni huir —asiente riéndose—. Voy a aprovechar esta postura para hacerte algunas fotos.

De nuevo la sala se llena de flashes durante un par de minutos. Ahora también entra en juego mi trasero, que es una de las partes de mi cuerpo de la que más orgullosa estoy.

—¿Eres zurda o diestra? —me pregunta.

—Diestra. ¿Por qué?

—Si te parece bien, te voy a atar la pierna izquierda contra tu muslo para algunas fotos más, de modo que mantendrías el equilibrio con tu pierna buena y con el amarre a la anilla en el techo. Que no te vas a caer, vaya.

—Vale, me parece bien —le respondo deseosa de dejarle hacer.

—Genial. Mira, necesito que te lleves el talón al trasero —me indica mientras me coge del tobillo y me acompaña durante todo el movimiento.

Entonces, Jaco se coloca detrás de mí y comienza a enrollar la cuerda en el muslo y la pierna. Mientras lo hace, noto su respiración en la nuca, no puedo evitar morderme el labio y siento un leve cosquilleo.

De pronto me suelta, me cuesta un poco mantener el equilibrio al estar con una sola pierna libre, aunque no llego a caerme gracias al anillo del techo.

—¿Cómo vas? ¿Aguantas el equilibrio? —me responde riéndose un poco.

—Sí. Me está costando un poco, pero sí, ya le estoy pillando el tranquillo.

Una vez más, la sala se llena de flashes mientras me da indicaciones sobre cómo debo colocar la espalda, la cabeza, la mirada… Las pocas partes de mi cuerpo de las que aún tengo el control, vaya.

—Pues ya estaría. En principio hemos hecho todas las fotos que tenía en mente, salvo que quieras algunas en concreto.

—¿Te gustan cómo están quedando? Tengo mucha curiosidad por verlas.

—Sí, están genial —me responde mientras me enseña unas pocas a través de la pequeña pantalla de su cámara.

—¿Alguna de ellas te gusta como para que corone la recepción de tu entrada?

—Pues… —responde mientras retira la cámara de mi vista y comienza a verlas por su lado.

—No, ¿verdad? Puedes ser sincero, Jaco —le digo mirándole a los ojos.

—Es que tu sesión ha sido muy simple y de iniciación. No quería abrumarte.

—Hagámoslo más avanzado —propongo.

—¿Cómo? —pregunta sorprendido.

—¿Qué podemos hacer para que sea más avanzado?

—Lo tenemos un poco complicado. Al final no puedes estar atada más de media hora, porque puede ser malo para la circulación. Y más si es tu primera vez, entonces por la hora vamos un poco justos de tiempo.

—Yo estoy bien.

—Ya, pero eso no tiene nada que ver. Lo de la media hora es

importante para asegurarnos de que tu salud no corre ningún peligro.

—Pues hazme fotos desnuda entonces.

—¿Cómo? —pregunta sorprendido.

—A mí no me importa. De hecho, me gustaría probar.

—Podemos probar… —me responde no muy convencido.

—Sí, sí. Sin problema. Si puedes, quítame tú el sujetador. Y si no, córtalo con las tijeras. Da igual si se rompe.

—Pero… ¿estás segura?

—Claro que estoy segura, te lo estoy proponiendo yo. ¿O es que te dan miedo las chicas desnudas? —le pregunto picándole.

—Más que los ajos a los vampiros —responde—. Si quieres, te desato los brazos y así te puedes quitar el sujetador sin necesidad de romperlo.

—No te preocupes, así ganamos tiempo y me puedes hacer fotos con esta postura y como estimes. De verdad.

—Bueno, como prefieras —dice mientras coge las tijeras y se coloca tras de mí—. ¿Estás segura? —pregunta una vez más.

—Segurísima.

Tras responderle, noto que desabrocha mi sujetador por la parte de atrás, lo que provoca que mi corazón se acelere. Después corta ambos tirantes a la altura de mis hombros. Luego se pone frente a mí y tira con cuidado del sujetador, que escapa con facilidad entre las cuerdas.

Conforme sale el sujetador, me invade una ola de calor y excitación que rápidamente se expande por todo mi cuerpo. Sentirme tan desnuda frente a Jaco es una de las cosas que más vibraciones sexuales me ha transmitido de toda mi vida. Me miro los pechos, y los veo firmes y realzados gracias a las cuerdas, las cuales se ciñen ahora sobre ellos con más fuerza.

—Te voy a hacer una foto para que te veas —dice Jaco.

Con tantas emociones, no he estado atenta a su reacción o a si me miraba.

Tras el primer flash, instintivamente me muerdo el labio.

—Me gusta ese gesto. Sigue así.

Luego le sigue otro flash y otro más. Y otro y otro… Jaco ordena poses y yo obedezco. No sé bien qué ha pasado, pero ahora lo noto más agresivo con las fotos. Como si antes fuese un juego para él y ahora estuviese más motivado.

—Mira —dice enseñándome algunas fotos.

—Estoy increíble.

—Estás increíble —confirma.

—¿Alguna de estas fotos te sirve para desbancar a la dichosa foto?

Jaco niega con la cabeza.

—Vale. ¿Qué más podemos hacer? —pregunto motivada.

—Déjame pensar… —musita mientras me mira fijamente todo el cuerpo.

En un primer instante, me ruborizo ante esa mirada. Pero de pronto me doy cuenta de que no me mira a mí, sino a las cuerdas. De hecho, siento que es como si él no estuviera ahora conmigo, sino en su propio mundo. Es raro, pero sé, con total seguridad, que no hay deseo en la forma en que me mira.

—Podemos jugar con la escenografía e intentar contar algo a través de la foto —propone saliendo de su ensimismamiento.

—¿A qué te refieres?

—He tenido una idea para una fotaza —anuncia con una sonrisa en la boca.

—¿Qué idea? —pregunto con curiosidad.

—Vamos a hacer una foto homenajeando al *memento mori*.

—Me parece espectacular —le respondo ilusionada.

Varios minutos después estoy tumbada en el suelo, bocarriba, con la pierna derecha amarrada al anillo del techo, de modo que permanece vertical y tira de mí, obligándome a levantar la parte baja de mi espalda. La rodilla izquierda sigue atada contra el muslo, haciendo que ambas piernas dibujen un ángulo de noventa grados. Los brazos ahora no los tengo atados a mi espalda, sino a la altura del cuello, de forma que de frente se ven mis dos tatuajes.

—Vale. Ahora que ya estás lista, los detalles.

Jaco pone a mi lado un reloj de arena casi vacío y coloca un pequeño foco alumbrando al reloj, así su sombra se ve muy alargada en el fondo.

—Voy a empezar ya. Necesito que muerdas las cuerdas que unen tu cuello y tus manos, como si te quisieras soltar y te fuese la vida en ello. Pero, al mismo tiempo, necesito que se te vea sensual.

—Lo pillo —le digo mientras sigo tus instrucciones.

Jaco toma varias fotos. Después, comienza a mirarlas en la cámara y detecto que frunce el ceño.

—No me gusta cómo queda el detalle de que muerdas la cuerda. Tienes la postura demasiado forzada y hace que no se vean bien tus tatuajes.

—¿Y si no la muerdo?

—Es que la gracia de la foto, para mí, es que la muerdas, simbolizando que peleas y que no puedes ganar. Si no la muerdes, pareces rendida.

—Ya...

—Te puedo hacer una mordaza improvisada con una cuerda —sugiere.

—¿Cómo? —le pregunto poco convencida.

—Mira, espera.

Jaco coge dos cuerdas pequeñas, una marrón y otra negra, y se lía a hacer nudos con ellas a toda velocidad.

—Esto te lo pondría en la boca, atado en la nuca. Creo que quedaría mejor. ¿Cómo lo ves? ¿Te animas? Sería ponértela, disparar unas fotos y quitártela. Dos minutos, como mucho —dice enseñándomela.

Comienzo a mirarlo con detalle. Ha unido las dos cuerdas como si fueran un lazo. La marrón hace de base, y ha enrollado la negra sobre una parte de la marrón, que imagino que es lo que iría a mi boca al ser el trozo más gordito.

—Por mí no hay problema. Ya de perdidos al río —le digo.

—Perfecto —responde mientras se acerca a mí—. Abre un poco la boca —añade mientras pone la parte negra frente a mi rosto.

Sigo sus indicaciones, y él la introduce en mi boca al mismo tiempo que me la ciñe por la parte de la nuca.

—¿Estás cómoda?

—Zhi… —Es lo más parecido a un «sí» que me sale.

—¿Aguantas así un par de minutos?

—Zhi.

—Vale, voy a ello. Muérdela y pon cara de mitad enfadada mitad sensual, como antes.

—Za-quer-do. —Es mi intento por decir «de acuerdo».

Jaco comienza a tirar las fotos mientras yo sigo sus indicaciones. Para mi sorpresa, no paro de babear por culpa de la mordaza, imagino que es porque la cuerda me obliga a mantenerla la boca abierta en todo momento. Comienzo a sentir vergüenza y me pongo nerviosa por no poder controlar mi saliva.

—Ahora me gustan más. Bastante más —dice Jaco—. Mira —añade mientras me acerca la cámara.

—Zan-gais —digo tratando de decir «están guais».

—Espera, que te la quito ya —me dice Jaco.

Según lo hace, un reguero de saliva escapa de mi boca.

—Perdón… —respondo avergonzada.

—No te preocupes. Siempre lavo las colchonetas después de una sesión, así que las puedes ensuciar todo lo que quieras —responde riéndose.

—Mejor.

—¿Qué te parecen están últimas fotos? —me pregunta mientras me las vuelve a enseñar.

Aunque se vean en pequeño, esta vez las fotos me gustan más. Me encanta lo bonitos que se me ven los tatuajes, los labios mordiendo la cuerda, los pechos ensalzados por las cuerdas, las piernas por el aire. Entiendo por qué las anteriores fotos no le convencían a Jaco y ahora sí.

—Esta foto sí que es digna, ¿no? —pregunto orgullosa.

—Sí, está foto puede que sí. Creo que cuando la retoque en el ordenador, va a quedar de diez.

—Estoy deseando ver ese resultado.

—Por cierto, se nos ha ido un poco la hora y te tengo que desatar ya.

—Sí, claro, sin problema. Yo me puedo ir ya con la misión cumplida, ¿no? —le digo sonriente.

—Creo que sí, Perséfone. Creo que sí… —responde mientras le echa otro vistazo a la foto.

Jaco comienza a desatarme y, mientras tanto, charlamos sobre la sesión, las fotos e intercambiamos las impresiones de ambos. De pronto, me siento liberada. No solo por las cuerdas, como es obvio, sino en el plano mental y emocional. Al final he vuelto a ser valiente para salir de mi zona de confort y el resultado ha sido ganar autoestima, amor propio y verme sexy y sensual ante una cámara, como seguro que se sentía la tal Carolina, la modelo amiga de Jaco. Aquel día que la vi, me pareció un pibón. Una mujer diez. Ahora me siento a su altura. Además, he disfrutado un montón de la experiencia, aunque he de admitir que tengo un calentón encima… Hacer esto con una persona con la que tengas un vínculo sexual tiene que ser algo brutal. Y eso me lleva a pensar en Jaco. ¿De verdad me veía como un cojín? Es cierto que, salvo cuando he entrado antes que él en el estudio y le he esperado en ropa interior, no he vuelto a notar en ningún momento que me mirase con deseo o impresionado. Quizá está harto de ver a chicas guapas desnudas. Pensar esto me tranquiliza un poco, aunque todo pueden ser suposiciones mías y es, simplemente, que no le atraigo. Porque, por muy profesional que seas, si estás ante una persona que te gusta, deberías de ponerte un poco nervioso o perder la compostura en algún momento, ¿no?

—Toma, aquí tienes una toalla para taparte —me ofrece en cuanto termina de desatarme.

—Muchas gracias —respondo tapándome con ella.

De pronto, un aire de timidez ha invadido el ambiente en la habitación.

—Voy a salir para que puedas cambiarte tranquila.

—De acuerdo, gracias.

En cuanto sale, me enfundo de nuevo el vestido. Se nota que no llevo sujetador, pero al no ser muy escotado, no me supone ningún problema. Luego me miro en el espejo para confirmar que estoy perfecta y salgo hacia la recepción, donde se encuentra Jaco haciendo algo en el ordenador.

—¿Te apetece cenar? —le digo de pronto. Tras haber estado

completamente atada y semidesnuda ante él, esto me sale solo, como si se lo propusiese a Aure.

—Pues… —Percibo que me rehúye la mirada mientras piensa una respuesta.

—Venga, que nos lo merecemos.

—Es que tengo que recoger todo esto.

—Ya lo recogerás mañana, que es domingo. Va, date un capricho por un día —le digo sonriendo.

Jaco me mira fijamente. Su mirada no es como cuando estábamos en la sesión, sino como si se estuviera resistiendo ante una tentación.

—Yo ahora no me puedo ir a casa sola. Necesito alguien con quien hablar sobre lo de la sesión y sacar todo lo que llevo dentro. Y aquí solo estás tú…, así que… —añado risueña.

Jaco permanece mirándome sin decir nada.

—Está bien. Dame unos minutos, cierro y vamos a algún sitio que haya por aquí cerca.

—Me parece perfecto. Te espero fuera y me fumo un cigarrillo mientras —respondo satisfecha.

- ~~Ir en persona a la oficina para dejar el trabajo y quedarme a gusto con el estúpido de mi jefe.~~ A medias, pero conseguido.
- ~~Hacerme un tatuaje.~~
- Escribir un libro.
- ~~Alquilar una sala de cine para mí sola.~~ ~~Y PARA AURE.~~
- Volver a ir de viaje ~~con mis amigas~~ a Ámsterdam. ESTA VEZ CON AURE.
- ~~No volver a dejar que nadie me trate mal respondiendo con contundencia.~~

- Decirle "te quiero" a las personas que más amo.
- ~~Ser voluntaria en una ONG.~~
- ~~Plantar un árbol.~~
- Hacer feliz a alguien.
- ~~Saltar en paracaídas. CON AURE.~~
- ~~HACERME UN SEGUNDO TATUAJE CONJUNTO CON AURE.~~
- ~~HACER UNA SESIÓN FOTOGRÁFICA, DE ESAS DE CUERDAS, CON JACO.~~
- ACOSTARME CON JACO.

49

—Ya estoy listo —dice Jaco al reunirse conmigo en la calle, mientras termina de cerrar la puerta de su local.

—¿Dónde podemos ir? —le pregunto mientras tiro la colilla al suelo.

—¿Qué te apetece?

—Por apetecerme… me apetece una hamburguesa.

—Me parece una buena decisión. ¿Quieres que pillemos unas hamburguesas y nos las comamos en mi coche escuchando música y filosofando sobre la vida?

—Me suena de diez, Jaco.

—Pues no se hable más. Lo tengo aparcado ahí a la vuelta —me dice mientras comienza a caminar.

Mientras nos dirigimos al coche, sigo dándole vueltas a mi teoría de que Jaco es uno cuando trabaja y otro muy diferente en su vida personal. Cuando está trabajando se le ve decidido, echado para adelante y confiado. Como si fuese una máquina, por decirlo de algún modo. En cambio, en el trato personal lo veo más callado y tímido, aunque lo compensa con un carácter muy bromista.

—Pues este es mi coche —dice señalándome un elegante Mercedes de color negro.

—No te pega este coche —le digo riéndome.

—¿Por qué no?

—No sé. Yo pensaba que tendrías un coche más de tipo duro, como los de *A todo gas*, o algo así. Este coche es demasiado formal para ti.

—Formal no sé, pero le sienta como un guante a mi elegancia —bromea.

Al subirme, descubro que tiene el coche impoluto y con un olor muy agradable, igual que su local. Se nota que Jaco es un amante de la limpieza. Tras arrancarlo, comienza a sonar *La vereda de la puerta de atrás*, de Extremoduro.

—Tienes buen gusto musical —digo.

—Veo que lo tenemos los dos —responde mientras me ofrece chocar las palmas.

De camino a la hamburguesería, no paramos de hablar sobre cosas triviales y divertidas. Hemos rebajado toda la tensión que había en su local y comienzo a sentirme muy a gusto con su compañía. Muchísimo.

—Por cierto, que sepas que no paro de darle vueltas a lo mucho que me sorprendiste cuando descubrí que conocías el mito que hay detrás de mi nombre —le confieso mientras hacemos cola en el coche para recoger nuestro pedido.

—Ya sabes, uno que es un tipo culto y que sabe de todo —responde vacilante.

—No puede ser que sepas de todo —replico desafiante.

—Te sorprendería la cantidad de datos que guardo en mi cabeza. Sobre todo, inútiles.

—Que no, Jaco. No vayas de fantasma.

—Te propongo algo. Pregúntame lo que quieras. Si lo acierto, pagas tú la cena. Si no, la pago yo —me reta ofreciéndome la mano derecha para estrecharla.

—Trato hecho —le respondo mientras le estrecho la mano—. Dime el nombre de las cinco Spice Girls —le pregunto segura de que no se los va a saber.

—La pija, la deportis…

—No, no, no… Los nombres —le corto al ver que por aquí puedo hacer sangre.

—Pues…

—Te he pillado, pero bien —respondo triunfal tras verle dudar durante varios segundos.

—Melanie Brown, Victoria Beckham, Melanie Chisholm, Geri Halliwell y Emma Bunton —responde de pronto.

—¡Venga ya! No te creo… Has tenido que hacer trampas o algo. Ni yo me los sé tan bien, y eso que, de pequeña, era megafán —le digo flipando en colores.

—No sabía que tenías tan mal perder…

—No, no es eso. Una apuesta es una apuesta. La he perdido y yo pago las hamburguesas. Pero te aseguro que ahora tengo un objetivo en la vida, y es conseguir, tarde o temprano, preguntarte algo y pillarte sin que tengas ni pajolera idea.

—Estoy dispuesto a apostar todas las veces que haga falta. Así ceno gratis cada dos por tres —responde confiado.

—Ya veremos… —le reto—. Y ahora, ¿a dónde vamos? —pregunto tras recoger el pedido y pagar la cena.

—Hay un sitio que creo que te va a encantar. ¿Conoces esta zona?

—Por aquí no he andado mucho. ¿Qué sitio es?

—Está a unos diez o quince minutos desde aquí, a las afueras de la ciudad, pero merece la pena. Es un mirador que no es muy popular, pero que tiene unas vistas fantásticas. Es como lo de *memento mori*, que está reservado para solo unos pocos. Te lo voy a enseñar, pero no puedes hablarle a nadie sobre su existencia, que no quiero que se llene de posturetas de Instagram con el puto *carpe diem* tatuado.

—Me parece bien —respondo riéndome y llena de curiosidad.

—Perfecto, pues no se hable más —dice al mismo tiempo que el coche.

—Oye, y ¿cuándo organizó Aure lo de la sesión de hoy? —pregunto mientras conducimos hasta allí.

—Al muy poco de iros las dos del local, me llamó, insistió mucho en que tenía que ser hoy, sí o sí, y aunque los sábados no trabajo a estas horas, no pude negarme. Además, me lo dejó pagado al momento.

—Madre mía, qué loca. Si tú supieras el día que me ha preparado hoy…

Le cuento por encima todos los planes.

—Pues sí que es una loca, sí. Y la mejor amiga del mundo también —afirma cuando termina de escucharme.

—Ya ves…

—Hoy has tenido un crecimiento de personaje brutal, ¿eh?

—¿Cómo?

—Nada, jerga friki. Me refiero a que has crecido como persona, que has subido de nivel y que has salido mucho de tu zona de confort.

—Una barbaridad… No sé cómo voy a agradecerle esto a Aure.

—Regálale una sesión de *shibari*, y así hago yo el agosto —bromea.

Esa respuesta me enfada un poco. No por el comentario en sí, sino por sentir que Aure se pueda meter entre nosotros. Que es una tontería, porque sé que no, pero lo del *shibari* es algo que prefiero experimentar con Jaco solo yo.

—Anda que no eres listo tú —le respondo siguiendo la broma en un intento de dejar atrás ese pensamiento.

50

—¿QUÉ TE PARECE? —ME PREGUNTA JACO AL LLEGAR AL MIRA-dor, deteniendo el coche muy cerca de una pendiente que, desde mi posición, parece muy inclinada.

Nunca había estado en un mirador así, tampoco lo conocía. Desde el coche se ve toda la ciudad, con los edificios más altos iluminados por la luz que sale de sus ventanas. Al mirar por mi ventanilla, veo que hay un par de mesas de madera con bancos, ideales para venir aquí a pasar el día.

—Las vistas son preciosas, Jaco.

—Y no has visto lo mejor —responde indicándome con un dedo que mire por el techo solar de su coche, mientras lo abre.

—¡Hala! ¡Qué bonitas se ven las estrellas!

—Sí, aquí hay algo menos contaminación lumínica y se ven mejor.

—Ya ves…

—Por cierto, ¿sabías que la constelación de Virgo gira sobre la historia de Perséfone?

—Ya está aquí otra vez Jaco el Sabelotodo.

—He de admitir que me pierdo un poco al situar las estrellas. Pero sé que existe, que no es poco.

—O sea, ¿admites que no lo sabes? —pregunto riéndome.

—Sí, pero no te sirve de nada, porque ni has sacado tú el tema, ni tampoco has apostado. Así que tendrás que seguir intentándolo.

—Vaya...

—¿Quieres que salgamos a cenar en las mesas? —pregunta cambiando el tono.

—Prefiero cenar aquí, si no te importa. solo con abrir el techo me estoy quedando helada...

—Como prefieras —dice mientras lo cierra.

—Oye, y a ti ¿cómo te dio por lo del *shibari*? Me pica mucha curiosidad esa historia —le pregunto mientras abro la bolsa y reparto la cena entre los dos.

—No sabría decirte bien cómo. Me considero alguien muy perfeccionista, y un día, cuando aún era adolescente, me topé con un reportaje en la tele sobre lo del *shibari* y tal, de una exposición de arte que hicieron o algo así. Empecé a sentir satisfacción viendo cómo cruzaban las cuerdas y hacían nudos elaborados, dándoles forma y creando una especie de lienzo. Veía arte en eso. Así que, a partir de ahí, comencé a investigar por mi cuenta, me compré un par de libros, al principio, practicaba con cojines y enseguida alcancé el tope de lo que podía aprender por mi cuenta.

—¿No te veían tus padres como un bicho raro cuando atabas cojines?

—Sí, hasta me querían llevar al psicólogo, y no es coña. Se creían que era peligroso que estuviese tan obsesionado con ello.

—Madre mía...

—Tuve muchas discusiones con ellos. Ya a los dieciocho años tenía claro que quería dedicarme a lo del *shibari* profesionalmente, pero lo veía complicado. Además, no encontré nada en

España para seguir aprendiendo y profundizando en la materia. Sentía que necesitaba un mentor. Así que estudié lo de los tatuajes, comencé a ahorrar dinero tatuando a mis amigos y, en cuanto tuve el suficiente, me fui yo solo a Japón, que es la cuna del *shibari*.

—Qué locura, tío.

—Sí. Ahora lo pienso con retrospectiva, y sí. Fue un poco loco todo. Como te iba comentando, allí hice varios cursos con maestros en el tema, por lo que logré encontrar a varios mentores que me lo enseñaron todo, hasta cómo hacer negocio de ello. También tuve la oportunidad de atar a modelos reales por primera vez.

—Esa historia daría para un libro.

—Pues sí —se ríe—. Al final volví a España, pillé el local alquilado, me hice autónomo y monté a la vez el negocio del *shibari* y de los tatuajes.

—¿Por qué de las dos cosas?

—Porque no le veía futuro al *shibari*. Me parecía muy difícil hacérselo llegar al público y que la gente estuviese dispuesta a confiar en mí y a pagarme por ello. Así que emprendí las dos cosas a la vez para poder pelear y mantenerme mientras movía lo del *shibari*. Tras mucho trabajo, ahora, por fin, me va genial, tengo mi marca personal, algunas clientas fijas…

—Qué guay, Jaco. Enhorabuena.

—Muchas gracias. Todo esto es muy resumido, no quiero agobiarte con los detalles. Sé que estamos acostumbrados a la típica escena motivadora de las películas en las que, en tres minutos que dura una canción épica, el protagonista entrena, se pone fuerte y adquiere las habilidades necesarias para vencer al malo.

—Ya imagino…

—Lo que tengo hoy me ha costado amistades y relaciones. Había gente que no me entendía o que me tildaba de loco o que me juzgaba o que me decía que no lo iba a conseguir…

—Tuvo que ser difícil…

—Sí. Llegué a punto en que me volví cero tolerante ante todo esto. Limité mucho mi círculo de amistades, me centré en mí, en el gimnasio, en la lectura y en mi negocio. El resultado es lo que ves ahora.

Mientras él habla, permanezco embobada observándolo. Me siento identificada con sus palabras, con la diferencia de que yo he tomado medidas demasiado tarde.

—Perdona si te estoy agobiando o me estoy pasando de pesado. Es que contigo me he sentido cómodo, y, cuando me dan cuerda, no callo.

—Ah, no te preocupes. Yo estoy encantada de escucharte. De hecho, tengo mil preguntas por hacerte —le digo con sinceridad.

Durante una hora larga, no paro de preguntarle cosas de Japón y de su emprendimiento, y él me responde a todo.

—Yo también tengo una idea de negocio —le confieso.

—¿Sí? ¿Qué idea?

—Antes de contártela, no te rías, por favor.

—Yo jamás me reiría de los proyectos de otra persona —me responde serio.

—Una tienda de peluches.

—¿Una tienda de peluches? —pregunta sorprendido.

—Sí. Pero no una cualquiera. Me gustaría una con peluches de calidad, con ropita para ellos, complementos, materiales para arreglarlos o incluso que puedas crear tus propios peluches… Todo esto documentándolo en redes sociales, haciendo acuerdos con otras tiendas minoristas para que vendiesen los de mi marca… Parece una tontería, pero tiene trescientas mil líneas de negocio por explotar. Comprar un peluche por internet es frío. Lo sé porque ya he probado a comprarlos. Pero si lo pones en una caja bonita, con detalles, regalos y actividades para hacer, es muy diferente. Mi idea es ser la tienda que vende ese peluche especial que te acompaña toda la vida, no sé si me explico.

—Vaya… —musita Jaco, parece que se ha quedado sin palabras.

—¿Qué pasa? —le pregunto riéndome.

—No te voy a engañar. Cuando he empezado a escucharte, me ha parecido una idea floja. Pero según hablabas veía fuego en tus ojos. Y esos ojos te aseguro que son capaces de todo. Hazlo, Perséfone. Porque no dudo de que va a ser un exitazo…

Conforme me dice eso, la que se queda sin palabras soy yo. Además, me mira de un modo intenso, como si de pronto se hubiera creado un nexo entre los dos por el carácter emprendedor que compartimos.

—No me digas eso, que me ilusiono —respondo acalorada, aunque soy capaz de aguantarle la mirada.

—¿El qué? ¿Qué confío en ti? Ya he escuchado a mucha gente hablar de negocios y de ideas. Y ¿sabes qué?

—¿Qué? —pregunto expectante y sin parpadear.

—Que la diferencia entre los que admiro y los que detesto está en sus ojos y en la determinación que muestran mientras exponen sus ideas. Y los tuyos tienen fuerza, Perséfone. Tienes que hacerlo y llevar tu idea a cabo.

—Muchas gracias, Jaco —contesto con una sonrisa de oreja a oreja.

Ambos nos quedamos en silencio y mirándonos durante unos instantes. De pronto, comienzo a reírme y retiro la mirada por vergüenza.

—¿Qué pasa? —me pregunta.

—¿Has traído muchas chicas aquí? —le interrogo bromeando.

—Eres la primera —responde con decisión.

—No te creo.

—Pues créetelo.

—¿No has traído aquí nunca a Carolina? —indago con un tono de picardía.

—¿A Carolina? No, qué va. Ya te dije que Carolina y yo solo somos amigos —me responde riéndose.

—Carolina está buenísima. Eso no me lo puedes negar —insisto intentando meter el dedo en la llaga.

—Sí, pero no tenemos esa conexión. No sé. No siento nada por ella que no sea amistad.

—¿Y por qué me has traído entonces a mí aquí y no a Carolina? —le pregunto llena de curiosidad. Según pronuncio estas palabras, mi corazón se acelera.

—Pues… no sé, Perséfone. De hecho, no suelo hacer esto.

—¿El qué?

—Quedar con clientas. No es profesional por mi parte… —según me dice esto, lo noto muy inseguro.

—Yo no siento que sea para ti una simple clienta… ¿Tú qué piensas? —le inquiero seria mientras me giro en el asiento hacia él y le miro fijamente.

Jaco comienza a mirarme con la misma intensidad y se gira también hacia mí. Nuestras caras comienzan a acercase. A un ritmo lento, pero ambos sabemos que no se va a detener. Noto que él me mira los labios. Yo miro los suyos. Nuestras bocas están a pocos centímetros. Su mano se coloca sobre una de mis mejillas. Cierro los ojos, preparándome para el impacto. Instantes después, sus labios se acaban encontrando con los míos, fundiéndose en un beso tímido y tierno.

51

—Qué ganas tenía ya de que me besaras —le confieso.

Jaco no responde. En lugar de eso, me coge de la cara con más fuerza y me besa de nuevo, esta vez muestra deseo e intensidad. A partir de ahí, nuestra pasión se desata y desvelamos todas nuestras cartas. Disfrutamos del otro con prisa, como si estuviésemos haciendo algo prohibido y quisiéramos deleitarnos lo máximo posible antes de que nos pillen. Nos mordemos, nos lamemos y nos besamos como si fuera la primera y última vez que pudiéramos hacerlo.

—Vamos a los asientos de atrás —le digo harta de pelearme con el reposabrazos y la palanca de cambio.

Sin esperar su respuesta, bajo del coche y me siento en la parte de atrás. Él hace lo mismo en cuanto me ve salir. En cuanto se sienta, me coloco a horcajadas sobre él y me quito el vestido, tirándolo por donde pillo y colocando mis pechos a la altura de su cara. Jaco comienza a masajearlos mientras me lame un pezón. De repente siento un leve mordisquito en el pezón derecho que hace que se me escape un gemido. Noto que su respiración también se está acelerando. Comienzo a restregar mi entrepierna con una de sus rodillas mientras intento quitarle la ropa, pero el asiento trasero del coche es tan estrecho que no cabemos.

—Espera —dice mientras me aparta de encima de él como si fuera una simple muñeca, y rápidamente se quita la chaqueta y la camiseta, dejando al descubierto varios tatuajes en su pecho.

—Ven aquí —dice como si fuese una orden, indicándome que me apegue a él.

Nos quedamos sentados al lado el uno del otro, yo en el asiento del medio y él en el lado izquierdo. Seguimos besándonos, mientras enreda su mano derecha en mi pelo, hasta jalarme desde la raíz. Este no es su único ataque, pues con su mano izquierda invade mis braguitas y comienza a masturbarme. Mientras me entrego al placer, desabotono sus vaqueros como puedo, le bajo la bragueta y saco su polla para masajearla.

—Uffff… —Ahora es él quien gime.

De pronto, Jaco tira de mi pelo hacia atrás y acelera el ritmo al que me masturba.

—Estás tremenda… —me susurra al oído mientras me muerde el lóbulo.

Permanece así durante unos segundos, los cuales me dejan a punto de correrme, pero de pronto disminuye el ritmo y deja de tirarme del pelo, aunque no lo suelta.

—No pares… —le susurro sintiendo que estoy cerca de correrme. Ya venía caliente de la sesión de fotos, y se nota.

—No tengas prisa. Tenemos toda la noche —dice dándome otro tirón, como haciendo valer su control sobre mí, y volviendo a acelerar un poco el ritmo, aunque no tanto.

—Estoy a punto de correrme, Jaco…

—No tengas prisa —insiste, y vuelve a ralentizar el ritmo con el que su mano hace estragos entre mi entrepierna.

De pronto, sin parar de masturbarme ni soltarme el pelo, su boca vuelve a mis pechos. Primero los lame, haciendo hincapié en los pezones, y luego echa su aliento sobre ellos, elevando mis niveles de excitación al máximo y provocando que se me escape otro gemido.

—¿Quieres correrte ya? —pregunta con la voz entrecortada, como si se supiese el dueño de mi orgasmo y capaz de conseguir que me corra cuando él quiera.

—Sí… —respondo cerrando los ojos.

—Como quieras —me susurra de nuevo al odio.

Jaco vuelve a acelerar el ritmo y a jalarme del pelo con fuerza. Estoy a punto de correrme. Con una mano me agarro a su rodilla y con la otra a alguna parte del coche que no sé ni cuál es. Exploto en un orgasmo y comienzo a sentir espasmos incontrolables en mi pelvis.

—¡Dios! Aaahhh… —grito rendida al placer.

—Ahora me toca a mí, ven —me ordena pidiéndome que de nuevo me ponga a horcajadas sobre él.

—¿Tienes un condón? —le pregunto.

—Sí. Toma, pónmelo.

Sin vacilar, y con ganas de intentar volver a correrme lo antes posible, se lo pongo y me coloco sobre él, echando mis braguitas hacia un lado de mi entrepierna y fundiendo nuestros cuerpos en uno solo.

—Ahora soy yo la que marca el ritmo —le digo al odio.

—No pares —me dice echando su cabeza hacia atrás y cerrando los ojos.

Al igual que Jaco, comienzo a jugar con el ritmo, subiendo la intensidad a la que me muevo sobre él. No sé qué me pasa hoy, pero estoy a punto de correrme de nuevo. Creo que nunca he llegado al orgasmo con tanta facilidad como hoy.

—No pares —dice con más fuerza mientras sus manos intentan marcar el ritmo de mis caderas. Jaco también parece estar a punto de correrse.

Siento la tentación de intentar enfrentarme a él con lo del ritmo y hacerle sufrir un poco, pero estoy tan cerca del orgasmo que me olvido de mi orgullo dejándome conducir por sus manos, las cuales me agarran y me estrujan con fuerza.

Acelero mientras que con una mano masajeo la zona del clítoris.

—Me voy a correr... —me avisa.

—Yo también...

Sigo acelerando.

—Me corro —dice Jaco—. ¡Me corro!

Y en cuanto escucho sus gemidos incontrolables, yo también lo hago, eclipsando sus gemidos con los míos, que parecen salidos del alma.

Ambos nos quedamos sentados al lado del otro, en silencio y procesando el placer.

—Ha estado bien... —le digo con la respiración aún acelerada.

—Ha estado bien, sí...

Permanecemos así durante algunos instantes más, en silencio. Después comenzamos a vestirnos.

—¿Volvemos a los asientos delanteros? —propone Jaco.

—Sí, claro.

De repente se enrarece el ambiente entre ambos.

—Entonces, ¿te ha gustado? —me pregunta Jaco cuando ya estamos instalados en los asientos delanteros.

—Sí, sí, mucho. ¿Y a ti?

—A mí también.

Tras mi respuesta, ambos regresamos a un silencio que se me hace un poco incómodo. No sé qué le pasa a él, pero yo comienzo a sentirme invadida por la culpa de haberme dejado llevar. No ha sido un aquí te pillo, aquí te mato. Está claro. De hecho, ha sido todo lo contrario. Y eso está haciéndome sentir culpable porque se ha creado un vínculo entre los dos. Yo no digo que esto nos haya convertido pareja, ni nada parecido. Pero sí que ahora hay un camino para conocernos que estoy segurísima de que sería muy interesante de recorrer para ambos. El problema es mi realidad. Mi puta realidad. ¿Qué sentido tiene para mí recorrerlo, sabiendo que me voy a morir? Y, claro, el que yo no lo recorra, si mi teoría es cierta, le va a causar dolor a Jaco. Por no hablar de lo de Luca, que lo tengo tan reciente… Por mucho que piense en las palabras de Aure y en que mire por mí, también me come la culpa de haberle traicionado.

—Estoy agotada. ¿Te importaría llevarme ya a casa? Es que apenas he descansado desde que me despertó Aure para todos los planes de hoy.

—Sí, claro, sin problema.

De inmediato, Jaco arranca el coche y marca en el GPS la dirección que le doy.

Durante el camino de vuelta, apenas intercambiamos palabras. Estoy tan sumida en mis mierdas que apenas me da tiempo a preguntarme cuáles serán las suyas. Imagino que, con la importancia que le da a ser profesional, está rayado. Pero me parece egoísta preguntarle y ahondar en eso cuando yo no tengo ganas ni de hablar ni de ahondar en lo mío.

—Pues ya hemos llegado —dije con timidez al detenerse en la entrada de mi edificio.

—Muchas gracias, Jaco.

—Nada, gracias a ti, Perséfone. En cuanto tenga las fotos, te aviso.

—Oye, perdona si he estado callada en el camino de vuelta. Es que estoy reventada. Pero ha estado guay y me lo he pasado genial contigo.

—No te preocupes, que te entiendo. Yo también me lo he pasado bien —responde intercambiando una tímida sonrisa conmigo.

—Bueno, luego hablamos —me despido dándole dos besos.

—Buenas noches, Perséfone.

—Buenas noches, Jaco.

Acto seguido, me bajo del coche y le veo alejarse. Después, entro en mi edificio con una necesidad urgente y apremiante de meterme en la cama.

—¿Luca? —pregunto al entrar en el piso.

No obtengo respuesta.

«¿Dónde estarás?», me pregunto. Siento la necesidad de llamarlo por teléfono y averiguar si está bien, pero prefiero dejarle tranquilo y no hacerlo, y menos a estas horas de la noche.

De pronto, la soledad comienza a atacarme y los remordimientos me invaden por completo, me lavo la cara y me desmaquillo lo más rápido posible, me pongo el pijama y me meto en la cama.

No tengo ni pizca de sueño, pero siento unas ganas terribles de echarme a llorar y me rindo ante ellas.

52

—¡Tía, quiero todos los detalles de lo tuyo con Jaco! ¡Y los quiero ya! —me increpa Aure mientras esperamos a que nos sirvan el desayuno en una cafetería.

—Si te soy sincera, no hay mucho que contar.

—¿Perdona? ¿Cómo no va a haber mucho que contar? Tía, que por fin os habéis acostado.

—Pues siento decepcionarte, pero es la verdad. Hoy me siento vacía, Aure.

—¿Cómo? —pregunta sorprendida.

—Me he equivocado, Aure. Lo de anoche, según lo vivía, me parecía maravilloso y excitante. Pero hoy me despertado sola en la misma cama con la que he compartido tantos años de relación con Luca, pensando que sigo sin saber nada de él, y me he sentido la peor persona del mundo.

Ambas nos quedamos calladas cuando aparece el camarero con nuestros desayunos.

—Pero ¿qué pasó anoche exactamente? —me pregunta cuando el camarero se aleja.

Durante unos diez o quince minutos, en los que Aure me escucha sin interrumpirme y sin tan siquiera parpadear, le resumo la cena y el polvo con Jaco.

—A mí me suena todo genial. Y, por lo que me cuentas, Jaco se lo curró, se portó de diez contigo y tú lo disfrutaste. Además, fuiste tú la que decidió irse a dormir sola. No te entiendo, Perséfone…

—Sí, Jaco no tiene culpa de nada. Al contrario. Y, sí, fue una noche en la que disfruté bastante. Pero hoy me he despertado con la certeza de que lo de Jaco ha sido un error por mi parte. Un tremendo error.

—Perséfone, esto ya lo hemos hablado…

—No va por ahí, al menos, no del todo.

—¿Entonces?

—Desde que me confirmaron lo de mi enfermedad, le he destrozado el corazón a Luca y ahora he mareado a Jaco. Porque lo de ayer no fue una simple cita de quedar, follar y fuera. Había conexión, afinidad, ganas de seguir conociéndonos… Digamos que ayer creamos un vínculo especial. ¿Y ahora qué hacemos con ese vínculo?

—Perséfone, te estás rayando demasiado.

—No, al contrario. Desde que nos conocemos, nunca he visto algo con más claridad que esto. No quiero que mis últimas acciones en este mundo acaben causando dolor a nadie. Ya se lo he causado a Luca y, ahora, a Jaco.

—Pero ¿a Jaco por qué?

—Porque le he usado. Me he acostado con él y he aceptado crear ese vínculo entre ambos pese a saber que me voy a morir y que no tenemos ningún futuro juntos. Ahora puedo hacer dos cosas: desaparecer de su vida sin decirle nada o contarle que me voy a morir y obligarle a cargar emocionalmente con mi desgracia. Y con ambas opciones voy a hacerle sufrir.

—Estás exagerando, te lo digo de verdad.

—No, para nada. Hasta ahora he sido un continuo mar de

dudas, pero, después de lo de esta mañana, tengo claro que no quiero que mis últimos compases de vida dañen a nadie. Por eso he tomado la decisión de no someterme al tratamiento.

—¿Cómo? ¿Estás segura?

—Sí —respondo con rotundidad.

—Pero es que no entiendo qué narices tiene que ver una cosa con la otra.

—He decidido que quiero hacer algo que se quede para siempre en este mundo. Algo que pueda ayudar a los demás. Y voy a hacerlo a través de un libro. ¿Recuerdas que lo añadí en la lista?

—Sí, claro.

—Quiero escribir algo que logre que quien lo lea se de cuenta de que su tiempo es finito y de que tiene que empezar a vivir ya, sin dar por hecho que van a llegar a los setenta u ochenta años, porque es una tontería vivir pensando eso.

—Pero eso significa que… —Noto que los ojos de Aure comienzan a llenarse de lágrimas.

—Sí… —Mis ojos también comienzan a llenarse de lágrimas.

—¿Y por qué no lo escribes mientras te sometes al tratamiento? He intentado respetar lo de no agobiarte para que tomases la decisión por tu cuenta, pero siempre he tenido la esperanza de que ibas a aceptar someterte a él y que todo saldría bien. No quiero que… —dice rompiendo a llorar.

—No sería lo mismo. Además, ya he decidido que no quiero pasar los días que me quedan en un hospital… —le explico mientras se me escapan algunas lágrimas.

—¿Y qué vas a hacer?

—Me voy a ir de viaje. Sola. Hasta ahora he basado mi felicidad en terceros y en cosas que no dependen de mí. Quiero cambiar eso. Además, no quiero que nadie me vea morir poco a poco. Antes de venir aquí, he dejado reservado el alquiler de un pequeño piso en un pueblecito cercano a Ámsterdam. Te diría el nombre, pero no sé ni cómo se pronuncia.

—Me voy contigo —me dice Aure visiblemente emocionada mientras me agarra las manos.

—Me temo que esto tengo que hacerlo sola.

—Pero…

—Quizá me faltó apuntar eso en la lista: aprender a disfrutar de la soledad y no buscar la felicidad en terceros o en cosas externas.

—¿Estás segura?

—Segurísima.

—Dale una pensada, por favor.

—No hay nada que pensar.

Aure se limita a abrazarme.

Permanecemos abrazadas durante un par de minutos, llorando e intentando sollozar lo menos posible.

—¿Y cuándo te vas? —me pregunta tras separarse del abrazo.

—Mañana.

—¿Mañana? —inquiere sorprendida.

—Sí, es lo mejor. No tengo tiempo que perder, nunca mejor dicho.

—Entonces… ¿no nos vamos a ver más?

—Creo que no… —Según digo esto, un nuevo torrente de lágrimas se prepara para aparecer.

Ambas nos quedamos calladas, mirándonos en silencio y con las caras llenas de lágrimas.

—Te voy a echar de menos. Mucho —me dice ella mientras de nuevo me coge de las manos.

—Y yo a ti.

Volvemos a fundirnos en otro abrazo.

—¿Puedo pedirte algo? —le pregunto.

—Lo que quieras.

—Desayunemos sin que esto tenga un ambiente de despedida. Hagamos como que no me voy, ni que me voy a morir. Regálame esto, por favor.

Ella se queda callada durante unos instantes.

—Sí, claro —me concede tras separarse de mí, mientras se limpia las lágrimas con la manga del jersey.

—Gracias.

Durante el resto del desayuno, hablamos de cosas más triviales y nos relajamos un poco, aunque se nota que el ambiente está enrarecido por culpa de una especie de aura de despedida. Aun así, Aure respeta mi deseo y se limita a contarme cosas de su madre, de lo que tiene pensado hacer a corto y medio plazo, de la serie que está viendo ahora, de cotilleos de famosos… Eso sí, por mucho que lo intente verbalmente, su mirada delata que está a punto de romper a llorar, de nuevo, en cualquier momento.

—Me voy a tener que ir ya, Aure —le digo.

—¿Y eso? ¿No podemos estar un rato más juntas? —Mientras dice esto, su cara se llena de tristeza.

—Dentro de un rato tengo una reunión con una editora. Hace unos días escribí correos electrónicos a varias editoriales, contándoles mi idea y mi situación, y una de ellas ha mostrado especial interés en mi idea. He quedado con ella dentro de poco más de media hora.

—Si quieres te acompaño —se ofrece.

Yo me quedo en silencio, mientras la miro a los ojos y la cojo de ambas manos.

—Eres lo mejor que me ha pasado últimamente, Aure. Pero creo que aquí se separan nuestros caminos.

Tras decir esto, las dos volvemos a llorar.

—No quiero que te vayas. Por favor… —suplica llorosa.

—Yo tampoco quiero irme, Aure. Pero tengo que hacerlo…

—Prométeme que vamos a hablar por teléfono todos los días.

—No puedo prometerte eso…

—¿Por qué no?

—Porque para poder hacer lo que pretendo, tengo que hacerlo a mi manera.

—No te entiendo.

—Sé que no es fácil de entender y te prometo que te lo explicaré más adelante, pero ahora mismo necesito que, por favor, respetes esto que te pido y que no me llames ni me escribas. Quiero y necesito aislarme para centrarme en mí misma. Y no voy a poder hacerlo si no paro de mirar hacia atrás.

—Perséfone…—susurra apretando mis manos.

—Gracias por todo, Aure —le digo juntando sus manos y dándoles un beso—. Eres maravillosa —añado mientras me levanto.

Aure permanece muda, incapaz de decir nada mientras llora.

—Me voy a ir, ¿vale? Si no te importa, sal tú dentro de un par de minutos, para no hacerlo juntas y que no lo eternicemos más. Te quiero mucho.

—Yo también te quiero mucho, Perséfone.

Hago acopio del poco aplomo que me queda para soltarle las manos, coger mi bolso y salir por la puerta de la cafetería sin mirar atrás.

53

TRAS SALIR DE LAS OFICINAS DONDE SE ENCUENTRA LA EDITORIAL, MI próxima parada es el cementerio donde enterraron a mi abuela. Mientras voy de camino en autobús, le doy vueltas a lo ilusionante que ha sido la reunión. Le he contado a Marta, la editora, todo sobre mi situación actual, sin guardarme ni un detalle. Tras escucharme, se ha contagiado del dichoso virus de la pena, algo que se le notaba una barbaridad por la forma que tenía de mirarme. No me hacía mucha gracia la idea de contárselo, pero era necesario. Aun así, el plan de apostar por mí y publicarme un libro le ha parecido interesante y hasta he firmado un precontrato. De forma muy resumida, solo tengo que escribir lo que yo quiera, enviárselo y ya ellos se encargan de darle forma, del marketing y de la distribución. Y lo mejor de todo es que los derechos de autor que generen la venta de los ejemplares irán destinados al comedor social al que fui con Aure, por lo que será un modo de dejar un bonito legado para cuando yo no esté.

Hay algo más que me tiene en vilo; si despedirme o no de mis padres. Me gustaría, pero creo que no voy a ser capaz de visitarlos sin ponerme a llorar o sin que se note que me estoy despidiendo. Creo que es mejor desaparecer, al menos por ahora…

Cuando me bajo del autobús, justo al pisar el suelo de la entrada del cementerio, siento un escalofrío. Me resulta imposible no pensar continuamente en el poco tiempo de vida que me queda. ¿Qué habrá tras la muerte? Si te soy sincera, no siento miedo como tal. Al final, lo de que me voy a morir es un hecho y no tiene sentido adelantarme a lo que pueda haber. La lógica me dice que no hay nada. Siempre he sido una persona que ha creído mucho en la ciencia y apostaría a que será algo parecido a cuando te duermes, solo que para siempre. Pero admito que eso no me salva de la incertidumbre y del miedo que siento ante esa pregunta. Prefiero no pensarlo…

Mientras camino hacia la tumba de mi abuela, me fijo en el resto de las tumbas. Muchas de ellas, aunque no todas, indican la edad a la que murió la persona en cuestión. Lo normal sería esperar que la gran mayoría haya muerto pasados los setenta u ochenta años, como poco, pero la realidad es bien distinta. Es cierto que bastante gente se muere con setenta o más, pero también hay muchos que lo hicieron con sesenta, cincuenta, cuarenta, treinta… Sin duda alguna, uno de los mayores errores que he cometido en mi vida ha sido vivir pensando que iba a llegar a los setenta años. En mi defensa diré que no solo me pasa a mí, sino al noventa y nueve por ciento de las personas que conozco. Aunque solo sea por esto, deberíamos de dar un paseo por un cementerio, de vez en cuando, para darnos cuenta del tremendo error que supone planear tu vida contando con un tiempo que nadie nos ha garantizado.

Tras un rato caminando, acabo frente a la tumba de mi abuela.

—Hola, abuela, ¿qué tal estás? —le digo mientras toco la losa de su tumba y miro su foto en la lápida—. Te echo mucho de menos, muchísimo. Y te pido perdón por no haber venido antes a verte... He hecho mucho el tonto con mi tiempo durante toda mi vida, ya te contaré mejor. Y, hablando de contar, tengo que contarte algo importante...

De pronto, unas terribles ganas de llorar me invaden.

—Me voy a morir, abuela. Muy pronto voy a estar contigo, allá donde quieras que estés...

Tras estas palabras, rompo a llorar, arrodillándome frente a la tumba y apoyando la cabeza y los brazos sobre la losa.

Pierdo totalmente la noción del tiempo. No sé cuánto tiempo paso hablando con la abuela y contándole mi vida, cuando el estómago comienza a rugirme y las rodillas me duelen por la postura.

—Bueno, me tengo que ir ya, abuela. Te lo pido por favor, cuídame allí como me has cuidado aquí. Estoy muerta de miedo...

Tras esto me levanto y me doy un beso en la mano derecha, que luego poso sobre la foto que luce la lápida.

—Adiós, abuela.

Según me giro y comienzo a caminar hacia la salida, tengo claro que no voy a despedirme de mis padres ni de nadie más. No estoy en condiciones de hacerlo sin que se me note...

«Voy a apagar el móvil y mañana me iré lejos. Para siempre», me digo con decisión.

54

Varios meses después

—¡Voy! —grita Aure tras escuchar el timbre de su casa.

Al otro lado la puerta aparece un mensajero cargado con una caja marrón y de tamaño mediano.

—¿Eres Aurelia? —pregunta él.

—Sí, soy yo —responde sorprendida, porque no está esperando ningún paquete.

—De acuerdo, traigo esto para ti. Por favor, firma aquí.

—Sí, claro.

Tras cerrar la puerta, Aure contempla la caja con curiosidad. Es marrón, sin nada especial y tampoco hay datos acerca de quién es el remitente. Trata de hacer memoria por si ha comprado algo por internet, pero está segura de no estar esperando nada.

«Quizá es de mamá, aunque el mensajero ha preguntado por mí...», piensa Aure, confusa.

Sin más dilación, decide abrir la caja. Dentro de ella hay otra caja, de color rosa y atada con un lazo rojo. En la tapa hay pegado un sobre blanco donde pone Aure y una carita feliz. Es la misma caja, el mismo lazo y la misma carita que Aure le dibujó a

Perséfone meses atrás. Rápidamente despega el sobre y lo abre con ansia.

Querida Aure:

¿Qué tal te va todo? ¿Cómo estás? Han pasado muchos meses desde la última vez que nos vimos. Espero que estés muy bien. Gracias por haber respetado lo de no escribirme. Sé que pude parecer extrema en su día, pero era algo que necesitaba. Hay tantas cosas que quiero contarte y preguntarte. Ojalá pudiéramos volver a desayunar en aquella cafetería a la que fuimos tras devolverme el peluche, aunque va a estar complicado…

En cualquier caso, como puedes comprobar, ahora soy yo la que te ha preparado una caja sorpresa. Dentro de ella hay dos cajas más: una pequeña de color dorado, y una más grande de color negro. Ambas tienen un sobre pegado con más instrucciones, por ahora abre solo el sobre de la caja dorada.

¡Un abrazo bien grande!

PERSÉFONE

Tras leer la carta, Aure comienza a emocionarse recordando a Perséfone.

—Te echo tanto de menos… —susurra tras leer la carta.

Siguiendo sus instrucciones, abre la caja rosa y encuentra dentro las cajas dorada y negra que mencionaba Perséfone. La dorada tiene un tamaño similar al de una caja de zapatos. La negra es casi el doble de grande. Sin perder tiempo, Aure coge la carta que hay pegada en la dorada.

Hola de nuevo, Aure:

Como ya sabes, me fui porque lo necesitaba. Quería estar sola, aprender a disfrutar de mi soledad y volcarme en el propósito de escribir un libro que me sirviera para intentar cambiar el mundo y para ayudar a los demás. Bueno, pues... abre la caja dorada, coge uno de los ejemplares, y ve a la página 38.

Tras leer esa parte del libro, abre el sobre de la caja negra.

PERSÉFONE

—¿Al final escribiste ese libro? —pregunta Aure en voz baja mientras abre la caja dorada con ilusión.

Dentro de la caja, hay cuatro ejemplares. Aure coge uno con delicadeza, mirando asombrada la cubierta. Es de color blanco y en ella aparece la mitad de la cara de Perséfone, con una lágrima recorriendo su mejilla y sosteniendo un reloj de arena que parece vaciarse por completo. Tras unos segundos contemplando la cubierta y estudiándola en detalle, abre el libro por la página 38.

Al ver su nombre en el libro, traga saliva y comienza a leer.

55

Querida Aure:

Tengo tantas cosas que decirte, que no sé ni por dónde empezar. Apareciste en mi camino en el momento más desesperanzador de toda mi vida y fuiste clave para que pudiese retomar el vuelo y para que aprendiese a aprovechar el tiempo que me quedaba. Has sido una pieza vital para mí y para que pudiese afrontar todo lo sucedido en estos últimos meses, y es por eso por lo que la primera carta de este libro te la tenía que dedicar a ti.

¿Te imaginas cómo habría sido todo si nos hubiésemos conocido antes o si hubiéramos tenido más tiempo? Yo lo hago a menudo y creo que mi vida hubiera sido mucho más divertida y emocionante. Pero, vaya, me conformo con haberte conocido y haber disfrutado, en poco más de una semana, lo que no había disfrutado en toda una vida.

Sé que fui un poco extrema cuando te pedí que cortásemos el contacto entre nosotras, pero era algo que necesitaba. No quería hacerte partícipe de mi dolor, de mis síntomas y de mi decadencia física y mental. Ya sabes lo cabezona que soy con lo de no darle pena a los demás y con guardarme para mí mis problemas, y por eso he preferido alejarme de todo y de todos. Quería que mis últimos días fuesen en paz, sin ver sufrir o llorar a nadie que me quiera. Además, deseaba que me recordases con la cara de adrenalina de cuando saltamos en paracaídas, con la cara de sorpresa en el cine, con la cara de cansancio en el comedor social y con la cara de diva con la que salía del hotel minutos antes de la sesión de *shibari* con Jaco. Ese día fue el mejor día que he vivido en toda mi vida, con diferencia. Y todo fue gracias a ti. No se me ocurre ningún modo de agradecerte algo tan maravilloso.

En definitiva, estos son los motivos por los que me alejé de ti y de todos. No quería que me acompañases en lo malo porque no te merecías pasar por eso. Quizá pequé de egoísta, pero fuiste tú la que me enseñó a mirar por mí, algo que ojalá me hubieses enseñado antes. Espero que me comprendas y que me perdones.

Te quiero. Te quiero mucho. Muchísimo. Eres la mejor amiga que he tenido nunca. Sé feliz.

PERSÉFONE

Posdata: Siempre nos quedará *Princesa por sorpresa.*

Posdata 2: Ya en serio, hasta siempre, Aure. Te quiero mucho.

56

TRAS LLEGAR AL FINAL DE LA CARTA, AURE COMIENZA A RELEERLA. Una y otra vez, mientras llora desconsolada. Una de sus lágrimas acaba impactando en la carta, lo que la hace reaccionar y la saca del bucle. Sin dejar de llorar, deja la carta a un lado y coge el sobre pegado a la caja negra.

Hola de nuevo, Aure:

Lo primero de todo, quiero que sepas que te acabas de convertir en la persona a la que más cartas le he escrito en toda mi vida, así que ahora estamos empatadas.

Bromas aparte, quiero encomendarte una misión. Algo que es muy importante para mí y que no puedo hacer yo. Que te haya enviado cuatro ejemplares no es casualidad. Uno es para ti, obviamente, pero necesito que envuelvas los otros tres, por separado, y que entregues uno de ellos a Luca, otro a Jaco y otro a mis padres. Cada uno de los ejemplares lleva una dedicatoria mía, así que ten cuidado con cual le entregas a cada cual. Además, necesito también que añadas una pequeña notita en cada paquete.

A mis padres ponles en el sobre una nota firmada por mí

en la que diga: «No me llaméis ni intentéis hablar conmigo hasta terminar de leerlo, por favor. Ya lo entenderéis».

A Luca ponle: «Sé que te he destrozado y que te mereces una explicación a todo. Aquí la tienes. Espero que puedas perdonarme y recordarme sin rencor».

A Jaco: «Lo nuestro fue un visto y no visto, pero eso no quita que fuese maravilloso. Me fui porque tenía que irme, pero ojalá hubiese podido quedarme. Quiero que leas esto para que me entiendas».

Una vez que hagas esto, cuando te sientas preparada, vete a un lugar especial y abre la caja negra. Aquella vez me pediste que no abriese la caja rosa hasta que tú me lo indicases. Creo que no hace falta ni decirte que espero lo mismo de ti. Esa será mi manera de decirte adiós.

Te quiero mucho. No lo olvides nunca, Aure.

Tu querida amiga,

Perséfone

Aure, leyendo entre líneas lo que le acaba de decirle Perséfone, intensifica su llanto.

Un par de minutos después, cuando logra calmarse un poco, abre el libro por la primera página para leer su dedicatoria, que había ignorado por completo por culpa de la emoción.

Para la mejor amiga que he tenido nunca. Este libro lo he escrito yo, pero es tan tuyo como mío porque fuiste tú quien me empujó a escribirlo. Ahora todo el mundo va a saber la maravillosa persona que eres. Hasta siempre, amiga.

—Tú también eres y serás siempre la mejor amiga que he tenido nunca. Cuenta conmigo para esa misión… —susurra Aure entre sollozos mientras cierra el libro y lo abraza contra su pecho.

57

Queridos papá y mamá:

He empezado y borrado esta carta multitud de veces. No sé cómo empezar a escribirla sin sentirme mal, y es por eso por lo que he preferido que leyeseis este libro directamente, para que al menos podáis entender por lo que he pasado y por qué he decidido no haceros partícipes de mi enfermedad. No tenéis culpa de nada, de verdad. Al contrario, sois los mejores padres del mundo y os pido perdón por no haber estado a vuestra altura como hija, por haberme alejado de vosotros sin daros una explicación antes y por haber reducido al mínimo nuestras últimas conversaciones. Sé que nada parece tener sentido, pero lo vi necesario. Además, según escribo esto, me doy cuenta del error que ha sido no contaros lo de mi enfermedad y no haberme apoyado en vosotros. Me arrepiento profundamente de haberlo decidido así, pero eso no quita que ya está hecho y que no puedo volver al pasado para cambiarlo. Unos padres no deberían jamás tener que enterrar a su hija, y esa fue el principal motivo por la que no os conté nada.

Imagino que, tras empezar el libro y descubrir lo de la

enfermedad, habéis intentado llamarme y contactar conmigo, sin éxito. Me temo que ya no vamos a poder hablar más... Pedí que me incineraran y una persona de mi máxima confianza ya habrá esparcido mis cenizas en algún lugar especial. Lo he preferido así. No quiero que vosotros ni nadie vayáis a ningún sitio a llorarme. Ya he llorado y sufrido yo, y esto os tiene que servir para ver la vida de otro modo. En lugar de llorarme, prefiero que tengáis este libro y que al menos podáis volver a él y saber que tuvisteis una hija que supo levantarse y seguir adelante cuando la vida le dio un golpe mortal.

A ti, papá, te pido disculpas porque hace demasiado que no nos vemos. Entre tú y yo ha habido un vínculo extraño, y mucho más débil del que tenía con mamá. Siempre que os llamaba, la llamaba a ella. Siempre que necesitaba algo de ti, le pedía a ella que intercediese entre los dos... Te has pasado toda la vida matándote a trabajar para que en casa no nos faltase de nada, sacrificando una barbaridad de momentos familiares y mi manera de agradecértelo, durante toda la vida, ha sido con falta de confianza y de cercanía. De hecho, en este libro ni has aparecido. Te pido perdón y quiero que sepas que te admiro mucho y que eres el mejor padre del mundo. Si esto no hubiera acabado como ha acabado para mí, te aseguro que habría invertido mucho esfuerzo en haberle puesto remedio. Como ya es tarde, solo me quedan las palabras, que sé que son insuficientes, pero al menos son sinceras. Te quiero, papá. Eres la persona más trabajadora, honrada y leal que he conocido. Tu ejemplo me ha servido para ser ambiciosa e intentar siempre ir a por todas. Gracias.

A ti, mamá, quiero decirte que me pareces la persona con más bondad y el corazón más grande de todo el mundo.

Cada vez que pienso en lo que estarás pasando al leer esto, se me hace un nudo en la garganta. Te pido por favor que no te sientas culpable de nada. Tú no tienes la culpa de que me haya tocado una puta enfermedad incurable. Tampoco de que haya sido una estúpida que ha decidido que lo mejor era aislarse y no contárselo a casi nadie. Quiero que te quedes con esa mañana y tarde que pasamos juntas, y que sepas que tus lentejas de aquel día me supieron, ricas no, lo siguiente. Hemos tenido nuestros más y nuestros menos, pero siempre he sabido que tú estabas ahí para mí, para lo que necesitase y brindándome continuamente tu ejemplo sobre la clase de persona que debía ser en la vida, una buena y bondadosa. Te quiero mucho, mamá. Muchísimo. Gracias por haber sido como eres.

Ya, para despedirme, os pido por favor que no lloréis por mí. No es lo que quiero. No quiero lutos, no quiero que vistáis de negro ni tonterías del estilo. Quiero que seáis felices juntos. Que viajéis, que os miméis y que cada vez que penséis en mí lo hagáis para recordaros que tenéis que disfrutar de lo bonita que es la vida. Así es como quiero que honréis mi memoria, no llorándome.

Os quiero mucho y os llevo en el corazón.

Vuestra…

Perséfone

58

Querido Luca:

Una de las cosas que más me duelen es no haber vuelto a saber nada de ti. En algunos momentos me he sentido tentada de llamarte o de escribirte, pero me parecía un acto egoísta saciar esta necesidad a costa de aparecer de nuevo en tu vida y perturbar tu tranquilidad y tu estabilidad emocional.

Soy consciente de que es posible que me odies, y tienes motivos para ello, pero me gustaría que no te quedases con estos últimos meses, sino con todos los momentos que hemos compartido durante los muchos años que hemos estado juntos. Has sido, eres y serás el hombre de mi vida. Sé que hubieras sido un gran padre para formar una familia juntos, un gran marido con el compartir mi vida y una excelente persona con la que aliarse para afrontar todos los retos que el destino nos tuviese preparados. El fracaso de nuestra relación no tiene nada que ver contigo. No tengo nada que reprocharte: siempre me has tratado bien, me has cuidado, me has brindado tu cariño y has estado ahí para lo que necesitase. Y te preguntarás, entonces, ¿por qué decidí romper la relación? Si has leído el libro, creo que más o menos podrás entenderme, aunque aquí quiero explicarme mejor.

He pensado mucho en nosotros y en lo nuestro, y creo que nuestro error fue hacernos novios demasiado pronto, a una edad en la que formar una pareja se basa en la atracción física y en llevarse bien. Esto, al menos para mí, acabó convirtiéndose en una jaula que me atrapó tomando la forma de un plan de vida juntos que yo no compartía contigo y en una rutina que mató nuestra pasión. Nuestro problema, en mi opinión, ha sido el transcurso de los años, el crecer y el convertirnos en adultos, con todas las decisiones que conlleva. No teníamos el mismo modo de vivir la vida, ni la misma opinión sobre temas importantes como formar una familia, comprar un piso juntos, casarnos... Y eso nos ha matado, al menos a mí. Durante muchos años me adapté a tus planes porque yo pensaba que también eran mis planes, después de todo, son los planes que nos inculcan desde pequeños: estudia, cásate, consigue un buen trabajo de lo tuyo, cómprate una casa, forma una familia y espera a jubilarte para disfrutar de la vida. Pero tuve la suerte, en cierto modo, de sufrir este golpe de la vida, por llamarlo de alguna manera, para saber que no quería que fuesen así mis últimos días y que tenía que escapar de ello a toda costa. Por eso tomé la decisión de romper, aunque insisto en que, si has leído el libro, creo que podrás entender mis razones y cómo me sentía, con indiferencia de que estés o no de acuerdo con ello.

Hay algo que me preocupa mucho y con lo que no quiero que te quedes, y es que pienses que te he dejado por otro. No, jamás. No hay un hombre mejor que tú, no me hace falta conocer al resto para saberlo. Eso sí, del mismo modo que quiero que te quede muy claro que te pido perdón por el dolor que te he causado, también quiero que sepas que no me arrepiento de lo que hice con Jaco. Sé que todo esto puede haberte causado daño, en especial cuando lo hayas descubierto leyéndolo, pero mis circunstancias cambiaron de la noche a la mañana y jugué con las cartas que me repartió la vida. Y, si algo he aprendido de toda esta mierda que me ha tocado vivir, es que primero vamos nosotros y luego los demás. Esto puede sonar egoísta, pero no lo es. Es amor propio, algo que me ha faltado desde niña. Y tomar la decisión de acostarme con él me hizo sentir viva y me brindó el llevarme a la tumba la experiencia de sentir que por fin he llevado las riendas de mi vida.

En resumen, aunque no sé si estoy en el derecho de pedírtelo, me gustaría que me entendieses, que no te sientas culpable por el final de lo nuestro, pues fueron decisiones única y exclusivamente mías, y que te quedes con lo bonito de todos estos años, no con el desenlace.

Estoy segura de que, siendo la clase de hombre que eres, vas a encontrar a una mujer maravillosa con la que ser feliz, formar una familia, comprar un piso a medias y hacer todas esas cosas que tanto anhelas. Ya verás que sí, porque te lo mereces y porque eres un tío diez.

Te quiero mucho y te deseo lo mejor.

Siempre tuya,

PERSE

59

Querido Jaco:

Si has leído hasta aquí, supongo que estarás flipando al descubrir todo lo que había detrás de aquella chica que apareció una mañana cualquiera, de improvisto, en tu estudio de tatuaje. Sé que es posible que estés pensando que soy una loca por haberte mencionado en un libro y por haber contado en él lo nuestro sin haberte pedido permiso. Te pido perdón por ello, pero sentía que tenía que hacerlo así para que todo tenga sentido y para cerrar el ciclo que es mi vida.

También te pido perdón por desaparecer de la noche a la mañana, por no coger tus llamadas ni responder a tus mensajes. Me comporté de este modo porque, al igual que con el resto de la gente, no quería hacerte partícipe de mi dolor, de mi enfermedad ni de la decadencia de mi salud física y mental. Supongo que, tras leer mi libro y siendo como eres, entenderás como nadie que haya decidido enfrentarme sola a mi destino.

Quizá te sorprenda que haya escrito esta carta para ti, pero te la mereces (y mucho). En un pequeño arrebato de orgullo propio y de valentía, un día decidí salir de mi zona de confort haciéndome un tatuaje pequeño. Algo que me hiciese sentir que, por una vez, me salía del tiesto. Y me topé contigo, me recomendaste tu tatuaje de *memento mori*, y me cambiaste la vida. Literal. Ese pequeño tatuaje ha sido la fuente de fuerza y coraje a la que he acudido cada vez que tenía que tomar una decisión difícil, recordándome que mi tiempo era limitado y que no podía malgastarlo. Además, habernos conocido ha llenado mi vida de emociones y me ha empujado, no a salir de mi zona de confort, sino directamente a vivir fuera de ella. Por tu forma de ser, y por la mía, creo que lo nuestro hubiese podido prosperar e ir más allá. Te lo digo de verdad. Y muchas veces durante estos últimos días me ha cabreado yo sola, pensando en lo puta que puede llegar a ser la vida por hacer que dos personas se conozcan en el momento incorrecto. Has llegado, o he llegado a ti, según quieras mirarlo, demasiado tarde.

Puede que pienses que soy una hipócrita por decirte todo esto justo después de haberle escrito una carta a otra persona diciéndole que es el hombre de mi vida. Pero es que mi vida, por mucho que me duela, se divide en dos partes: un noventa y nueve por ciento de ella pertenece a la antigua Perséfone y, para ella, Luca lo fue todo y es algo imborrable. Después está ese uno por ciento que es mi vida tras diagnosticarme la enfermedad. En esa pequeña y minúscula parte en la que me he comportado de forma valiente, haciendo lo que quería, enfrentándome al miedo y al qué dirán. Y, para esa Perséfone, el hombre ideal eres tú.

Me parte el corazón no haber podido conocerte mejor por culpa de lo mío. Y voy a dejarlo aquí, porque no quiero marearte mucho, pero necesitaba que supieras esto.

Para ir terminando, quiero decirte que estoy segura de

que te va a ir genial en la vida. Eres una persona capaz, autosuficiente, honrada, luchadora y de férreos principios, y la gente como tú es la que se come el mundo e ilumina la vida de los demás. Te deseo lo mejor, que me recuerdes con cariño y que te quedes con los momentos buenos juntos, que son pocos, pero increíbles.

Un abrazo bien grande y sigue peleando por tus sueños.

La que te transmitía algo que no sabías explicar…

Perséfone

Posdata: Me hizo mucha ilusión cuando me escribiste para contarme que habías puesto mi foto en tu rincón favorito del local. Aunque no te respondí, me hizo muy feliz. Entendería que al final la hayas quitado, pero ojalá que no.

60

A quien pueda leer esto:

La vida es increíble, espectacular y maravillosa cuando te enfrentas al miedo, a las dudas, a la incertidumbre y al qué dirán. Detrás de cada momento de esos en los que tu corazón se pone a mil por hora, antes de una decisión importante, hay un pedacito de amor propio, de autoestima y de felicidad que conquistas si te atreves a dar el paso. Y la vida es perseguir el amor propio, la autoestima y la felicidad. Cuanto más tienes de esas tres cosas, más capaz te sientes de ir a por todo aquello que deseas y te apasiona.

Es por eso por lo que he escrito este libro. Espero y deseo que sirva para inspirarte y para coger fuerzas de cara a pelear por la vida que quieres. ¿Sabes por qué en muchos capítulos te hablaba directamente o te hacía preguntas? Porque quería que te pusieses en mi piel y que sintieses mi desgracia como si fuese tuya. Quería meter mi enfermedad en tu cabeza para que, por unos instantes, sintieses el miedo de que te pasase a ti, a ver si de este modo despiertas y dejas de ser como el noventa y nueve por ciento de la gente.

La mayoría de la gente que he tenido a mi alrededor,

durante toda mi vida, está con alguien que no le llena, solo por el miedo a estar solo, por los hijos, por el dinero... O trabajan en algo que odian y se despiertan los lunes con un humor de perros, al mismo tiempo que no hacen nada por ponerle remedio o por intentar encontrar otro trabajo que les ilusione o les haga felices. O hacen planes con amigos que no les tratan bien, les hacen sentir que son menos o no les aportan nada bueno mientras piensan para sus adentros que hubiera sido mejor idea quedarse en casa viendo una serie. O, lo peor de todo, los hay que esperan a que alguien venga a salvarlos o a que lleguen tiempos mejores, dejando sus sueños para más adelante, como si el tiempo fuese infinito. Mientras haces todo eso, la vida se pasa, pierdes oportunidades y malgastas lo más valioso que tienes, que es tu tiempo.

Por favor, no cometas jamás la estupidez de pensar que vas a vivir setenta u ochenta años. Ni se te ocurra. Te pueden pasar mil cosas y morirte mañana. Ojalá no, pero tienes que ser consciente de que puede pasar. Y si te cuesta interiorizar esta idea, paséate un día por un cementerio y fíjate en las edades a las que se muere la gente, como hice yo cuando fui a ver a mi abuela para despedirme de ella. La vida es solo una y la única certeza que tienes son los años ya vividos. Despertarte cada mañana es algo que no valoramos, pero que es espectacular, pues la vida te brinda otras veinticuatro horas más para pelear por lo que quieras y para intentar convertirte en la persona que quieres ser. Lo único definitivo es la muerte, todo lo demás son circunstancias y cómo te las tomes.

Hay cinco errores que he cometido durante casi toda mi vida y de los que quiero advertirte.

El primero que he cometido es no saber decir que no. Se nos va la vida en compromisos, en trabajos donde nos explotan y en cosas que no queremos hacer, pero que hacemos por el qué dirán o por vergüenza. Grábate a fuego que cada segundo de tu vida es invaluable e irrecuperable. Y tu deber es aprovecharlo al máximo, sí o sí. Y si te proponen un plan y no te apetece, no lo aceptes. Mira siempre por ti primero y, después, por los demás. Olvídate de compromisos, y que le den a lo que puedan pensar de ti.

Te voy a poner un ejemplo muy simple. Una conocida mía se quedó sin irse de vacaciones un verano porque tuvo tres bodas, y entre despedidas de soltera, regalos, vestidos y dar dinero no le quedó nada para sus vacaciones. Lo peor es que no le apetecía ir a ninguna de esas bodas. Al final, dejó el viaje para más adelante, pero ¿de cuántos viajes veraniegos va a poder disfrutar durante toda su vida con veinticinco años? De ninguno, porque ese verano lo malgastó en bodas a las que no quería ir. Este es un ejemplo muy concreto, pero así es la vida si te paras a pensarlo, día a día y con multitud de cosas. Insisto, mira primero por ti sin importar lo que puedan pensar. Mirar por ti no es ser egoísta, sino tener amor propio.

El segundo error que he cometido es poner mi felicidad en cosas que no dependían de mí. De este modo lo único que haces es esperar a que pase algo que te proporcione aquello que deseas, sin garantía de que pueda acabar ocurriendo, pero con la certeza de que la vida se te consume. No hay tiempo que perder. Actúa ya y céntrate en lo que depende de ti. Y si tienes que esperar a que pase algo, espera con indiferencia a la posibilidad de que ocurra o no, mientras te centras en lo que sí depende de ti.

El tercer error ha sido no saber perdonar o dejar las cosas atrás. Lo hecho hecho está, y no podemos cambiarlo. Si te equivocaste, pues ya está, la próxima vez lo harás mejor. Lo importante es dar el cien por cien de ti, ser la mejor persona posible en cada situación e intentar tratar siempre a los demás como te gustaría que te tratasen a ti. Todo lo demás es sufrir por sufrir y ahogarte en tu propio dolor mientras la vida se te escapa entre los dedos. Olvídate del pasado y deja ir al dolor.

El cuarto error ha sido perseguir el amor y la amistad de terceros. Las personas, si quieren estar contigo, lo estarán. Del mismo modo que, si no quieren, tú no puedes hacer nada para evitarlo. Una botella de agua, en un supermercado, vale dos duros. Pero ¿cuánto pagarías por una botella de agua si estuvieses perdido en mitad de un desierto? He soportado a gente estúpida porque pensaba que me querían, al tiempo que me esforzaba por intentar mejorar esas relaciones. Y. no, tú, yo y todos valemos muchísimo, y si sentimos que no lo valemos, es porque no estamos donde tenemos que estar ni con quien tenemos que estar.

Por último, el quinto error que he cometido, y es el más grave, ha sido pensar que la vida es una mierda. Jamás pienses esto, te lo pido por favor. La vida puede ser lo más maravilloso del mundo o un auténtico infierno, en función de lo que te enfoques. Si te pasa algo grave, mi consejo, por experiencia propia, es que lo aceptes y que te centres en lo que sí depende de ti. Y si necesitas ayuda, la pides. No pasa nada por pedir ayuda, de hecho, es un gesto que denota valentía. La vida no es una mierda, te lo aseguro. Lo que pasa es que es un camino donde recibimos golpes una y otra vez. Y esos golpes nos ponen a prueba y nos endurecen para poder seguir adelante y para transformarnos en la persona que podemos llegar a ser. A mí, ya sabes que me vino de pronto una enfermedad terminal. Tras descubrirlo, podría haberme acurrucado en una esquina a llorar. Pero, al final, estoy orgullosa de cómo he aprovechado ese poco tiempo que me quedaba, autorrealizándome y haciendo muchas cosas que siempre quise hacer y no me atreví por miedosa y cobarde.

No quiero ser más pesada contigo. Pero, por favor, prométeme, al menos, que le vas a dar una pensada a todo esto.

Si yo pude, te prometo que tú puedes.

Perséfone

61

Aure se sienta con cuidado al lado del manzano que ella y Perséfone plantaron en el jardín del colegio donde se encuentra el comedor social.

«Sí, este es el lugar ideal para abrir la dichosa caja negra», se dice a sí misma mientras la contempla.

Tras abrirla, para su sorpresa, descubre otra caja ligeramente más pequeña y un sobre con su nombre y una carita feliz.

—Veo que te ha gustado mi idea de las cajas —susurra sonriendo mientras coge el sobre.

Querida Aure:

Hola de nuevo. Imagino que estarás ya harta de leer cartas mías. Te prometo que esta es la última. Si estás leyendo esto, es porque ya has cumplido la última misión que te encargué. Ahora, cuando termines de leerla, puedes abrir esta última caja. Te he dejado muchas cosas dentro. Cosas que para mí han sido importantes y que me gustaría que ahora lo fuesen para ti.

Para empezar, encontrarás el mechero que me regaló Diego, el camarero del bar. Lo he estado usando todo este tiempo porque me recordaba a él y aquella conversación inspiradora que mantuvimos, y me gustaría que ahora lo tengas tú. Entrar en ese bar fue el efecto mariposa que me llevó a conocerte.

También encontrarás al Señor Vaquero, el peluche que me regaló mi abuela y que salvaste de la oficina. Sí, no tengo mucho talento escogiendo nombres, pero te aseguro que te puedes abrazar a él en los momentos malos y sentirte mejor. Cuídalo mucho.

También te he dejado un dosier con el plan de negocios para montar la tienda de peluches que siempre soñé, además de un sobre con todo el dinero que me quedaba en efectivo para que puedas arrancar. He valorado mucho donarlo, pero prefiero dártelo a ti y que montes (si te apetece) esa tienda en mi nombre. Le he dado muchas vueltas durante toda mi vida y estoy segura de que, si lo haces siguiendo mis indicaciones, pero dándole tu toque, va a ser todo un éxito.

También he metido la cuerda rosa que me regaló Jaco. Me gustaría que probaras el *shibari.* Para mí fue una experiencia bastante diferente, curiosa y liberadora, por raro que suene. Con esa cuerda podrás experimentar y probar cuando quieras.

También está el antifaz con el que tanto me torturaste aquel día. Estoy segura de que te encantará guardarlo como recuerdo.

También tienes la dichosa lista de cosas por hacer antes de morir que hice y que tú me ayudaste a cumplir. Solo me ha faltado lo de hacer feliz a alguien, pero esa misión te la dejo ahora a ti.

También encontrarás un pequeño envase de plástico.

Son mis cenizas. Me gustaría que fueses tú quien decidiese qué hacer con ellas.

Por último, quiero pedirte algo. Dentro de la caja encontrarás un folio y un boli. Me gustaría que, dentro de unos días, cuando te sientas lista, me escribieses una última carta contándome qué te ha parecido el libro, cómo están todos y cómo estás tú, dónde has esparcido mis cenizas y todo lo que tú quieras. Luego, cuando la termines, quiero que vayas a algún sitio especial y que la quemes. Quizá es una tontería, pero tengo fe en que tus palabras llegarán a mí de un modo u otro.

Ahora sí que sí, hasta siempre, amiga. Te quiero.

PERSÉFONE

- ~~Ir en persona a la oficina para dejar el trabajo y quedarme a gusto con el estúpido de mi jefe.~~ A medias, pero conseguido.
- ~~Hacerme un tatuaje.~~
- ~~Escribir un libro.~~
- ~~Alquilar una sala de cine para mí sola.~~ ~~Y PARA AURE.~~
- ~~Volver a ir de viaje con mis amigos a Ámsterdam.~~ ESTA VEZ CON AURE.
- ~~No volver a dejar que nadie me trate mal respondiendo con contundencia.~~
- ~~Decirle "te quiero" a las personas que más amo.~~
- ~~Ser voluntaria en una ONG.~~
- ~~Plantar un árbol.~~
- Hacer feliz a alguien.
- ~~Saltar en paracaídas.~~ ~~CON AURE.~~

- ~~HACERME UN SEGUNDO TATUAJE CONJUNTO CON AURE.~~
- ~~HACER UNA SESIÓN FOTOGRÁFICA, DE ESAS DE CUERDAS, CON JACO.~~
- ~~ACOSTARME CON JACO.~~

Tras leer la carta, Aure se emociona, aunque se contiene las ganas de llorar.

62

Querida Perséfone:

No paro de pensar en ti. A veces lloro, otras, me siento feliz de haberte conocido, y, otras tantas, me lleno de rabia cada vez que reflexiono sobre lo puta que puede llegar a ser la vida.

Lo primero de todo, quiero pedirte perdón por haber tardado casi tres meses en escribir esta carta. Quería ordenar bien mis ideas antes de escribirla.

Justo ahora, estoy al lado de tu arbolito. Aún no se nota ningún cambio, pero el jardinero del cole me ha dicho que no me preocupe y que está todo correcto, que por ahora están arraigando las raíces en el suelo para crear sano y fuerte en el futuro. Al final, tras hablar con él, tuve una idea un poco loca. No he esparcido tus cenizas en ninguna parte, sino que las he plantado aquí, junto al arbolito Así el manzano tendrá tu esencia. Espero que esta idea te guste tanto como a mí.

Sobre tu libro… Que sepas que ya me lo he leído dos veces y que está siendo un completo éxito en ventas. Me ha encantado, pero no solo a mí, sino a todo el que lo lee. Ha salido hasta en la tele, no te digo más. Ya llevas vendidos más de cien mil ejemplares y, gracias a él, un montón de gente se ha ofrecido a colaborar en el comedor social, ya sea trabajando o donando comida, ahora también pueden abrir los domingos. Y aún te falta por saber lo mejor: la editorial va a donar la mitad de los beneficios del libro para ayudar en la investigación de enfermedades raras. La has liado muy parda, Perséfone. Enhorabuena, de corazón.

Después de leer tu libro, me moría de curiosidad por ir al bar de Diego y conocerlo, así que para allá que fui. Él obviamente no sabía quién soy yo, pero, mientras le observaba, me transmitía las mismas sensaciones que te transmitió a ti cuando le conociste. No quise darle la tabarra contándole que era amiga tuya ni nada parecido, pero sí que me atreví a comprar un ejemplar de tu libro, envolverlo y entregárselo como si yo fuese una mensajera de una empresa de paquetería. Dentro del paquete le añadí una pequeña nota: «Tienes que leer esto, Diego. Ya lo entenderás». Espero que no te moleste que lo haya hecho, Perséfone. Gracias a él, como bien me dijiste, nos conocimos, así que creo que se lo merece.

Tengo que contarte un cotilleo que te va a flipar: Jaco montó una exposición llamada «Perséfone» con todas las fotos que te hizo, tanto las de la sesión de *shibari*, como las de cuando nos hicimos las dos el tatuaje. Fue espectacular todo: la decoración, el local, la cantidad de gente que había... Había un hombre que quería comprarle a Jaco un cuadro con una de tus fotos por dos mil euros, aunque Jaco se negó en rotundo. Lo has dejado un poco hecho polvo, la verdad. O sea, no mal, pero tras verle allí he entendido lo del vínculo que tanto me comentabas. Estuve charlando un poco con él y le dejaste huella. Le conté que fui yo la que dejó el libro en su local —lo hice sin que me viese, pero asegurándome de que recibía el paquete—, y me ha dicho que te entiende y que no hay nada que perdonarte. Que entiende tus razones. Jaco es un tío de puta madre.

Pero es que esto no es todo. Luca se plantó allí, en la exposición. No sé cómo se enteró, pero apareció allí de pronto. Tenía el rosto serio y llevaba en sus manos un sobre marrón. Aprovechando que no me conoce, me dediqué a seguirle, para averiguar qué pretendía. Comenzó a preguntar por Jaco y pensé que venía a liarla. Al final ambos se encontraron, y no creerás lo que pasó. Luca se presentó, le echó la mano y le dijo que tenía algunas fotos tuyas. Quería enseñárselas a Jaco para saber si podrían ponerse en alguna parte de la exposición. Jaco las vio, le gustaron y las colocó alrededor del cuadro principal, que exponía aquella foto que tanto te gustó y que aún tiene Jaco en el estudio de tatuaje. No sé qué les das, tía, pero los dos siguen colados por ti, parecen haber entendido tus razones y hasta se tienen respeto el uno al otro.

¿Sabes quién apareció también por la exposición? Tus padres. Yo, cuando vi a tu madre… Pensé que iba a flipar por verte desnuda en tantas fotos. Pero no, al contrario, le gustaron un montón. Una vez más, aprovechando que no me conocían, me dediqué a ir detrás de ellos y a escuchar sus conversaciones. Tu padre torcía más el gesto, pero le decía a tu madre que las fotos le gustaban y que tú estabas muy guapa. Tu madre, en cambio, decía que parecías una diosa y una bailarina de ballet al mismo tiempo. Se acercaba a la gente que estaba viendo tus fotos y les decía: «Es mi hija, es preciosa, ¿verdad?». Me parecieron muy monos los dos. Por cierto, por si te lo preguntas, no, no tenían pinta de ir de luto ni tampoco se les veía tristes. Creo que tu carta les caló y están honrando tu memoria tal y como les pediste.

También quería contarte que ya he empezado a mirar locales para montar la tienda. He comenzado a estudiar el dosier que me dejaste y me parece flipante la cantidad de proveedores, cálculos, estrategias de marketing y todo lo que tenías preparado. Realmente siento que solo tengo que seguir tus indicaciones para que salga bien. Ya iré viniendo al árbol para contarte todos mis avances, pero estoy muy ilusionada. Quién me iba a decir a mí que iba a montar una tienda de peluches.

Por cierto, el otro día fui al estudio de Jaco para tatuarme yo también lo de *memento mori*. Si ese tatuaje consiguió que decidieras saltar en paracaídas, definitivamente es un superpoder y yo lo quiero. Además, me lo he tatuado en la muñeca, en el mismo sitio que tú. Ahora cada vez que mire mis manos me acordaré de ti, tanto por el *memento mori* como por la mariposa.

Para ir terminando, quería que supieras que cometiste un error. Cuando me pasaste tu lista de cosas por hacer antes de morir, te faltaba por tachar la de «hacer feliz a alguien». Eres tonta por no darte cuenta, pero me hiciste feliz a mí. Mucho. Muchísimo. Así que me he tomado la libertad de tacharlo. Voy a meter tu lista junto al sobre y voy a quemarla al lado de tu arbolito.

Me va a costar un poco seguir adelante sin ti, Perséfone. De pronto apareciste, todo fue de color de rosa y luego volviste a desaparecer. Aún me siguen entrando ganas de llorar cuando pienso en ti, pero te prometo que estoy trabajando en ello.

Bueno, no me enrollo más, amiga. Te quiero. Ojalá volvamos a estar juntas en la otra vida.

AURE

- ~~Ir en persona a la oficina para dejar el trabajo y quedarme a gusto con el estúpido de mi jefe.~~ A medias, pero conseguido.
- ~~Hacerme un tatuaje.~~
- ~~Escribir un libro.~~
- ~~Alquilar una sala de cine para mí sola.~~ ~~Y PARA AURE.~~
- ~~Volver a ir de viaje con mis amigas a Ámsterdam.~~ ESTA VEZ CON AURE.
- ~~No volver a dejar que nadie me trate mal respondiendo con contundencia.~~
- ~~Decirle "te quiero" a las personas que más amo.~~
- ~~Ser voluntaria en una ONG.~~
- ~~Plantar un árbol.~~
- ~~Hacer feliz a alguien.~~
- ~~Saltar en paracaídas.~~ ~~CON AURE.~~
- ~~HACERME UN SEGUNDO TATUAJE CONJUNTO CON AURE.~~
- ~~HACER UNA SESIÓN FOTOGRÁFICA, DE ESAS DE CUERDAS, CON JACO.~~
- ~~ACOSTARME CON JACO.~~

Agradecimientos

Aguantar en la carrera de fondo que supone ser escritor no sería nunca posible sin todas esas personas que te animan, te apoyan y te regalan su amor. Desde aquí, quiero daros las gracias a todos y cada uno de vosotros, en especial a ti, Laura. Por ser mi compañera de vida y la persona con la que comparto las penas y las alegrías. Disfrutar de la vida contigo está siendo lo más bonito que me ha pasado nunca. Te quiero.

A mi familia, por ser maravillosa. En especial, a mis padres, Cruz y Consuelo; a Alejandro, Petri, Lucía, Aure, Laura López, Manoli, Alejandra… Gracias a toda la familia Monías. No os menciono a todos porque la lista sería demasiado grande, pero os llevo en el corazón.

A Santos, Adri y Rubén. Por quererme con mis virtudes y mis defectos.

A mis valientes, mi comunidad en redes sociales, que tanto me apoya en cada proyecto y que continuamente me brinda su cariño y su apoyo. Me siento afortunado de la pasión con la que me leéis.

Para terminar, gracias a ti, querido lector. Gracias por haber leído el libro, por haber llegado hasta aquí y por haber apostado por mí en un escenario en el que se publican tropecientos libros cada día. Aprovecho para pedirte una vez más que vayas a por la vida que quieres y que no te conformes nunca con menos de lo que mereces. La vida es increíble, y cada segundo de ella tiene un valor incalculable. Aprovéchala bien y defiende tu tiempo con uñas y dientes.

Nos leemos pronto. Prometido.

¡Un abrazo bien grande!

Posdata: Si quieres contarme tus impresiones sobre la lectura, estaré encantado de charlar contigo a través de mis redes sociales o en el mail:

info@franlopezcastillo.com